데미안을
찾아서 2

남민우 장편소설

차례

바람이 있다면
청년에겐 꿈과 자아를 뒤돌아보는 계기가 되고
어른에겐 향수와 추억을 되살리고
모든 이에게 글이 주는 소소한 즐거움과 함께
잔잔한 여운이 마음에 남길 바랄 뿐이다.

욕심을 낸다면
인간과 자연의 아름다움을 그리며
순수문학의 면모를 가지고
시대를 넘어 글을 접하는 모든 이에게
영감으로 다가가길….

동면에서 깨어나다

　민(敏)은 역(驛)으로 서서히 들어오는 기차를 바라보면서 설레는 마음을 감추지 못했다. 고개를 돌려 그동안 몸담았던 군부대 쪽을 바라보았다. 수많은 생각의 파편이 순간 머릿속에서 스쳐 지나갔다. 생각은 감정을 불러왔다. 표현하기 어려운 감정이 스멀스멀 저 깊은 마음의 밑바닥에서 올라오기 시작했다. 순간 민은 강한 억제력으로 올라오는 감정을 억눌렀다. 결코 쉽지 않았지만 이 순간만은 참아야 했다. 이미 마음속으로 결심하지 않았던가. 군대에서 있었던 이야기는 결코 입에 올리지 않겠다는 것이 그의 결심이자 다짐이었다.

　민은 기차에 첫발을 디뎌 올랐다. 드디어 군대 생활을 마무리하는 것이다. 그는 아무런 생각을 하고 싶지 않았다. 전역신고를 하고 지금은 집으로 향하는 기차에 몸을 의지하고 있지 않은가. 아무 탈 없이 무사히 군 생활을 마친 것이 얼마나 다행인가. 안도감이 몰려오면서 어젯밤 제대 축하 회식에서 마신 술 때문인지 자신도 모르게 스르르 잠이 들었다.

덜커덩거리는 소리와 함께 눈을 떠보니 온 천지가 깜깜하였다. 순간 너무나 놀랐다. '웅'거리는 소리와 함께 민은 어둠 속에 갇혀 있었다. 민은 어둠이 싫고 무서웠다. 기차는 긴 터널을 빠져나가고 있었다. 환한 겨울 햇살과 함께 민의 눈에 들어온 것은 흰 눈에 덮인 세계였다.

한마디로 설국(雪國)이었다.

어둠을 빠져나와 보는 흰 눈은 민의 정신을 유리알처럼 맑게 하고 마음을 잔잔한 호수의 물결처럼 만들었다. 이 세상은 어둠의 세상과 흰 눈의 세상이 있는 것이다. 눈은 새로운 세계를 만드는 힘이 있다. 세상의 더러운 것을 조용히 솜털 같은 눈송이로 덮어버린다. 어느 누구도 눈송이를 거부할 수가 없다. 어떤 색도 눈송이의 흰색을 막지 못한다. 세상을 정화시키고 잠시나마 숨을 죽이며 침묵을 만들어낸다. 민은 창밖을 내다보며 눈의 세상을 즐겼다.

민은 그동안 수첩 속에 고이 접어두었던 쪽지를 열어보았다. 입대할 때 기차 안에서 보았던 현우 형의 짧은 편지였다. 지난 군대 생활 동안에는 한 번도 다시 읽지 못했다. 다시 볼 용기와 마음의 여유가 없었던 것이다.

민,

군대 생활은 너의 방황을 끝내고 너를 성숙시키는 시간이 될 것이다. 웅비(雄飛)의 꿈을 품고 태양을 향해 날아오르는 독수리처럼 너의 마음속 깊이 숨겨져 있는 자아(自我)의 날개를 펼치고 너의 신(神)을 찾아 솟아오르거라.

나는 기꺼이 너에게 좋은 향유를 바르고 영광의 옷을 입혀주는 미카엘 천사가 될 것이다.

영원한 너의 형 현우.

민은 편지를 읽은 후 다시 고개를 돌려 설국을 바라보았다.

'자아(自我) 속에 있는 나의 신(神)이라… 나의 신(神)이라….'

민은 드디어 동면에서 깨어나는 듯하였다.

그렇다.

그동안의 군 생활은 그에게 동면이었다. 마치 개구리가 얼음 속에서 잠들어 있다가 따스한 봄날의 햇살 한 조각에 심장이 서서히 뛰기 시작하고 머리에 피가 돌면서 신경이 살아나듯이, 그 짧은 편지는 깊은 겨울잠에 빠져있던 민의 무뎌진 감각을 되살리기 시작하였다. 좁아진 민의 혈관에 피가 돌기 시작하였다. 눈동자엔 빛이 살아나고 있었다. 저 깊숙이 숨겨두었던 감정과 지적인 호기심이 다시 꿈틀거리며 얼음장을 깨고 나오는듯하였다.

그에게 군 복무는 철저한 고독이었고 침묵의 잠이었다. 꿈이 없는 잠이었다. 민은 군대 생활하는 동안 거의 벙어리처럼 지냈다. 누구에게도 그의 마음을 열지 않았고 그저 식물인간처럼 하루하루를 견뎌나갔다. 간혹 회억(回憶) 속에 잠길 때도 있고 그리운 얼굴을 떠올릴 때도 있었지만 그는 그냥 그렇게 시간을 보냈다.

한 권의 책도 읽지 않았다. 마음속에 품었던 의문의 조각들을 짜 맞추는 퍼즐 게임을 스스로 하곤 했지만 다 부질없다는 생각에 이내 포기해버렸다. 인간으로서 완벽한 동면의 시간을 가진 것이었다. 이제 꿈에서 깨어나야 한다. 현실 세계로 들어가고 있는 것이다. 이제 자아를 찾고 자신의 신을 찾아야 한다. 흰 눈이 만든 눈의 나라처럼 민은 자기만의 세계를 만들어갈 것이다.

달리는 기차 안에서는 인간은 온갖 생각을 한다. 추억을 떠올리기도 하고 즐거웠던 시간, 보고 싶은 얼굴을 떠올리기도 한다. 기차 밖은 눈 덮인 산골이라 민의 감상을 더욱더 자극하였다. 모두가 보고 싶었다. 모두가 궁금하였다. 이제 모두 볼 것이고 그동안 궁금했던 것을 다 풀어나갈 것이다. 인간은 진실을 숨기고 감정을 숨기지만 세월은 그 인간의 숨겨진 이야기와 감정을 드러내는 힘이 있다. 양파 껍질이 벗겨져 속살이 드러나듯 세월 속에는 진실에 다가가는 묘한 시간의 마법이 있다.

민은 앞으로 어떻게 살아야 하는지를 잠시 고민하였다. 동면에서 깨어나 현실 세계로 들어가는 길목에 홀로 서서 하는 외로운 첫 고민이었다. 앞으로 대학에 복학하고 졸업까지 삼 년의 시간이 남아있다. 졸업 후에는 바로 돈을 벌어야 하는 상황이 올 수 있고 일도 해야 할 것이다. 아마도 몸과 영혼은 자유롭지 못할 것이다. 그러면 남은 대학 삼 년 동안 대학생으로서 누릴 수 있는 자유와 특권을 누려야 한다.

마음껏 자신을 돌아보고 탐구하고 자신의 영혼에 좀 더 가까이 가고 싶었다. 그에게 남겨진 마지막 시간이 될 것이다. 몸과 마음이 부대끼고 아픔이 있더라도 처절하게 부딪쳐보고 후회 없이 철저하게 인간을 좀 더 알고 싶었다. 마음속 저 밑바닥에 인생의 참 진리(眞理)와 진실(眞實) 추구라는 위대한 화두를 품고 그의 몸을 던져보기로 굳게 마음을 먹었다.

저 멀리 붉은 석양이 서서히 민의 얼굴을 붉게 물들일 때 기차는 부산역에 도착했다. 기차에서 내리니 역 뒤편에서 넘어오는 바닷바람이 민을 반겼다. 어머니 품에 안긴 어린애처럼 민은 묘한 포근함과 행복을 느꼈다. 바다가 보고 싶었다. 군대 제대를 기념하는 자축(自祝)을 하고 싶었다. 버스를 타고 가까운 거리에 있는 자갈치시장으로 달려갔다. 어둠이 내리는 시장의 골목에는 하나둘씩 백열등이 켜지고 마지막 장사를 위해 "사세요. 떨이합니다!"라고 목청껏 소리 지르는 아주머니의 목소리가 정겨웠다.

차가운 겨울 바닷바람과 함께 콧속으로 밀려오는 비린내는 민의 감각을 자극하였다. 자판에 깔린 생선들이 민의 눈을 즐겁게 했다. 푸른색의 통통한 고등어, 은빛을 품어내는 갈치, 큰 입과 머리를 가진 아귀, 긴 다리를 뽐내는 왕 문어. 적당히 붉은색을 지닌 맛 나는 빨간 고기, 어떤 것은 생물로 어떤 것은 건어물로 자판에 깔려 손님을 기다리고 있었다. 산골 군대에서는 도저히 볼 수 없는 시장터의 모습이요 사람이 사는 모습이었다.

골목길을 빠져나와 민은 어선들이 모여있는 선창가로 갔다. 바다를 보았다. 어둠이 내리는 시간이라 검푸른 바다였다. 잔잔한 수면 위로 진눈깨비가 간혹 흩날리고 있었다. 어선과 바다와 하늘을 보니 이제 민은 부산에 왔다는 것을 피부로 느꼈다.

힘차게 심호흡을 하였다. 비린내와 소금으로 간이 된 바닷바람을 폐부에 넣고 대신 동면하면서 쌓여온 온갖 노폐물을 뱉어내고 싶었다. 머리가 맑아지고 가슴속이 뜨거워지기 시작하였다. 심장의 뜨거운 피가 핏줄을 타고 흐르며 민의 세포를 깨웠다. 옆으로 가니 조그만 광장이 있고 거기서 어느 노인이 기타로 흘러간 노래를 멋들어지게 연주하고 있었다. 저 멀리 보이는 영도다리를 보면서 민은 그리운 얼굴들을 하나하나씩 떠올렸다. 구슬픈 기타 연주와 하늘에 덩그러니 떠있는 보름달이 민을 포근하게 감싸는 첫날 밤이었다.

갑자기 소주 생각이 났다. 옆 건물에 들어서니 조그만 횟집들이 즐비하였다. 밝은 불빛 아래 사람과 생선들이 모두 활기차고 기운이 넘쳐 흘렀다. 주저하다, 상호가 마음에 드는 '보배상회'에 홀로 앉았다. 자축이기에 오직 자신을 위로하고 격려하고 싶은 마음뿐이었다. 아무런 생각과 말없이 맑은 소주를 자작하며 마셨다. 술은 달았고 회는 깔끔하고 탱탱하였다. 그렇게 민의 제대 첫날은 홀로 깊은 겨울밤으로 빠져들고 있었다.

목마

밀려오는 겨울 햇살에 민(敏)은 조심스레 눈을 떴다. 오랜만에 긴 잠을 잤다. 아무런 꿈도 꾸지 않고 깊고도 깊은 잠을 잤다. 마치 어머니 품에서 잠든 아기처럼 미동도 하지 않은 채 잠을 잘 때 그 자세로 눈을 뜬 것이었다. 주위를 살펴보았다. 칙칙한 군대 내무반이 아닌 밝은 민의 이층 방이었다. 순간 행복감과 안도감이 밀려왔다. 눈뜸과 동시에 느끼는 행복감은 하루에 있어 최고의 선물이다.

지난 학창 시절 동안 민의 정신과 몸을 성장시킨 방이었다. 수많은 고민과 번뇌로 물든 방이었지만 민은 방의 한 면 전체가 유리로 된 이곳을 너무나 좋아했다. 온실에서 성장하는 난(蘭)처럼 민도 겨울 햇살을 받으며 성장했다. 어젯밤에는 유리알 같은 겨울의 별들을 바라보며 잠들지 않았던가.

이불 속에 누워 벽에 걸린 정물화 그림을 바라보았다. 붉고도 붉은 장미 그림이었다. 약간 검붉은 색감도 있었다. 겨울의 아침 햇살에 잠들었던 장미의 꽃잎이 곧 펴질 듯하였다. 민은 그림을 볼 때마다 미적 감각을 즐기고 마음을 정리하곤 하였다. 제대 후 첫날을 햇살 머금은 장미와 함께 맞이하였다.

 차분히 그리운 얼굴들을 떠올려 보았다. 누구보다도 보고 싶은 얼굴, 엘리제의 얼굴이 떠올랐다. 너무나 보고 싶고 어떻게 지내는지 궁금했다. 군대 갈 때 엘리제로부터 받은 네 잎 클로버가 새겨진 하얀 손수건을 군대 생활하는 동안 얼마나 많이 바라보며 그리워했던가. 민의 입영 통보를 듣고 흘렸던 엘리제의 눈물이 민의 가슴에 뚝뚝 떨어지는 듯하였다.

 현우 형은 가톨릭대학에서 신부의 길을 잘 가고 있는지. 얼마나 많은 방황 속에서 고민하고 또 고민하다 내린 마지막 결정이지 않은가. 인생 자체가 영원한 방랑이요 방황인데 신부의 길에는 오직 신념과 의지로 가득한 신의 축복만 있는 것일까. 우정을 쌓으며 많은 술과 철학적 대화를 나눈 호연이는 잘 지내고 있는지. 아마도 그도 몇 개월 지나면 제대를 할 것이다.

 이런저런 생각을 하다 갑자기 머리에 떠오른 것은 철규의 얼굴이었다. 마지막으로 그를 본 것은 고등학교 시절 부산소년원에 면회를 한 날이었다. 면회를 마치고 돌아서는 철규의 축 처진 어깨가 생각났다. 아버지의 얼굴을 본 적도 없다는 철규. 민에게 데미안을 처음으로 이야기하고 많은 천사 이야기를 해준 친구이지 않았는가. 그중에 메타트론 천사에 특이한 관심을 가지고 그와 같이 엄청난 힘을 얻고 싶었던 철규였다. 메타트론 천사를 동경하며 악을 피해 달아난 철규가 결국 더 큰 악의 알에 갇혀버렸지 않은가?

그의 심부름으로 민이 철규 어머니에게 전해준 편지에 어떤 글이 담겨있었는지가 궁금했다. 친구 가족사의 문제라 굳이 신경 쓸 일은 아니었지만 철규 어머님이 그 후 어떤 심정으로 삶을 이어갔는지가 궁금했다. 분명 그 편지는 어머니에게 큰 충격을 주는 편지였을 것이다. 민은 중학 시절, 철규 어머니가 하시던 고급 한식집에서 제일 푸짐한 상을 받지 않았던가. 빚을 진 셈이었다. 또한 그 날 처음으로 여자의 손이 민의 등에 닿은 날이기도 하였다.

민은 주저 없이 옛날 기억을 되살려 철규의 한정식집으로 달려갔다. 철규와 그의 어머니 소식이 너무나 궁금하였다. 철규는 당연히 소년원에서 나왔을 것이지만 그 뒤 학업을 계속할 수 있었는지도 궁금했다. 저 멀리 겨울 햇살이 민의 얼굴에 마지막 따스한 온기를 주고 힘을 잃어가는 늦은 오후였다. 겨울의 낮은 너무나 짧았다.

부산진역 앞의 좁은 골목길에는 어느 곳보다 빨리 어둠이 스며드는 것 같았다. 기억을 되살리기보다는 옛날 철규 집에 갔던 느낌으로 찾아낸 그 골목은 너무나 좁은 길이었다. 분명 그 길은 같은 골목길이었지만 왜 이리도 작고 초라하게 보이는지. 아마도 민이 이제 성년이 되어 몸이 커진 탓이리라.

겨울의 찬바람이 골목길에 들어서는 민의 발목을 휘감고 지나 갔다. 을씨년스런 느낌이 들었다. 뚜벅뚜벅 천천히 발자국을 옮겼 다. 더 이상 뒤에서 골목길이 철거덩 닫히는 소리는 없었다. 민은 굳게 닫힌 철규 집 앞에 섰다. 인기척이 전혀 없어 민은 잠시 당 황했다. 용기를 내어 벨을 눌렀으나 벨소리만 집 안에서 맴돌다 다시 민의 귀에 들릴 뿐 집 안은 온기가 없었다.

이제 철규 어머니는 장사하지 않는가 보다. 그러면 철규와 어머 니는 어디로 갔는지? 그 집에서 일하던 누나들은 모두 어디로 갔 는지? 민은 궁금함과 동시에 밀려오는 불안감으로 가슴이 먹먹하 였다. 민은 굳게 닫힌 큰 철제문 사이에 연락처와 쪽지를 남기고 무거운 발걸음으로 어둠이 찾아오는 골목길을 빠져나왔다. 쪽지 에는 '철규에게, 오랜만이다. 연락 바란다. 민.' 적혀있었다.

이틀이 지난 오후, 전화가 울렸다. 철규의 목소리가 묵직하게 민 의 귓가에 울려 퍼졌다.

"민, 오랜만이구나. 어떻게 잘 지냈어?"

"철규구나. 잘 지냈니? 난 그동안 군대 갔다 왔어."

"그랬구나. 언제 제대했니?"

"며칠 전에."

"그래? 수고했다. 제대 축하주는 내가 살 테니 나와라."

민은 설레는 마음으로 철규가 말해준 자갈치시장 곰장어집으 로 갔다. 식당은 허름해 보였지만 무언가 묵은 시간과 함께 술로 얼룩진 추억의 흔적들이 곳곳에 묻어나고 있었다. 철규의 단골집처럼 보였다. 잠시 기다리니 그가 식당 문을 열고 들어섰다.

푸른빛이 감도는 검은 가죽 잠바를 입고 있었다. 그의 모습은 민의 상상을 초월할 정도로 변해있었다. 키는 훌쩍 커 있었고 어깨는 그야말로 쩍 벌어져 역삼각형의 멋진 몸매를 가지고 있었다. 골격은 균형감과 함께 강대함을 품고 있었다. 무엇보다 이글거리는 눈매가 민에게 매력으로 느껴졌다. 갈구하는 눈빛이었다. 중학 시절 보았던 얼굴의 흔적은 남아있었지만 모든 것이 완벽을 추구하는 조각처럼 얼굴은 빈틈이 없었다. 철규는 민을 보자 가죽 장갑을 벗으며 악수를 청했다. 그의 손은 강철처럼 단단했으나 따스한 온기는 살아있었다.

"민, 반갑다."

"철규야. 오랜만이다."

그들은 잘 구워진 곰장어를 안주 삼아 소주를 마시기 시작하였다. 독한 소주를 털어 넣으니 몸속 세포가 꿈틀거리기 시작하였다. 붉은 연탄불 위의 곰장어도 괴로운 듯 꿈틀거렸다. 연탄불의 붉은 열기는 식당 안의 한기를 몰아내며 그들의 마음을 데웠다.

철규와 민은 서로 말을 하지 않았다. 만나지 못한 몇 년간의 시간과 마음의 공백을 말없이 소주를 주거니 받거니 하면서 급하게 메워갔다. 철규는 간혹 민의 얼굴을 바라보며 옛날 생각을 떠올리는 듯했지만 민은 아무런 말 없이 그냥 소주만 마셨다.

민은 마음속에 오랫동안 자리 잡고 있던 철규에 대한 두려움

을 소주의 힘을 빌려 없애야만 했다. 그러지 않고는 그와의 대화
는 불가능하다고 생각했다. 중학 시절 철규 집에 갔을 때의 두려
움 때문에 그 뒤 민은 그를 피해 다녔다. 고등학교 시절 소년원에
철규를 면회하고 난 후는 의도적으로 그를 생각하지 않으려고 했
었다. 어린 민의 마음으로는 감당하기 힘든 아픔, 슬픔과 악의 그
림자가 철규의 어깨 위에 머물고 있었기 때문이었다.

소주를 한 병씩 비운 후 불쑥 철규가 말문을 열었다.
"민, 이 곰장어 이름이 무엇인지 아니?"
"몰라…. 이름이 있니?"
"내가 지어준 이름이 있지. 아나콘다."
"뭐? 아나콘다?"
"몸통이 굵고 힘이 세어 내가 아나콘다라고 불러."
"아나콘다라…. 재미있는 이름이네."
"민, 나에게 연락해줘 고마워. 너의 소식이 궁금했지만 내가 먼
저 연락하고 싶지가 않았어. 괜히 부담을 주는 것 같아서."
"부담은 무슨…."
"내가 소년원 있을 때 면회 와주고 편지 심부름을 해줘 고마웠
어. 오늘이야 고맙다고 말하네. 그동안 말할 기회가 없었어."
"친구 사이에 무슨…. 한데 너의 어머니 한정식집이…."
"그래, 내가 문을 닫게 했어. 더 이상 어머니가 손님들에게 웃
음을 파는 것이 너무 싫어서…. 도저히 볼 수가 없었지."

철규는 앞에 놓인 술잔을 들어 입에 털어 넣었다. 감정은 흥분되는 듯했지만 말은 차분하였다. 애써 이미 지나간 옛날이야기인 듯, 더 이상 아픔은 없는 척하였다. 하지만 민의 가슴은 왜 이렇게도 아픈 것일까? 아직도 지울 수 없는 철규 어머님의 향수 냄새와 슬픈 눈망울이 앞을 가리기 때문이었다. 철규의 편지를 전해준 날 슬픔과 불안감으로 물든 어머님의 뒷모습을 어찌 말로 표현할 수 있을까. 민은 떨리는 목소리로 그에게 물었다.

"어머님은 어디에?"

철규는 답변을 망설였다. 그만의 비밀이고 가정사이지 않은가? 아마도 여태 누구에게도 어머니에 대해 말하지 않았으리라. 민은 결코 독촉하지 않았다. 차라리 철규가 말을 하지 않고 민은 듣지 않는 것이 좋을 수도 있다고 생각했다. 말하고 듣는 순간 영원히 지울 수 없는 아픔의 자국이 마음속에 남을 것 같아, 순간 불안감이 몰려왔다. 한참을 망설이다 철규는 툭 말을 던졌다.

"절에 계셔."

"뭐? 절에?"

"스님이 된 것은 아니고 그냥 절에서 지내. 마치 공양주 노릇이나 불목하니처럼…"

마음이 아팠다. 그렇게 곱던 철규 어머님이 지금 절에서 허드렛일하고 계신다니… 이 엄동설한에 얼마나 힘드실까? 혹 민이 전해준 그 편지를 받고 떠나신 것은 아닐까? 그 편지 내용이 더욱더 궁금해지기 시작했다. 민도 약간의 가책을 느꼈다. 만일 그 편지 때문이었다면 그때 찢어버렸어야 했는데. 민은 아픔을 내색하지 않고 소주잔을 급히 입에 털어 넣었다. 민은 눈을 살포시 감고 철규 어머님 마음속에 평화가 항상 함께하길 빌었다. 아마도 절로 향한 그 길만이 남은 인생, 모자(母子)간의 숙명적인 인연이 이어지는 유일한 끈이 될 수도 있다고 생각하니 마음이 편해지기 시작했다. 철규가 한마디 덧붙였다.

"너무 걱정 말거라. 잘 지내고 계셔. 그동안 술로 생긴 위장병 고통에서 벗어나고 수면제 없이도 잘 주무시고."

더는 철규 어머니에 관해 물어보지 않았다. 민은 그것으로 충분하다 생각했다. 대신 철규에 대해 그동안 품고 있던 궁금증이 민의 마음을 덮쳤다. 조심스레 그의 얼굴을 쳐다보며 말문을 열었다.

"철규야, 너는 어떻게 지냈니?"

철규는 그 질문을 예상한 듯 잠시 허공을 쳐다보다, 천천히 소주 몇 잔을 연거푸 마시며 아픈 그의 지난 시간과 상념(想念)을 토해내기 시작하였다.

"난 소년원을 나온 후 학교에 다시 다닐 수가 없었어. 이 세상의 모든 사람의 눈과 입이 무서웠어. 더 이상 나는 정상적인 학생이 될 수가 없어 결국 학업을 포기했지. 검정고시도 생각했지만, 그것도 나와 어울리지 않았네. 이미 나의 길은 태어나는 순간부터 정해져 있었는지도 몰라. 결국 고등학교 친구는 아무도 없게 되었지. 민, 너만이 학창 시절에 만난 친구고 유일하게 내 집에 와서 어머니에게 인사드린 친구야. 너 덕택에 그날 어머니는 무척이나 기뻐하셨지…. 그 후 난 다시 소년원을 들락거리며 결심했지. 나 스스로 힘을 키워야겠다고 다짐했어. 앞으로 이 세상을 스스로 개척하고 나의 세계를 열어갈 것이라고. 나의 세계는 가식적이고 허구로 가득 찬 그런 세계가 아니야. 나만의 세계를 위해 난 몸을 다듬고 나만의 철학을 키워갔네. 결코 책에서 얻는 그런 입바른 얄팍한 지식이 아닌, 인간의 가장 밑바닥에서 우러나오는 본성과 가장 현실적이고 철저한 삶의 본질에 뿌리를 내리려고 발버둥 쳤지. 이스라엘 민족이 이집트를 탈출해 약속의 땅으로 가던 중 홍해 바다를 가른 모세의 기적도 메타트론 천사의 연출 때문이라는 말이 있듯이 나도 메타트론 천사처럼 강력한 힘을 가지고 싶었네. 그리고 나의 신(神)을 찾아갈 거야. 나의 신은 선(善)과 악(惡)이 공존하는 세계라네. 선만을 추구하는 그런 신은 모두가 허구야. 인간의 본성에는 선만이 있지 않아. 아마도 악이 더 인간의 본성에 가까울지도 몰라. 수양하며 선만을 추구하는 것은, 한편으론 인간의 타고난 본성을 모르고 하는 가식적이고 현학적인 행위이지. 나는 나의 본성에 따라 충실히 나의 힘을 키워갈 거야. 비록 그 세상이 악의 기운으로 가득 차 있더라도 나의 본성과 운명과 함께할 생각이네. 악과 선은 누가 만든 것인가? 신이 만든 것인가? 인간이 만든 것인가? 선과 악은 구분이 되는가? 선(善)속에 악(惡)이 자라나고 악(惡) 속에 선(善)이 잉태하고 있는 것 같

아. 극단적인 선과 극단적인 악은 서로 통하지 않을까. 혹 그 둘은 형제이고 한 몸이지 않을까, 악이 없다면 선은 분명 모습을 드러내지 못할 것이다. 그런 측면에서 보면 분명 악이 먼저 인간의 본성에, 인간의 삶에 가까이 있는 것 같아."

　민은 철규의 어두운 학창 시절과 악과 선에 대한 그의 철학, 악을 정당화하고 미화하는 논리와 그의 신념에 찬 이야기를 말없이 듣기만 하였다. 뭐라고 표현하기 힘든 감정이 솟아나며 마음은 무거웠다. 아버지도 모른 채 태어난 철규는 탄생의 순간부터 축복받지 못하고 이 세상을 마주한 것이었다. 그 누구보다도 악의 신은 항상 그에게 가까이 있었으며 자라는 환경이 끊임없이 그를 유혹하고 괴롭혀왔던 것이다. 하지만 그의 마음에 선(善)의 핏줄이 있었기에 악(惡)에 관해 괴로워하는 감정을 가졌을 것이다.
　어린 중학 시절부터 천사와 악마에 대해 관심을 보이고 《데미안》 책을 읽으며 알을 깨고 나오려고 발버둥 쳤지 않은가. 신이면서 악마인 아브락사스는 분명 철규를 괴롭혔을 것이다. 그에게는 어머니의 품이 악의 알이었던 것이었다. 그 알을 깨고 나오니 그를 맞이한 것은 돌아갈 수 없는 더 큰 악의 세계였다. 그에게 데미안은 어떤 존재였을까? 철규는 데미안을 닮고 싶어 했는지도 모른다.
　민의 지난 군대 생활이 몸과 정신이 자라지 못한 동면의 시간이었다면 그동안 철규는 그만의 세계를 찾아 날아오른 이글거리는 독수리 같았다. 그의 입가에는 독수리가 사냥한 먹이의 핏빛이 감도는 듯했고 그의 어깨에 달린 상상의 날개는 더없이 튼튼해 보였다. 그가 말하는 세상이 어떤 세상인지가 궁금해졌다. 그의 세상을 알면 결국 그가 추구하는 신도 찾을 수 있으리라.

처절하게 고민한 철규의 세상은 진리를 찾겠다는 민의 강한 다짐과 열정에 불을 지폈다. 민의 몸속에 서서히 퍼지는 알코올과 철규의 한 마디 한 마디가 그동안 오랫동안 기억의 창고에 갇혀 있었던 지적 호기심이 두려움과 함께 묘한 감정으로 표면 위로 올라오기 시작하였다.

민은 철규에게 그의 세상에 관해 물어보지 않았다. 아마도 그 세상은 몇 마디 말로 표현할 수 있는 그런 세상은 아닐 것이다. 앞으로 차차 알아갈 것이다. 철규는 자리를 옮겨 한잔 더 하자고 제의하였다. 민은 그냥 그대로 그의 말을 따랐다. 오랜만에 마신 술은 민을 취하게 했다. 철규도 많이 마셨지만, 전혀 흐트러짐을 보이지 않았다.

밖으로 나오니 비린내를 품은 찬 바닷바람이 민을 맞이하였다. 역시 바닷가는 겨울이 최고였다. 찬 어둠에 잠긴 겨울 바닷가는 사람의 마음을 두렵게 하지만 나름 미묘한 매력을 느끼게 한다. 민은 순간 가장 아름다운 색은 검정이라 생각했다. 검정은 그 깊이를 가늠할 수가 없기 때문이었다.

몇 발짝 앞서가는 철규를 따라가니 검은색의 벤츠가 대기하고 있었다. 운전기사가 깍듯이 철규에게 인사를 하고 차 문을 열어주었다. 민은 너무 놀라웠다. 철규는 운전기사에게 가만히 서 있는 민에게 문을 열어주라는 신호를 했다. 민은 아무 말 하지 않고 차 안에 몸을 던져 넣었다. 차 안은 적당히 따스하고 아늑했다. 술기운으로 몸은 나긋했지만, 머리는 호기심으로 가득 차올랐다. 철규가 무슨 일을 하기에 이런 비싼 고급 차에 기사를 데리고 있단 말인가? 어머니의 돈인가? 아니면 그동안 많은 돈을 벌었단 말인가? 그러면 대체 어떤 일을 하는 것일까? 모두가 궁금했지만 물어보지 않았다.

차 안에서 철규는 민의 군대 생활에 관해 몇 마디 물어보았다. 철규는 외동이고 전과가 있어 군대는 가지 않는다고 했다. 민은 군대 이야기는 하고 싶지 않아 형식적으로 간단히 답변하는 사이 차는 언덕길 골목에 섰다. 그 골목길 윗길은 붉은 불빛으로 물든 홍등가로 보였다. 말로만 듣던 완월동 사창가인 듯했지만 철규에게 물어보지 않았다.

술집의 좁은 입구 옆에는 나무판에 끌로 투박하게 새겨진 간판이 덩그러니 달려있었다.

'목마木馬.'

아, 얼마나 슬프고 처량한 이름인가? 민은 철규를 따라 좁은 계단을 한 걸음 한 걸음 옮기며 어린 시절 나무로 만든 작은 말을 가지고 놀던 추억을 떠올렸다. 목마는 손때가 묻어 반질반질했으며 색깔은 점차 진한 고동색으로 변해갔다. 말은 그 어떤 동물보다 아름답고 품위가 있다. 그러기에 슬펐다. 어린 시절 회전 목마를 타며 즐거워했던 기억도 떠올랐다. 둥실둥실 몸이 뜨며 회전하였다. 말도 같이 즐거워하는 것 같았다. 나무지만 사람을 태우면 달리지 않는가?

어느 시인의 시(詩) 구절이 생각났다.

"한 잔의 술을 마시고 우리는 버지니아 울프의 생애와 목마를 타고 떠난 숙녀의 옷자락을 이야기한다. 목마는 주인을 버리고 그저 방울소리만 울리며 가을 속으로 떠났다. 술병에서 별이 떨어진다."

민은 추억과 센티멘털한 감정으로 목마의 집에 들어선 것이다.

목마의 중앙 홀은 낮은 조도의 야릇한 붉은 불빛이 어둠을 밀어내고 있었다. 여기저기서 담배 연기가 피어올랐다. 홀 주변에는 몇 개의 별도 방이 있었으며 진한 화장을 한 몇 명의 여자들이 술을 마시고 있었다. 그들은 별로 말을 하지 않았으며 옷은 주로 단색의 원피스 정도를 입고 있었다.

붉은 립스틱을 바른 어떤 젊은 여자가 들어서는 민과 눈이 마주쳤다. 민은 호기심이 있었지만, 의식적으로 눈을 피했다. 철규는 홀 중앙에 있는 바에 자리를 잡았다. 여러 종류의 고급 양주들이 바 중앙에 고급스럽게 진열되어 있었다. 민은 그동안 소주나 맥주 정도만 마셨지 고급 양주는 먹어본 적이 없었다. 잘생긴 바텐더가 철규에게 반갑게 인사를 하면서 그들을 맞이하였다.

"사장님, 오랜만에 오셨습니다."

"오늘 친한 친구를 데려왔으니 잘 부탁하네. 술은 내가 좋아하는 것으로."

술은 '조니워커 블루'였다. 민은 듣기만 했지 한 번도 마셔본 적이 없는 술이었다. 과일 안주와 얼음이 같이 나왔다. 술병은 푸르스름한 빛을 머금은 채 묵직해 보였으며 술자리의 분위기를 살아나게 하였다. 철규는 묵직한 병을 들어 민에게 한 잔 그득히 따라주면서 말문을 열었다.

"민, 오늘 제대 축하 자리니 편한 마음으로 마음껏 마시자. 같이 축배를 들자."

"고마워. 건배!"

민과 철규는 잔을 살짝 부딪친 후 입에 털어 넣었다. 철규는 술잔을 내려놓으며 말을 덧붙었다.

"민, 이 술집은 내가 하는 집이야. 난 이런 술집을 몇 개 더 가지고 있지."

"그렇구나."

민은 한 잔을 들이켜니 입안 그득 향기가 퍼졌다. 분명 독한 술이건만 목을 타고 넘어가는 느낌은 부드러움이었다. 하지만 머리는 복잡했다. 철규는 이율배반적이지 않은가? 어머니가 하던 한정식집은 그렇게도 싫어하고 문을 닫게 하면서 자기는 이런 술집을 몇 개나 하고 있다니 이해가 되지 않았다.

아마도 철규가 진정 싫었던 것은 술장사가 아니라 어머니가 남자 손님들에게 파는 웃음이 싫었던 것인지도 모른다. 어머니를 지켜주고 보호해주고 싶었던 것이리라 생각하니 민의 마음이 다소 누그러졌다. 철규는 민의 마음을 읽었는지 몇 마디를 덧붙였다.

"나와 같이 일하는 몇몇 애들은 모두 소년원에서 만난 친구이자 동생들이지. 모두가 사회에서 받아주지 않는 애들이고 가정환경이 불우하고 정상적으로 학교에 다니지 못해. 소위 말해서 어린 시절에 '먹고사는 일이 급급함'과 '사람이 바닥까지 추락하는 경험'을 한 애들이지. 사람의 따뜻한 사랑을 알지 못하고 느껴본 적이 없는 친구들이지. 나는 이 애들이 더는 나쁜 길을 걷지 않도록, 일자리를 주고 형제처럼 지내고 있어. 나는 이들과 함께 우리들만의 사랑이 가득한 세상을 만들 생각이네."

"우리들만의 세상이라…."

민은 술잔을 바라보며 홀로 중얼거렸다.

"여태까지 나를 따라주고 믿어준 동생들이지. 난 학교 친구가 없어. 형제자매도 없고 친척도 없어. 오직 이 애들이 나의 형제요 나의 가족이지. 이들은 모두가 타고 남은 연탄재처럼 회색빛 전과자이지만 마음만은 너무나 착하고 순진해. 환경이 이들을 그렇게 만든 거라네."

민은 철규의 이야기를 들으며 술에 취해갔다. 철규는 이 세계에서 우두머리로 자라고 있는 것이었다. 이 세계가 어둠의 세계라고 단정하고 싶지는 않았지만 뭔가 범죄의 그늘이 깔린듯하였다. 하지만, 철규의 얼굴은 너무나 편안했다. 말에도 자신이 있어 보였다. 그만의 현실 철학이 그의 삶을 단단히 지탱해주는 것 같았다.

그의 사업은 너무나 당당하기에 그를 부정하고 그의 영역에 침범하는 어떤 세력도 그냥 둘 것 같지가 않았다. 그는 자갈치시장과 완월동 일대에서 세력을 키워나가는 조직 단체의 두목인 것 같았다. 비록 술이 철규에 대한 두려움을 많이 덮어주었지만, 민의 마음 한구석에 새로운 갈등과 두려움이 자라나고 있었다. 철규의 세상과 그 세상의 끝은 어디일까? 야릇한 멜로디를 들으며 술잔을 바라보고 있을 때 누군가가 민의 등을 쓰다듬으며 그의 옆에 바짝 다가와 앉았다.

"사장님 친구분이시네. 반가워요. 저 술 한잔 받으세요."

민은 움찔거리며 그녀를 바라보았다. 얼굴은 짙은 화장에 이목구비가 뚜렷하며 몸은 호리호리했다. 그녀의 목소리는 걸걸했지만, 다소곳이 이야기하려고 노력하였다. 며칠 전에 제대를 한 민에게는 여자의 향수 냄새는 독한 자극이었다. 술집에서 일하는 호스티스였다. 철규는 그냥 보고만 있었다. 민은 그녀를 거절하는 것은 철규의 호의에 실례가 되는 것 같아 아무런 표정 없이 그녀가 따라주는 술을 받아 한 잔 마셨다. 민도 그녀에게 한 잔 따라주었다.

그 뒤 민은 철규와 어떤 이야기를 했는지 기억이 없다. 그냥 그녀의 독한 향수 냄새와 웃음과 함께 술을 마셨다. 무수한 감정이 생기고 엉키다가 결국은 민은 술로 마비되었다. 단 한 가지 충격적인 사실은 그녀는 여자가 아니었다. 여자행세를 하는 게이였으며 그 술집의 손님들은 모두가 완월동 직업여성들이었다. '목마'는 그들의 휴식처요 그들의 스트레스를 해소하는 유일한 곳이었다.

철규는 그렇게 돈을 벌고 있었던 것이다. 민은 그날 유일하게 그 바의 남자 손님이었다. 그날은 그렇게 철규의 세상에 한 발을 디디게 되고 철규에 대한 두려움은 차가운 겨울밤 푸른 달빛 아래 마음속 심연의 바닥에 내려앉았다. 민은 취한 몸으로 비틀거리며 술집을 빠져나왔다. 고개를 들어 홍등가의 붉은 불빛에 빛을 잃은 달과 별들을 바라보았다. 군대에서 보던 보름달 생각이 났다. 엘리제의 얼굴이 떠올랐다. 가슴에 별이 떨어졌다.

엘리제의 노래

　겨울 햇살이 무자비하게 쏟아지는 오후, 민(敏)은 해운대 조선비 치호텔의 커피숍에 앉아있었다. 철규와의 만남 후 민은 엘리제에게 연락했다. 얼마나 보고 싶었던 엘리제인가. 어떤 모습으로 나타날까. 민은 긴장을 풀기 위해 앞에 놓인 물을 연거푸 마셨다. 커피숍에서 흘러나오는 적당한 볼륨의 매끄럽고 부드러운 음악이 다소 민에게 위안이 되었다.

　엘리제에 대한 민의 사랑과 그리움은 끝이 없지만 뭔지 모르게 불안감도 함께했다. 사랑의 감정은 완벽하지 않다. 사랑하면 할수록 사랑의 감정이 크면 클수록 붙잡으려는 욕심, 소유욕이 자기도 모르게 생기고 의심과 배신의 그림자가 스며든다.

　민은 고개를 돌려 바닷가 쪽을 바라보았다. 한 면이 전체 유리로 되어있어 한눈에 바다를 볼 수 있었다. 쏟아지는 햇살에 해운대 백사장의 모래는 부드러운 금모래 빛깔을 띠고 있었다. 규칙적으로 조용히 밀려오는 파도의 손길에 모래는 하얀 속살을 내어주었다. 파도는 모래 발가락을 살짝 간지럽히고 다시 밀려 나갔다. 마치 사랑의 밀당을 하는 것 같았다. 얼마나 오랜 시간 그렇게 서로를 탐색하고 속삭이며 지내왔을까?

　민은 저 멀리 펼쳐져 있는 바다 수평선을 바라보았다. 수평선은 항상 사람의 눈을 사로잡는 힘이 있다. 수평선 저 너머에는 무엇이 있을까? 순간 민은 엘리제가 정신병원에 있을 때, 바다를 보여 주려고 엘리제를 해운대로 데리고 왔던 생각이 났다. 그때는 너무나 절박하였다. 엘리제의 어깨를 감싸고 푸른 바다를 보면서 차라리 엘리제와 같이 민은 바위가 되길 바랐지 않았던가. 그 '순간'이 '영원'이 되길 바라면서. 민은 바다 위로 날아오르는 갈매기를 무심히 바라보면서 그도 갈매기처럼 푸른 바다를 보면서 살고 싶었다. 잔인하게 쏟아지는 겨울 태양의 햇살은 바다 표면에 부딪히자 다이아몬드처럼 반짝거렸다. 그 강한 바다의 향연은 윤슬을 타고 민의 눈동자로 다가왔다. 눈이 부셨다.

　순간 엘리제가 나타났다. 다시 한번 민의 눈은 부셨다. 우아한 천사가 민을 향해 사뿐히 걸어오는 듯했다. 푸른색이 감도는 부드러운 코트를 입고 있었다. 목에는 체크무늬의 분홍색 목도리를 하고 있었다. 민에게 미소를 머금은 채 다가오는 엘리제를 민은 자리에서 일어나 그녀의 손을 덥석 잡았다. 그녀의 손은 차가웠지만 너무나 부드러웠다. 아 얼마나 잡아보고 싶었던 손이었던가? 민은 엘리제를 자리로 인도했다.

"엘리제, 그동안 잘 지냈어? 보고 싶었어."

"제대 축하해. 무사히 제대해줘 고마워."

엘리제는 벅차오르는 감정을 억제하지 못하고 눈망울에 엷은 이슬이 고였다.

아, 얼마나 아름다운 엘리제인가? 얼굴은 희고 가냘픈 곡선의 미를 지니고 있었다. 창문을 통해 흘러온 햇살은 천사의 얼굴을 더욱 화사하게 만들었다. 커피의 그윽한 향이 그들을 감싸고 있었다. 백사장의 금모래, 파도와 바다의 반짝거림 모두가 그들의 만남을 축하하는 듯했다. 저 멀리 바닷속에는 커다란 고래가 춤추고 투명한 몸에 푸른빛의 지느러미를 지닌 인어들이 머리칼을 나부끼며 노래를 불렀다. 민은 아무 말 하지 않고 오직 엘리제만 바라보았다. 엘리제를 향한 끓어오르는 사랑의 감정과 만남의 기쁨을 억제하기가 힘들었다. 군 복무 중에 민은 일부러 엘리제가 자기에게 면회 오는 것을 거절하였다. 이유는 만난 후 헤어지고 나면 며칠간 너무나 마음이 아팠기 때문이었다. 더는 이별이 없기를 바랐다. 엘리제와 첫 만남 이후 끊임없이 헤어짐의 안타까움과 아픔이 민과 엘리제의 마음속에 자리 잡고 있었기 때문이었다.

그들은 일상적인 이야기를 나눈 후 커피숍을 빠져나왔다. 천천히 동백섬을 따라 걸었다. 겨울의 동백나무가 그들을 반겨주었다. 차가운 겨울 날씨와 매서운 바닷바람을 견디며 동백은 붉은 꽃을 활짝 피우고 있었다. 나뭇잎은 반지르르하며 짙은 파란색을 띠었다. 민은 엘리제의 손을 움켜쥐고 천천히 한 발 한 발 말없이 동백섬을 끼고 걸었다. 말은 안 해도 심장의 뜨거움은 분명 엘리제에게 전달되었으리라.

한 손으론 주머니 속에 엘리제가 선물했던 네 잎 클로버가 새겨진 손수건을 쥐고 있었다. 민은 양손에 엘리제의 체취를 느끼며 제대 후 최고의 행복감을 맛보았다. 아, 이 '순간'이 다시 '영원'이 되었으면 했다. 굽어진 해송 가지 사이로 끝없이 펼쳐진 푸른 바다가 그들을 반겼다. 지저귀는 참새소리가 여기저기서 들려왔다.

붉은 석양을 뒤로하며 민은 버스를 타고 엘리제가 가고자 하는 곳으로 갔다. 그곳은 엘리제가 간혹 피아노 연습을 하는 학원이었다. 좀 늦은 시간이라 학원 안에는 아무도 없었으며 중앙에는 웅장하고 우아한 자태를 뽐내는 그랜드피아노가 놓여있었다.

그렇다. 엘리제는 민을 위한 피아노 연주를 해주고 싶었던 것이다.

엘리제는 호흡을 가다듬고 피아노 의자에 앉았다. 민도 다소 긴장을 하면서 흥분을 감추지 못했다. 직접 엘리제가 연주하는 곡을 들을 수 있다니…. 아, 얼마나 듣고 싶었던 피아노 연주인가. 고등학교 시절 처음으로 골목길에서 들었던 피아노 연주가 생각났다. 그때의 선율이 민의 뛰는 심장과 함께 귀에서 맴돌았다.

"민, 나의 애칭인 엘리제, 그 곡인 〈엘리제를 위하여〉를 먼저 들려줄게."

엘리제의 연주는 조용히 시작되었다. 연주 모습은 우아하면서

품위가 있었다. 그랜드피아노의 음색은 민이 그동안 들어본 어떤 것과도 비교가 되지 않았다. 엘리제의 손가락은 건반 위에서 사뿐히 춤추고 있었다. 마치 천사가 천상의 노래를 가지고 내려와 연주하는 것 같았다. 이 곡은 베토벤이 결혼을 해보고자 작곡한 곡이 아닌가. 결국 베토벤은 사랑을 얻지 못했지만, 이 곡은 사랑을 갈구하고 있지 않은가. 민은 엘리제와의 사랑이 이루어지길 마음속으로 빌었다. 아름다운 연주는 끝났지만 민은 한동안 잔잔한 감동과 멋진 멜로디에 취해있었다.

엘리제는 이어 리스트의 〈사랑의 꿈〉을 연주했다. 연주는 과한 기교 없이 간결하고 울림이 있었다. 한 손으로 반주를, 한 손으로 멜로디를 쳐주며 박자, 강약, 템포를 적절히 맞추었다. 민은 초반에는 아름다운 사랑의 꿈에 빠져들다, 곧 몽환적인 우주 속으로 빨려 들어갔다. 사랑은 꿈꾸는 것일까? 꿈속의 사랑이 가장 아름다울 것 같았다. 연주의 절정에선 '나는 너를 사랑하는데 왜 너는 나를 사랑하지 않는지'를 외치는 것 같았다.

엘리제가 연주한 사랑의 멜로디는 영원히 민의 가슴속에 새겨져 사랑의 샘물로 솟아날 것이다. 민과 엘리제는 음악을 통해 사랑을 느끼고 한 몸이 되어가고 있었다.

엘리제는 마지막 곡을 시작하기 전에 차분하게 말문을 열었다.

"민, 이 노래는 내가 직접 너를 생각하며 만든 곡이야. 군대에 있던 너를 보지 못해 그리움으로 만든 곡이지. 제대하면 너에게 꼭 들려주고 싶어서. 가사도 내가 적었어. 노래는 잘하지 못하지만 예쁘게 들어줘. 제목은 〈그리움〉이야."

　민은 그 말을 듣고 너무나 놀라웠다. 엘리제가 민을 위해 노래를 직접 만들었다니…. 이 세상에 민을 위한 노래가 있다니…. 그리움으로 만든 노래라니…. 민의 놀라는 얼굴을 엘리제는 가벼운 미소로 바라만 보았다. 곡은 너무나 애절하게 그의 마음을 울렸다. 결코 웅장하지도 가볍지도 않았다. 마치 시냇물이 흘러가듯 꾀꼬리가 노래하듯이 매끄럽고 부드러웠다. 하지만 애절한 그리움에 물든 엘리제의 마음이 멜로디와 가사를 타고 민의 마음속 깊이 들어왔다. 민의 마음에는 눈물이 하염없이 흘러내렸다.

그리움

눈을 감아도 꿈길을 걸어도
보고픈 얼굴

햇살 아래서도 빗속을 걸어도
보고픈 얼굴

낮엔 날아가는 새에게
밤엔 흘러가는 별에게
너의 안부를 묻고

그리움에 멍든 눈물은
가슴에 떨어져
가슴을 촉촉이 적시네.

서러움으로 시린 눈물은
가슴에 파고들어
가슴을 불태우네

그리움으로
무한히 커가는 사랑은
다시 그리움을 키우네.

아 보고픈 얼굴이여.
아 보고픈 얼굴이여.

　며칠 후 민과 엘리제는 범어사로 갔다. 그들은 호젓한 산길을
걸으며 맑은 공기를 마시고 싶었다. 겨울이었건만 푸른 소나무와
높은 키의 잣나무가 길 양쪽에서 그들을 반겨주었다. 숲길에는
사람들이 거의 보이지 않았다. 오직 몇 종류의 새들이 숲속을 날
며 지저귀고 있었다. 고요함과 숲길의 상큼한 공기로 마음은 평
화로웠다. 민은 가냘픈 엘리제의 손을 잡고 걷다가, 춥다 싶으면

엘리제의 어깨를 감싸주었다. 엘리제는 항상 별말이 없었다. 언제나 따뜻한 미소와 눈길만 보낼 뿐이었다.

한참을 걷다 보니 카페가 나왔다. 입구의 붉은 파벽돌이 감성을 자극하였다. 안으로 들어서니 전시관과 카페를 겸한 곳이었다. 따뜻한 실내 공기가 그들의 몸을 포근히 감쌌다. 엘리제는 아메리카노, 민은 시나몬 가루를 뿌린 카푸치노를 시켰다. 유럽 왕실에서만 볼만한 고급스러운 찻잔에 담긴 커피의 향은 그들의 후각을 자극하였다. 민은 엘리제를 바라보며 말문을 열었다.

"엘리제, 대학은?"

엘리제는 잠시 망설이다 차분한 목소리로 그동안의 일을 말해 주었다.

"대학에 진학하려다 우연히 기회가 생겨 부산시립교향악단에서 일하고 있어. 정식 직원이 아니고 잠시 결원이 생겨서. 나에게는 좋은 경험이고 많이 배우고 있는 중이야."

"잘 되었네. 엘리제는 앞으로 훌륭한 연주자가 될 거야. 며칠 전 너의 연주를 듣고 난 너무 행복했어. 평생 잊지 못할 연주였지. 고마웠어. 고등학교 시절 이층 베란다에서 너의 연주를 듣던 추억도 생각나고…."

엘리제는 잠시 말없이 망설이다 결심한 듯 민에게 조심스레 말하였다.

"민, 부모님께서 내가 외국에서 피아노 공부를 더 하길 바라셔. 그래서 지금 미국 줄리아드 음대에 지원한 상태야. 입학하기 힘든

38

학교지만 도전은 해보고 싶어. 합격 여부는 조만간 나올 것 같고. 하지만 만일 된다면, 홀로 미국에 가는 것이 너무 두려워. 이젠 외로움도 싫고.”

민은 너무 놀라웠다. 축하해주어야 하는 자리였지만 민은 순간 또 헤어져야 할지도 모른다는 불안감이 밀려왔다. 엘리제는 어려운 입학이지만 분명 합격을 할 것이다. 독주회도 하고 상도 많이 타왔지 않았던가. 그동안 보고 싶었지만 군 생활로 보지 못했고 심지어 헤어짐이 싫어 면회조차 거절해왔던 민이었다. 제대 후 마음껏 사랑하고 품어주고 싶었는데 다시 헤어질지도 모른다는 먹구름이 민의 마음을 덮었다.

민은 찻잔을 바라보며 아무 말 하지 않았다. 내색하지 않으려고 입술을 깨물었다. 주마등처럼 민과 엘리제의 만남, 이별의 지난 일들이 떠올랐다. 엘리제의 서울 전학, 부산시립정신병원 입원, 민의 입대로 인해 이미 서로는 견디기 힘든 이별의 아픔을 겪어왔지 않은가.

둘의 인연은 이렇게도 끊임없이 헤어짐의 연속인가. 이별이 진정한 사랑을 확인하고 더욱더 사랑의 불꽃을 피울지라도 민과 엘리제는 더는 헤어짐이 진정 싫었다. 그들은 서로의 눈빛으로 그 감정을 나누었다. 하나 결국 민은 마음에 없는 말을 할 수밖에 없었다.

“잘 되었네. 꼭 합격할 거야.”

그들은 범어사 법당에서 두 손 모아 기도를 하였다. 마음속에 무슨 기원을 담아 기도를 했는지 서로 묻지 않았다. 법당 안의 마루는 얼음장처럼 차가웠지만, 민의 마음을 차분하게 만들었다. 카페에서 느꼈던 걱정과 두려움은 점차 사라지고 호수처럼 차분한 고요함이 자리를 잡았다. 민은 속으로 생각하였다. '이 모든 것을 감사하자!'

 민은 엘리제와 같이 법당 안에 있는 그 순간을 감사하였다. 부처님을 향해 같은 방향을 보면서 신성한 기도를 하고 있지 않은가. 이 세상에서 가장 아름다운 동행은 같은 염원으로 같이 기도하는 모습이 아닐까. 그들은 법당을 빠져나와 절 옆으로 흐르는 개울가에 자리를 잡았다.

 서로가 별말 없이 얕은 얼음 사이로 졸졸 흐르는 맑은 개울물만 바라보았다. 엘리제는 나뭇잎을 주워 개울물에 띄워 보냈다. 마치 무슨 소원을 담은 나뭇잎처럼 보였다. 한 줄기의 햇살이 구름 사이로 삐져나와 개울물에 떨어졌다. 투명하고 차갑게 보이는 물은 잠시 반짝거렸다. 반짝이는 개울물 속에는 잔잔한 자갈들이 예쁜 자태로 자리 잡고 있었다. 민은 그중에서 제일 예쁘고 은은한 빛깔을 가진 조그만 자갈돌을 주워 엘리제에게 주었다.

 "엘리제, 이 자갈돌은 범어사에 온 기념품으로 간직해주었으면 해. 네가 어디를 가든 나를 생각하며 간직해주었으면 해."

 엘리제는 예쁜 자갈돌을 보며 어린애처럼 좋아하면서도 순간 슬픔의 그림자를 감추지 못했다. 민은 그의 사랑이 담긴 이 자갈돌이 엘리제가 어디를 가든 영원히 지켜주리라 믿고 싶었다. 민은 자갈돌이 그의 모습이라 생각하며 즉석에서 엘리제에게 자작시를 읊어주었다. 엘리제가 직접 작사 작곡한 노래 〈그리움〉에 대한 답가(答歌)이며 민의 마음이었다.

자갈돌

천 년의 세월 속에
물속에 갇혀도
난 외롭지 않네.

낮엔 태양과 구름이
밤엔 달과 별이
나를 쳐다보네.

어떤 날은
부드럽고 잔잔한 물결이
어떤 날은
거칠고 성난 물살이
나의 몸을 감싸네.

결국

나는 천 년의 세월을 머금은

가장 매끄러운 살결을

가지게 되었네.

잔인한 봄날

민은 그날 이후 누구도 만나지 않았다.

따뜻한 봄 햇살에 차가운 겨울의 기운이 밀려나는 어느 날, 민은 학교 도서관에 앉아있었다. 그냥 도서관에 와보고 싶었다. 학교 복학 준비를 마치고 그냥 도서관의 분위기를 느끼고 싶었다. 넓은 도서관의 구석자리에 앉아 창밖을 아무런 생각 없이 바라만 보았다. 다시 캠퍼스 생활이 시작된다고 하니 마음이 설렜다. 추위를 머금은 이름 없는 봄꽃이 그에게 살짝 미소를 보내는 것 같았다. 그의 마음은 훈훈한 봄기운으로 차오르고 멋진 대학 생활을 꿈꾸었다. 제대 후 철규와 엘리제의 만남에 대해 다시 차분히 생각해보았다.

제대 후 처음으로 만났던 철규는 민에게 더 큰 정신적 혼란만 주었다. 학창 시절, 소년원에 있던 철규를 보고 난 후 민은 일부러 그를 피한 것이 마음에 걸렸다. 사실 그가 두려웠다. 그런 이유로 철규의 존재는 민의 군대 생활 내내 민을 괴롭혔다. 궁금증과 걱정도 함께했다. 철규 어머니에 대한 걱정도 민의 마음속 깊이 자리 잡고 있었다. 하지만 이번 만남 후에도 민의 두려움과 걱정은 사라지지 않았다.

큰 어둠의 세계에 갇힌 철규는 앞으로 그 세계에서 벗어날 것 같지 않았다. 철규의 세계는 그가 스스로 선택한 길이고 그에게 가장 어울리는 세계가 될 것 같았다. 그는 결코 후회하거나 그 세계에 대해 의문조차 가지지 않을 것 같았다. 더 큰 힘을 키울 것이며 어둠의 왕이 될 것이다.

그의 철학과 힘은 어둠의 세계를 지배하는 원동력이 될 것이다. 한편으론, 가식의 한 껍질을 벗기면 나타나는 어둠의 세계가 진정 인간이 살아가는 진짜 모습이 아닐까 하는 생각도 해보았다. 민은 철규가 이야기한 '메타트론' 천사가 어떤 천사인지 궁금했다.

엘리제의 얼굴이 떠올랐다. 그녀의 미소와 눈망울이 너무나 선명하게 민의 뇌리에서 사진처럼 인화되었다. 바라보는 창문에 점차 그녀의 얼굴이 새겨지고 피아노 치는 자태가 천사의 모습으로 큰 도서관 창문을 덮기 시작하였다. 창문 너머로 보이는 봄꽃들이 천사의 머리를 장식해주었다.

추위를 뚫고 막 피어난 꽃이라 엷은 색이지만 순결 그 자체였다. 천상의 아름다움에 민의 마음이 쓰렸다. 혹시나 그녀가 미국 유학을 갈지 모른다는 생각에, 또다시 헤어질 수도 있다는 두려움에 민은 초조함을 감추지 못했다. 왜 이리도 인생은 생각대로 되지 않은지. 엘리제는 앞으로 나를 떠날 수도 있고 철규는 더 큰 어둠의 세계에 갇혀있지 않은가.

민은 앞으로 남은 대학 생활을 생각하기 시작하였다. 일단 학업에 열중하기로 하였다. 이제는 복학생으로서 캠퍼스 낭만만을 좇지는 않을 것이다. 군대 가기 전에 충분히 즐기고 마시고 고민하는 시간을 가졌지 않은가. 민은 책을 어떻게 읽을지를 고민했다. 한때는 밤새워 닥치는 대로 읽었고, 한때는 아예 활자조차 거부한 적도 있었다.

동면의 군대 생활 중에도 민은 책을 읽지 않았다. 머리에 더는 지식과 감정을 담고 싶지 않았기 때문이었다. 머리와 몸은 최소한의 온도를 유지하며 동면의 시간을 보낸 것이었다. 이제는 지식에 대한 왕성한 식욕이 생기기 시작했다. 하지만 민은 여러 책을 보면서 괜히 시간을 뺏기고 싶지 않았다.

불멸의 고전을 읽고 싶었다. 가장 인간과 인간의 삶을 그린 책을 읽으며 인간에 대해 좀 더 관찰하고 삶에 대해 고민해보고 싶었다. 치열한 삶에서 진리를 찾아 도전할 것이며 영원히 마음속의 화두인 '자아(自我) 속의 나의 신(神)'을 찾을 것이다. 그리고 떳떳하게 현우 형을 마주할 것이다. 그리고 현우 형에게 나의 신(神)에 대해 이야기할 것이다.

민은 어떤 책이 좋을까를 고민했다. 인생의 본질이 무엇인지 생각했다. 인간은 모두가 행복을 추구한다. 하나 행복의 실체는 과

연 있는지? 인간과 숨을 쉬는 모든 생명체에게 주어진 하루하루
의 삶은 고뇌의 바다를 힘겹게 건너가는 것으로 생각했다. 생명
을 이어간다는 것은 업(業)을 만들고 무언(無言)의 죄를 지으며 끊
임없는 번뇌의 연속 속에 사는 것이다.

세상은 희극은 없고 오직 비극만이 존재하는 것이리라. 비극을
진정 알아야 행복의 참맛을 느낄 수 있으리라. 이 비극을 극복하
는 유일한 방법은 더 큰 비극을 느끼고 경험한다면, 비극 속에서
행복의 꽃향기를 맡을 수 있으리라. 민은 고민하다 마음을 정했다.

셰익스피어의 4대 비극을 읽기로 하였다. 4대 비극은 〈햄릿〉,
〈오셀로〉, 〈리어왕〉, 〈맥베스〉이다. 세계 문학의 절정이라 꼽히는
이 4대 비극을 읽으면 인간의 고뇌와 절망, 추악한 모습과 더불어
죽음이라는 무거운 화두를 경험할 것이다. 희곡으로 되어있어 더
욱더 민의 관심을 끌었다. 민은 대학 입학을 앞두고 〈올가미〉라는
희곡을 적어본 적이 있지 않은가.

민은 4대 비극은 모두가 무거운 주제이고 의미심장한 내용이기
에 정독하기로 마음먹었다. 충분히 이해되면 영어 원서로 4대 비
극을 다시 읽어보리라. 물론 많은 시간이 필요할 것이지만, 민은
결코 서둘거나 포기하지 않을 것이다. 민은 제대 후 대학 도서관
에서 처음 와서 결심한 것을 반드시 실행하리라 굳게 다짐했다.

기회가 된다면 4대 비극의 연극도 즐기리라. 계획이 생기니 마
음이 설렜다. 민은 이 4대 비극이 인간의 모습을, 삶의 모습을 어

떻게 표현하고 있는지 점차 궁금해지기 시작했다. 셰익스피어의 영혼에 들어가 그와 대화를 할 것이다. 4대 비극이 민에게 엄청난 정신적 성장과 삶을 보는 안목을 키워줄 것이며 결국은 자아를 찾아가는 희열을 느끼게 할 것이다.

민은 햄릿의 위대한 독백, "To be or not to be, that is the question(사느냐 죽느냐, 그것이 문제로다)"라는 대사를 생각하며 민은 도서관에서 대출받은 〈햄릿〉을 들고 뚜벅뚜벅 도서관을 빠져나왔다. 한풀 꺾인 겨울의 찬바람이 서서히 내려앉는 땅거미와 함께 민의 그림자를 따라다녔다.

집으로 돌아가는 버스 뒷좌석에 앉아 민은 밖을 멍하게 바라보며 비극에 대해 생각하기 시작했다. 연극의 한 형식인 비극은 어떻게 시작되었을까? 영어 단어 비극(Tragedy)은 그리스어로 '염소의 노래'의 뜻을 가진 트라고디아(Tragodia)에서 유래했다고 한다. 아마도 신에게 염소를 제물로 바치는 풍습에서, 염소의 피로 인간의 축복을 기원하는 비극적인 상황에서 그 단어가 유래했는지도 모른다.

기원전 7세기부터 그리스 아테네에서는 비극 경연대회까지 열렸다고 한다. 이 대회의 첫 우승자는 비극의 아버지라 불리는 '테스피스'라는 작가 겸 연출가였다. 비극을 통해 아테네 시민들은 고난을 극복하고 감정을 정화하는 체험을 했다. 비참한 운명을 맞는 비극의 주인공을 바라보며 두려움과 연민은 생기지만 그것은 한낱 가식적인 동정일 뿐이다. 마음속 깊은 곳에는 비극의 주인공보다 나은 자신을 돌아보고 쾌락과 심리적 안정을 얻는 것이다. 심지어 카타르시스를 체험하기도 할 것이다.

우스꽝스러운 희극이나 유치한 코미디는 결코 슬픔에 빠진 인간을 위로하지 못할 것이다. 비극의 주인공은 결국 빠져나갈 수 없는 구렁텅이에서 허우적거리지만, 그 고통의 몸부림 속에서 삶과 운명이라는 거대한 주제와 인간의 숭고함, 번뇌를 통한 진정한 인간의 모습을 찾아가는 열정을 보여주기도 한다. 결국에는 운명에 맞서는 비극의 주인공이 탄생하는 것이다.

민은 갑자기 '오이디푸스 콤플렉스' 단어가 머리에 떠올랐다. 아버지를 죽인 후 어머니와 결혼했다는 사실을 깨닫고 두 눈을 찌른 비운의 왕 오이디푸스를 생각하니 이보다 더한 비극은 없으리라 생각되었다. 민은 창밖을 보면서 지나가는 사람들이 모두 아무런 일 없이 보이지만, 피할 수 없는 인간의 비극적인 숙명을 모두가 겪으리라. 그러나 그 비극은 그들의 삶을 더욱더 빛나게 하고 감사와 축복의 의미를 깨닫게 할 것이다. 비극이란 단어에 빠진 민은 이상한 희열을 느꼈다.

민의 정신세계는 비극에 매료되어 비극에서 인간의 진정한 모습과 삶의 의미를 찾고자 했지만, 그의 일상생활은 그렇게 보내고 싶지가 않았다. 쌀쌀한 겨울바람과 저 멀리서 밀려오는 봄기운이 교차하는 시간이었다. 민은 대학 복학하기 전까지 엘리제와 더 많은 시간을 가지고 싶었다. 마음 한구석에는 혹 엘리제의 유학으로 다시 헤어질 수도 있다는 불안감이 자리 잡고 있었기 때문이었다.

사랑이 그저 생각의 양이 아닌 진정으로, 온몸으로 엘리제를 미치도록 사랑해주고 싶었다. 엘리제도 민에게 모든 시간을 내주었다. 마치 민의 군 복무 중 보지 못한 지난 시간에 대한 보상을 받으려는 듯했다. 아마도 앞으로 다시 헤어질 시간에 대한 선보상일지도 모른다. 서로는 그동안의 외로움과 갈증을 풀기 시작하였다.

어떤 날은 진한 커피와 함께 브런치를 먹으며, 어떤 날은 점심을, 어떤 날은 저녁을 먹으며 같이 시간을 보냈다. 어떤 날은 파스타를, 어떤 날은 냉면을, 어떤 날은 햄버거를, 어떤 날은 그냥 지나가다 100m 앞 식당에 들어가서 메뉴와 상관없이 식사하기도 했다. 사랑하는 사람과 같은 음식을 먹는 것 자체가 행복이었다. 맛있게 먹는 엘리제의 모습을 보는 것은 더 행복했다.

어떤 날은 서로의 눈망울을 쳐다보는 것으로 만족하고 어떤 날은 달과 별을 같은 방향으로 쳐다보는 것만으로도 행복감을 느꼈다. 영화를 볼 때는 항상 손을 꼭 잡고 보았으며 같이 웃고, 같이 슬퍼하며 같은 감정에 빠져들곤 하였다. 산책할 때는 엘리제는 언제나 민의 오른편에서 걸었으며 오른발, 왼발의 순서는 항상 같았고 보폭은 일정하고도 편안했다.

어떤 날은 소주를, 어떤 날은 맥주를, 어떤 날은 와인을 마시며 이야기하였다. 그들의 대화는 서로가 별말이 없었지만, 그냥 살아가는 소소한 이야기로 이어졌다. 간혹 대화 중간에 몇 초간 침묵이 흘렀지만 결코 어색하지 않았다.

만나는 순간순간 민은 엘리제의 자태와 체취를 머릿속 깊이 새기려고 했다. 어느 날, 산들거리는 봄바람과 같이 엘리제의 긴 머리칼에서 잔잔히 퍼지는 싱그러운 샴푸 냄새는 민의 정신을 혼미하게 한 적도 있었다. 모든 시간이 행복으로 가득 차고, 축복이었다. 데이트하고 헤어질 때는 민은 엘리제를 안아주었다. 따듯한 체온을 엘리제에게 전해주려고 최대한 포근하게 안아주며 귓속말을 했다.

"엘리제, 오늘 밤 꿈속에서 다시 만나. 사랑해."

"민, 잘 들어가. 오늘도 즐거웠어."

그렇게 행복의 시간이 이어지던 어느 날, 붉은 석양이 서쪽 언덕을 물들이고 저 멀리서 예배당 종소리가 잔잔히 울려 퍼지는 시간 민은 엘리제를 집으로 데려다주고 있었다. 그날따라 숨길수 없는 어둠의 그늘이 그녀의 얼굴에서 떠나지 않았다. 집으로가는 엘리제의 발걸음은 점차 느려지고 무거워졌다. 민은 마음속으로 불안감과 궁금증이 생겼지만 결코 묻지 않았다. 그냥 아무런 말을 하지 않았다.

엘리제는 집으로 가지 않고 다시 동네 길을 되돌기 시작하였다. 석양의 붉은 향연이 마지막 불꽃을 태우고 급격히 시들며 어둠이 그 자리를 덮는 그 시간에 엘리제는 떨리는 목소리로 민에게 말하였다. 엘리제의 눈은 어둠이 몰려오는 땅만 쳐다보았다.

"며칠 전 줄리아드 음대에서 봄 학기 입학증이 왔어. 너에게 말도 못 하고 고민하다 더 미룰 수도 없고…. 곧 떠나야 해."

민은 아무런 말을 하지 않았다. 엘리제를 보지 않고 그냥 땅만 보며 무거운 걸음을 옮겼다. 한참을 같이 걸었다. 어둠이 그들의 어깨 위에 내려앉고 차가운 바람이 칼날같이 그들의 마음을 베고 사라지곤 하였다. 누군가가 그들의 사랑을 질투하는 것 같았다.

민이 엘리제에게 다가가면 엘리제는 떠나고 엘리제가 민에게 다가오면 민이 떠나야만 하는 헤어짐의 연속이었기 때문이다. 하지만 지난 며칠간은 민에게 너무나 즐겁고 행복한 시간이었다. 좋은 것만 간직하고 추억으로 남길 것이다. 민은 용기를 내어 차분한 목소리로 말문을 열었다.

"엘리제, 축하해! 분명 엘리제는 세계적인 피아니스트가 될 거야!"

순간 민은 글썽이는 눈물을 감추려 엘리제를 왈칵 끌어안았다. 엘리제도 양손으로 민의 어깨를 감싸며 흐느끼기 시작하였다. 민은 이 순간 모든 것이 멈추었으면 했다. 달도 구름 속에 숨어버리고 바람도 숨죽이며 그 순간을 괴로워하는 잔인한 밤이었다. 천사가 민의 마음에서 떠나가는 그 자리에는 외로움과 어둠이 몰려오기 시작하였다.

완연한 봄이 왔건만 민에게는 봄이 아니었다. 가슴에는 아직도 찬바람이 쌩쌩 불었다. 엘리제가 떠나는 날 민은 공항에 나가지 않았다. 도저히 떠나는 모습을 볼 수가 없었다. 전화로 작별 인사를 할 때 엘리제는 그저 흐느낌으로 민의 마음을 아프게 했지만 도리어 민은 태연한 척 차분한 목소리로 엘리제를 격려했다.

그날은 화창한 봄날의 오후였으며 민은 한 마리의 나비가 하늘나라로 날아가는 환영을 보았다. 날아간 나비는 영원히 민의 품으로 돌아올 것 같지 않았다. 불길한 느낌이 밀려올 때마다 민은 홀로 거리를 걸었다. 때로는 바닷가에 가서 푸른 바다를 보면서 마음을 달래곤 하였다.

밤에는 '햄릿'이 그의 친구가 되어주고 그를 위로해주었다. 햄릿의 내적 고통은 민의 고민과는 비교가 되지 않았다. 햄릿은, 자신의 아버지를 살해한 후 어머니를 차지하고 왕이 된 숙부를 향한 분노와 복수심에 불타올랐다. 하지만 복수를 실행하지 못하고 끊임없이 고뇌하는 심경, 어머니에 대한 사랑과 증오, 우유부단한 성격으로 거의 정신병 환자처럼 행동하다 결국에는 왕을 죽이지만, 햄릿 자신과 그의 어머니, 그가 사랑한 모든 이가 같은 독(毒)으로 죽을 수밖에 없는 비극적 결말은 민의 마음을 아프게 하였다.

책은 처음부터 끝까지 음모와 배신, 그리고 살인으로 이어진다. 햄릿이 사랑한 오필리아는 슬픔을 못 이겨 스스로 자살을 택하고 만다. '사느냐 죽느냐'로 번민하는 햄릿을 보니 민의 아픔과 고민은 사치로 여겨졌다. 죽음은 그 어떤 고민과도 비교가 되지 않기 때문이었다.

그렇게 낮에는 온갖 봄꽃이 만개하고 화사한 기운이 감돌았지만, 태양이 지고 밤이 찾아오면 비극적인 죽음으로 얼룩진 어둠이 익어가는 민의 첫 학기가 시작되고 있었다.

사느냐 죽느냐

그렇게 하루하루 캠퍼스 안에서 낮과 밤의 이중생활을 하고 있던 민(敏)에게 어느 날 전화가 왔다. 현우 형이었다. 반가운 형의 목소리였다. 아. 얼마나 보고 싶었던 형이었던가. 제대 후 당연히 민이 먼저 연락을 해야 했지만, 형이 먼저 연락을 해오다니 민은 자신이 부끄러웠다. 사실 민이 먼저 연락을 하지 못한 이유는 현우 형을 만나 무슨 말을 해야 할지를 몰랐기 때문이었다. 생각을 정리할 시간이 필요하였다.

민은 군 생활 하는 동안 동면을 하고 있었지 않은가. 현우 형은 민에게 '자아(自我)의 날개를 펼치고 너의 신(神)을 찾아 솟아오르거라'라고 편지에서 말하지 않았던가. 민은 자신의 부끄러움을 뒤로하고 용기를 내어 반가운 마음으로 형이 만나자고 한 장소로 갔다.

장소는 민의 집에서 그리 멀리 떨어져 있지 않은 이기대(二妓臺)의 어느 횟집이었다. 민은 이상하게도 거리는 멀지 않지만 이기대를 가본 적이 없었다. 이기대의 이름은 두 명의 기녀가 있는 땅이라는 의미이니, 무슨 사연이 있어 그런 특이한 이름으로 지어졌을까?

궁금해하며 버스에서 내려 해안도로를 따라 천천히 걸었다. 바다는 거칠고 푸르렀다. 바람은 마치 폭풍의 언덕에서 몰아치는 것처럼 거셌다. 해안절벽은 가팔랐고 기괴한 모습의 바위는 태초의 바위처럼 단단하고 투박했다. 이름 없는 풀과 꽃들은 바람과 파도의 포말 속에 힘겹게 생명을 부지하고 있었다. 절벽에 서니 저 멀리 부산의 명물인 오륙도가 나타났다. 바닷바람은 때 묻지 않고 신선했으며 바다와 하늘의 색감은 원시시대의 빛깔처럼 맑고 순수했다. 이기대의 풍광과 거친 바닷바람은 그동안 답답했던 민의 마음을 말끔히 씻어주었다. 상쾌한 기분을 느끼며 허름하지만 오래 묵은 횟집에 발을 들여놓은 순간 현우 형의 광채가 민을 반겼다.

"민, 어서 오거라. 제대 축하한다."

"형, 반가워!"

그들은 간단히 인사를 하고 소주와 회를 시켰다. 현우 형은 술을 먹기 전에 경건하게 감사 기도를 하였다. 차분하고도 경건한 목소리였다. 성호를 긋고

"성부와 성자와 성령의 이름으로 아멘."

"주님, 은혜로이 내려주신 이 음식과 저희에게 강복하소서, 우리 주 예수 그리스도를 통하여 비나이다. 아멘."

형의 축복이 담긴 맑은 소주를 마시기 시작하였다. 민은 먼저 이런저런 핑계를 대며 먼저 연락을 드리지 못한 것에 대해 죄송하다고 하며 형에게 그득 술을 따랐다.

"형, 무슨 일로 부산에?"

"지금 부산에 살아."

"가톨릭대학은?"

"2학년을 마치고 군에 가야 하는데 군대 대신 난 봉사활동을 하게 되었어. 그래서 이왕이면 부산에서 하려고 내려와 지금 가톨릭에서 운영하는 성모병원에 있어."

"그랬구나. 앞으로 자주 보게 되겠네."

"그래, 너의 군대 생활은?"

"전방에 있으면서 동면의 시간을 가졌지."

민은 답을 하면서 '동면'이란 단어에 괜히 부끄러움을 느끼며 현우 형의 눈치를 살폈다.

"동면이라…. 일생에 있어 너무나 값진 시간을 가졌구나. 아마도 앞으로 너에게 그런 시간은 오지 않을 것이다. 잠을 잔다는 것은 에너지를 비축하는 것이지. 결코 허송세월하지 않았을 거야. 여여(如如)의 시간일 수도 있지. 깊은 잠은 무상(無常)과 무아(無我)의 경지와 일맥상통한다고 할까? 자신을 찾아가는 마지막 단계인지도 몰라."

민은 현우 형의 말을 들으며 놀라움을 감추지 못했다. 동면의 시간을 이렇게 해석해주다니. 자신은 동면의 시간을 허송세월했다고 부끄러워하지 않았던가. 안개가 걷히듯 마음이 맑아졌다. 과연 현우 형이었다. 민은 속으로 형이 말한 단어들, '여여' '무상' '무아'를 되새겼다. 불교용어 같은데 신부의 길을 걷고 있는 현우형이 이런 단어를 쓰다니…. 아마도 형은 불교도 깊이 공부한듯했다. 가톨릭과 불교의 교리는 많이 닮아있지 않은가. 민은 제대하면서 결심한 그의 마음을 털어놓았다.

"형, 좋게 해석해줘 고마워. 꿈보다 해몽이 좋네. 하지만 지금은 서서히 갈증을 느껴. 가슴속에 '진리'라는 화두를 담고 앞으로 남은 캠퍼스 생활을 진실과 진리를 찾아보려고 해."

"가장 어려운 화두를 잡았네. 자신을 찾는 것보다 더 어려운 일이란다. 아마도 죽기 전까지도 찾지 못하는 경우가 대부분이지. 진리를 찾는다는 말은 '해탈'과 같은 의미로 보이네. 아무튼 겨울잠에서 깨어난 너는 도전해볼 만하지. 결코 좌절하거나 포기하지말길. 겨울잠을 잔 곰들의 눈빛은 먹이를 찾아 가장 이글거리지. 겨울잠을 잔 개구리는 놀라운 점프력으로 날아다니는 벌레를 마음껏 삼키지. 이젠 너도 진정 바라는 무언가를 향해 마음껏 날아오르거라."

민은 형과의 대화에서 심장에서 솟아오르는 강한 힘을 느꼈다. 엘리제를 떠나보낸 민의 우울한 감정이 깃털처럼 이기대의 바다 위로 날아가는 듯했다. 그런 민의 기분을 느꼈는지 형은 엷은 미소를 띠며 민의 술잔에 그득 소주를 따라주었다.

순간 민은 현우 형의 오른손 손목에 작은 문신을 보았다. 민은 술잔을 받아 입에 털어 넣으며 속으로 생각했다. 미카엘 천사의 문신인가? 아니다. 미카엘 천사의 문신은 분명 형의 왼팔 손목에 있어야만 했다. 어린 시절 자살의 흉터를 없애기 위해 새긴 문신 이기에 분명 왼쪽 손목 안이었다. 민은 형에게 그득 잔을 채우며 조심스레 물었다.

"형, 오른손 손목에 문신이?"

"그래. 라파엘 대천사의 문신이지."

"왜 갑자기?"

"라파엘 대천사는 치유의 천사로 '하나님의 묘약' '하나님의 의 사'로 불리지. 나는 지금 성모병원 호스피스 병동에서 죽음을 마 주한 환자들을 위해 봉사하고 있단다. 그래서 그들을 치유할 힘 을 얻기 위해 새겼지."

죽음이라는 단어에 민은 심장이 뛰기 시작하였다.《햄릿》의 "사 느냐 죽느냐" 문구가 자동으로 떠올랐다.

그렇다!

현우 형은 지금 인간의 숙명적인 만남 '병과 죽음'과 싸우고 있 는 것이었다. 가장 현실적인 아픔이고 인간의 마지막 비참한 과정 을 보면서 투쟁을 같이하고 있었다. 민의 가슴속 화두인 '진리'를 찾아가는 것이 죽음 앞에서 무슨 의미가 있을까. 너무나 사치스 러운 고민으로 여겨졌다. 엘리제와 잠시 이별해있는 것도 이렇게 민의 마음을 아프게 하는데 가장 소중한 사람이 정신적 육체적 고통의 끝에서 죽음으로 생을 마감하는 그런 이별이란 가장 슬픈 이별이지 않은가.

죽음을 안다는 것은 삶을 안다는 것이다. 민은 문학작품에서만 죽음을 접해보았지 직접 죽음을 바라보며 죽음에 대해 고민을 한 적은 없었다. 아니, 고등학교 시절 센티멘털한 기분으로 태종대의 자살바위에서 붉은 석양을 바라보며 순간 자살의 감정을 가진 적은 있지만 죽음 그 자체를 깊이 고민한 적은 없었다.

죽음이란 단어가 민의 머릿속에서 태풍처럼 뇌리를 휘저었다. 블랙홀처럼 모든 잡념과 얄팍한 지식을 빨아들였다. 민은 다시 한번 형의 오른쪽 손목에 새겨진 문신을 바라보았다. 온화한 천사의 얼굴과 거룩한 날개로 어디든지 아픈 이에게 날아갈 듯 보였다. 현우 형의 오른손에는 더 이상 미카엘 천사의 시퍼런 칼이 아닌 라파엘 천사의 약병을 들고 있는 것이다. 악(惡)을 죽이는 일이 아닌 병(病)을 죽이는 신부로 다시 태어난 것이었다. 민은 이어지는 형의 말에 귀를 기울였다.

"지난 1년 동안 난 무수한 사람들의 죽음을 지켜보았단다. 호스피스 병동에 들어온 사람은 대략 몇 개월을 견디지 못하지. 죽음은 언제나 가슴 아픈 일이란다."

현우 형은 소주를 스스로 잔에 그득 따라 마셨다. 마치 떠나보낸 분들에게 명복을 비는듯하였다.

"민, 너를 처음 본 절에서 너의 고민이었던 '왜 사는가?'에 대해 난 너에게 '어떻게 사는가?'에 대해 이야기했었지. 이제는 '어떻게 죽는가?'에 대해 이야기해 주고 싶네. '어떻게 살 것인가'는 결국은 '어떻게 죽음을 맞이할 것인가'로 귀결될 수도 있기 때문이지. 죽음은 한 생의 마지막이지만 다음 생의 첫 출발점이기도 하지. 억울한 죽음, 숭고한 죽음 모두가 다 같은 죽음인데 무슨 차이가 있겠나 하지만 분명 죽음에는 의미가 있는 것 같아. 그 의미를 찾는 것은 죽음을 마주하는 개개인의 몫이지. 단 안타까운 것은 죽음으로 들어가는 과정에서 모두가 고통을 느끼지만 난 달리 무엇을 해줄 도리가 없네. 그들을 진심으로 간호하고 이야기 들어주고 때론 같이 기도하는 일밖에 할 수가 없어. 라파엘 대천사께서 나의 기도를 들으시고 기적을 이루시길 바랄 뿐이란다."

민의 마음은 무거웠다. 민은 현우 형의 얼굴을 바라보았다. 죽음을 주제로 이야기하고 있지만 형의 얼굴은 편안하고 광채가 나고 있었다. 형의 얼굴은 라파엘 천사의 모습으로 점차 변해가고 있었다. 분명 앞으로는 어떤 병도 낫게 할 수가 있으리라. 육신의 병만이 아니라 마음의 병도 낫게 할 수가 있을 것이다.

민은 엘리제가 정신병원에 있을 때 절실한 민의 기도에 현우 형이 천사로 민의 꿈에 나타나 엘리제를 치유해주지 않았던가. 여태껏, 형에게 꿈 이야기를 하지 않았다. 단순한 우연일 수도 있고 민의 바람으로 그렇게 꿈에 나타날 수도 있었기 때문이었다. 하지만 민은 분명 현우 형은 사람을 사랑하고 병을 고치는 힘을 가지리라 믿었다. 그 누구보다도 성령(聖靈)이 충만한 천사 같은 형이기 때문이다.

형은 한 잔의 술을 더 하고 무겁게 말을 이었다.

"호스피스 병동에는 많은 사람이 암 환자란다. 여러 병 중에 암이 가장 죽음과 친하단다. 돈이 많든 적든, 많이 배웠든 못 배웠든, 암에 걸린 대부분의 사람은 처음에는 암에 대해 부정을 하며 '설마, 왜 내가?' 하며 의아해하고 두려워하지. 그러다가 점차 분노를 참지 못해 주위 사람들을 괴롭히기도 해. 시간이 지나면서 암을 인정하고 타협을 시도하지만 고통을 벗어날 수는 없어. 곧 정신적 고통도 뒤따라오고. 우울한 시간을 보내면서 체념의 단계로 접어들지. 그때서야 죽음을 마주한 암 환자는 자신의 지난 과거를 뒤돌아본단다. 신앙에 매달리며 '신'을 찾아 나서기도 하고. 많은 사람이 가톨릭으로 개종도 하면서 죽음을 맞이하지. 나는 왜 하나님께서, 인간은 주어진 삶을 살다가 편히 하나님의 품에 안겨야 하는데 때론 이런 가혹한 고통과 시련 속에서 죽음을 맞이하게 하는지 의문이 생겨. 인간은 고통과 아픔이 있어야만 마지막 회개를 하기 때문인가. 생로병사의 가혹한 굴레를 인간은 벗어날 수가 없단 말인가."

민은 고뇌하는 형에게서 진정 인간을 사랑하는 내면을 엿볼 수가 있었다. 죽음이 다가오면 인간은 신에게 가장 가까이 다가간다. 그런 시간이 오면 인간은 신에게 구원의 기도를 하면서 때론 신에게 항의하기도 한다. 그러다가 심지어 영혼까지 내놓을 듯 신에게 삶을 구걸하다시피 한다. 하지만 죽음이 없는 영원한 삶은 인간에게 최고의 형벌이 되지 않겠는가.

민은 이런저런 생각을 하면서, 현우 형은 미카엘 천사보다는 사람을 살리는 라파엘 천사가 더 잘 어울린다고 생각했다. 형의 손목에 새겨진 라파엘 천사는 형의 혈관에 스며든 이슬 같은 술이 닿아 붉은빛을 내며 하늘로 날아갈 듯 불타오르고 있었다. 형이 든 술병은 약병으로 보였으며 형의 어깨에는 분명 천사의 날개가 움트고 있었다.

"형, 죽음을 맞이한 사람들 옆에 있는 것이 결코 쉬운 일은 아닐 것 같아. 암이 그렇게 인간을 망가뜨리고 무서운 줄은 몰랐네."

"암의 고통보다 더 인간의 존엄성을 망가뜨리는 것은 말기 암 환자에게서 나타나는 섬망(譫妄)이지. 헛것이 눈앞에 보이지. 약해진 체력과 극도의 스트레스, 정신적 공황에서 오는 현상이란다. 환자는 보고 싶은 환상을 보고, 하고 싶은 것을 마음대로 하지. 전에 어떤 환자는 나의 손을 생선으로 착각하여 물어뜯은 적도 있지. 나는 아픔을 참으며 내 손을 내주었지. 그때 환자는 가장 행복한 표정이었어."

형의 봉사하는 모습이 눈에 그려졌다. 경외감과 존경심이 절로 생겼다. 죽음 앞에 외로이 서 있는 환자의 고통을 같이 겪으며 형은 인간이 얼마나 약한 존재인가를 느끼며 진정한 신을 찾고 있었다. 형은 무겁게 말을 이었다.

"현재 내가 환자들에게 해줄 수 있는 것은 기도와 함께 그들과 시간을 같이하는 것뿐이야. 나의 기도로 그들의 고통이 조금이나마 나아지길 바라지만 대부분 그저 기도로 끝날 때가 많아. 차라리 환자의 진정한 참회가 훨씬 고통을 견디는 힘이 되어주는 것 같아. 아주 사소한 잘못도 임종을 맞이한 분들에게는 다 생각이 나는 것 같아. 친구에게 가슴 아픈 말을 한 것, 가족에게 냉정하게 한 짓, 남의 돈을 빌리고 피치 못할 사정으로 갚지 못한 것, 심지어 구걸하는 거지에게 돈 한 푼 못 주고 지나간 후 평생 그 거지의 눈빛을 잊을 수 없다는 분도 계셨네. 정말 훌륭한 분들이 많았지. 그것을 단순히 참회라고 부르고 싶지 않네. 정말 인간적인 따뜻한 마음의 표현이자 약간의 후회라고 할까. 모든 것을 훌훌 털고 싶은 거지. 사람은 정말 죄를 지으면 안 될 것 같아. 누구도 모르는 사소한 죄라도 본인은 알고 있으니. 말은 안 해도 무의식으로 느끼고 있는 것 같아."

민은 소주를 마시지 않으면 더 이상 형의 말을 들을 수가 없었다. 무거운 주제였지만 민의 관심은 폭발하였다. 지난 일 년의 형의 생활이었고 형의 철학이었다. 민의 동면기간 동안 형은 엄청난 정신적인 성장을 하고 있었다. 벌써 또 한 분의 위대한 천사, 라파엘 천사를 몸에 새기고 닮아가고 있지 않은가. 민은 형의 잔에 그득 술을 따르고 같이 술잔을 들고 입에 털어 넣었다. 점차 올라오는 알코올의 기운을 느끼며 살아있음을 확인하였다. 잠시 고요한 적막이 흘렀다. 모든 사물이 멈춘 것 같았다. 영혼의 아우성도 원망도 고통도 사라지는 듯하였다. 그 순간이 좋았다. 천장에 매달려 있는 붉은 전구도 소리 없이 발광하였다.

정적의 순간은 소주잔을 멍하게 바라보고 있는 민을 순간, 시간 이동으로 군대 생활의 '그날'로 되돌려놓았다. 결코 입에 올리거나 생각조차 하고 싶지 않은 그날의 악몽이 민의 의지와 상관없이 머릿속을 헤집고 나타났다. 제대하면서 다시는 생각나지 않기를 바랐건만 이렇게 불쑥 나타나다니….

그날은 칠흑같이 어둡고 으스스한 늦가을 밤이었다. 여느 때와 같이 민은 밤 보초를 서고 자정을 넘긴 시간에 초소로 들어와 막 자려고 하는 참이었다. 초소는 산속 깊은 곳, 분대원만 머물 수 있는 조그만 숙소였다. 적막이 흐르는 초소가 갑자기 시끌벅적하더니 소대장이 나타났다. 그는 몇 개월 전 부임한 직업군인이었다.

그날, 그는 정상이 아니었다. 만취한 상태로 눈동자는 풀려있었고 입에는 역겨운 술 냄새가 나고 있었다. 우리 분대원은 초소와 몇 발자국 떨어져 있는 숲속 공간에 모였다. 산속의 그런 공간은 무덤이 있었기 때문이었다. 하늘을 보니 그 많던 별도 보이지 않고 바람도 숨죽이며 긴장을 고조시켰다. 분대원 모두 무덤을 뒤로하고 차려 자세로 서 있었다. 소대장은 그날 애인으로부터 이별 통보를 받은 날이었다. 화풀이하고자 온 것이었다. 온갖 욕설과 기합으로도 그의 화는 풀리지 않았다. 오히려 그의 화는 불같이 타오르고 있었다. 아무런 잘못도 없는 분대원 모두 겁에 질려 있었으며 민은 속으로 '완전 또라이! 미친놈'을 부르짖으며 그 시간이 지나가길 바랐다. 그 말이 입으로 튀어나올까 조심까지 했다. 그래도 그때까지만 해도 민은 견딜만했다.

갑자기 소대장은 초소로 뛰어가더니 K2소총을 들고나오며 공중을 향해 몇 발을 발사했다. 순간이었다. 총소리와 함께 분대원 모두는 완전 넋이 나가 그 자리에 얼어붙었다. 보이는 광경을 도저히 믿을 수가 없었다. 몇 발은 초소의 위 벽에 박히며 칠흑의 어둠에 섬광을 만들었다. 소대장은 더욱더 흥분과 분노로 K2소총을 들고 무덤 쪽으로 왔다. 공포가 한꺼번에 무덤 위로 몰려왔다. 소대장은 담력을 테스트한다면서 분대원 아홉 명의 어깨를 모두 맞대라고 하였다. 모두는 의아해했지만 겁에 질린 채 그렇게 할 수밖에 없었다. 소대장은 맞댄 어깨 사이의 얼굴과 얼굴 사이의 공간에 K2 총부리를 들이대었다. 움직이면 죽는다고 하면서 총을 쏘았다. 민은 화약 냄새와 함께 지나가는 총알의 바람소리를 들었다. 살아가면서 영원히 잊지 못할 화약 냄새와 바람소리였다. 머릿속은 하얗게 되었지만 순간 공포를 느끼지 못했다. 몸은 공포를 마비시킬 정도의 강력한 호르몬이 솟구쳤다. 그 순간 민은 소대장의 눈을 쳐다보고만 있었다.

소대장의 얼굴이 서서히 눈앞에 나타나기 시작했다. 얼굴은 작고 거무튀튀했다. 입과 입술도 작고 못생겼다. 코도 역시 작았고 코끝은 뾰족하였다. 작은 눈은 항상 힐긋 쳐다보는 버릇을 가진 기분 나쁜 눈매였다. 부모의 사랑은 그 어디에도 찾을 수 없는 박복한 얼굴이었다. 끓어오르는 분노로 민은 입술을 깨물며 부르르 떨었다. 민이 앞으로 살아가는 동안 혹시나 그를 용서할 수는 있을지라도 결코 잊지는 못할 것 같았다.

순간, 저 멀리서 들려오는 큰 파도소리가 분노의 적막을 깨뜨렸다. 민의 순간이동은 급히 현실로 되돌아왔다. 그의 순간 기억도 거짓말처럼 사라졌다. 민은 급히 술잔을 들어 입에 털어 넣으며 기억을 세척하고자 했다. 민은 결코 그의 악몽을 누구에게도 말하지 않을 것이다. 현우 형은 그런 민의 모습을 재미있는 듯 물끄러미 쳐다만 보고 있었다.

민은 어색한 말로 그 어색함을 지웠다.

"형, 누구나 사람은 자기만의 비밀이 있지 않을까? 가슴 아픈, 기억하고 싶지 않은 비밀일 수도 있고. 자의든 타의든 아픈 과거는 생기게 마련인 것 같아. 중요한 것은 남에게 해를 끼치지 않고 착하게 살아야 하는데. 죽음이 다가오면 사람은 지난 추억을 벗으로 살아가지 않을까. 죽을 때 후회 없는 삶이 있을까? 몸이라도 아프지 않고 편하게 죽음을 마주해야 하는데…"

형은 민의 이야기를 차분히 듣다 가볍게 미소 지으며 말을 이었다.

"너도 이제 너의 삶에 비밀이 쌓여가는구나. 아무튼 항상 건강해야 한다. 오랜만에 만나 너무 무거운 이야기만 했네. 이것이 나의 지난 일 년 생활이었어. 한 가지 아쉬운 것은 암에 걸리지 않기 위해서는 바이러스를 조심해야 하는데 사람들은 너무 그것을 모르고 있다는 거야. 바이러스가 암 발병의 메커니즘에 큰 역할을 하지. 예를 들면 '헬리코박터'는 위암을, 'B형간염 바이러스'는 간암을, 'HPV 바이러스'는 자궁경부암을 일으키지. 세포를 공격하여 암세포를 만들지. 바이러스는 눈에 보이지 않아 사람들이 싸우기가 힘들지. 만일 공기를 통해 퍼진다면 인류에게 치명적 바이러스가 될 수도 있겠지. 앞으로 인류는 바이러스와 전쟁을 해야 할 거야. 그런 의미에서 소주가 알코올이니 소독제 역할을 할 수 있겠다. 마시자! 하하하."

민과 형은 같이 크게 웃으며 술잔을 부딪쳤다. 그날, 둘은 이런저런 이야기를 하면서 마음껏 마셨다. 너무나 보고 싶었던 형이지 않은가. 마음을 열고 이야기할 수 있는 형이기 때문이었다. 불쑥 형은 민에게 말했다.

"민, 이번 토요일 우리 소풍이나 가자."

봄 소풍! 듣기만 해도 마음이 설레었다.

민은 흔쾌히 좋다고 하고 술집을 빠져나왔다. 죽음이란 화두가 민의 어깨에 걸쳐 딸려 나왔다. 쉽게 지울 수 없는 화두이지 않은가. 어두운 밤 집으로 가면서 민은 햄릿의 독백이 생각났다. 감명 깊게 읽은 문장이라 감정을 넣어 읊조렸다. 마치 자신이 햄릿이 된 듯. 한 명의 관객도 없는 어두운 골목에서 민의 외로운 독백이기도 하였다. 아니 이 문장은 현우 형의 독백이었다. 아니 햄릿의 독백이었다.

사느냐 죽느냐 그것이 문제로다.
가혹한 운명의 화살과 돌팔매를 견디는 것,
아니면 고난의 바다에 무기를 들고 맞서는 것,
어떤 것이 더 고귀한가? 죽는 것은 잠드는 것.
오직 그뿐, 잠들어 마음의 괴로움과 육체의 고통이
모두 끝날 수 있다면
그것이 진정 바라는 바 아니겠는가.
죽는 것은 잠드는 것.

그날 민은 이불 속에 누워 잠을 청하면서 잠드는 것은 죽는 것이라는 햄릿의 마지막 독백 문장을 다시 떠올렸다. 사느냐 죽느냐, 근본적으로 삶과 죽음은 인간의 선택 영역이 아니었다. 자신의 의지와 전혀 상관없이 태어나 그냥 살다, 자신의 의지와 상관없이 죽음을 마주해야 하기 때문이다. 언제, 어디서, 어떻게 죽을지 모르는 가련한 인생이다. 결국 인간은 살아가면서 아무것도 할 수 없다는 것을 깨달을 때 신을 찾아가는 존재가 아닐까. 잠이 스르르 밀려왔다. 하루 치의 죽음에 빠져들었다.

늦은 봄 화창한 토요일 오전, 민은 설레는 마음으로 부산역으로 나갔다.

소풍이란 단어 자체에서 이미 민은 흥분을 감추지 못했다. 날씨는 완벽했다. 그렇게 덥지도 춥지도 않았다. 바람은 포근했고 하늘은 푸르렀다. 민은 청바지에 어울리는 티셔츠를 입고 나갔다. 마음은 깃털처럼 가벼웠고 머리는 상쾌하였다. 어디를 가는지는 알지 못했지만 어디를 간들 상관이 없었다.

부산역은 사람들로 북적거렸다. 민은 사람이 모이는 그런 광장이 좋았다. 인간들이 모이고 떠나가는 장소는 항상 사람들의 감정이 흐르기 때문이었다. 그날은 모든 사람의 표정이 밝아 보이고 활기가 있어 보였다. 민은 약속한 역 청사 안으로 들어갔다.

현우 형이 그를 반갑게 맞아주었다. 형은 혼자가 아니었다. 절에서 그리고 형의 대학 입학 축하 자리에서 본 적이 있던 여자가 있었다. 민은 그녀가 형의 여자 친구인지 사랑하는 애인인지 알지를 못한다. 그녀도 반갑게 민을 맞이해주었다.

"오랜만이에요. 제대 축하해요."

민은 어색하게 웃으며 반갑게 인사에 대한 답례로 말했다.

"고마워요. 다시 만나 반가워요."

그녀의 이름은 '은지(銀池)'였다. 그동안 그녀의 이름을 몰랐었다. 민은 이름이 예쁘다고 생각했다. 그녀도 청바지에 티셔츠를 입고 있었다. 순간 민은 그녀가 너무나 섹시하게 보였다. 봄에 만개한 꽃처럼 보였다. 민은 그런 감정의 눈빛과 표정을 애써 감추었다. 얼굴은 작지만 둥글고 희고 부드러웠다. 지적인 면은 없지만 약간의 백치미가 흐르듯 묘한 성적인 매력을 품고 있었다.

마지막으로 본 것이 3년 전쯤으로 기억이 되는데 그때보다 이제는 더 성숙할 수 없을 정도였다. 여기서 더 성숙한다면 아마도 터질 것이다. 그녀의 가슴은 풍만하고 청바지는 묘한 각선으로 하체를 감싸고 있었다. 셔츠 너머로 살짝 보이는 쇄골은 그녀의 살인적인 병기였다.

그들은 의논 끝에 밀양으로 향하기로 결정했다. 그리 멀지도 그리 가깝지도 않은 거리로 마음껏 소풍 기분을 낼 수 있는 곳이라 여겼기 때문이었다. 민은 달리는 열차 안에서 바깥 풍경을 즐겼다. 의도적으로 그녀와 눈을 마주치지 않으려고 고개를 돌리곤 하였다. 늦은 봄 들녘과 낮은 산에는 그야말로 꽃들의 잔치가 열리고 있었다. 녹아내린 대지의 영양분을 마음껏 빨아올리고 쏟아지는 태양의 열기에 취해 꽃들은 절정의 아름다움을 뽐내고 있었다.

기차 안까지 꽃의 향기가 퍼지는듯하였다. 아마도 꽃의 향기라기보다는 그녀의 은은한 향수 냄새일지도 모른다. 민은 저 멀리 따뜻한 양지에서 막 피어나는 노란색 꽃의 상사화와 붉은 석산화 꽃을 발견하곤 무척이나 기뻤다. 아직 필 시기가 아닌 것 같은데 따뜻한 기온에 그냥 고개를 살짝 내민 것이리라.

이런저런 생각을 하는 사이 기차는 서서히 밀양역으로 들어섰다. 역은 큰 도시에 있는 역도 아니고 그렇다고 시골에서 흔히 보는 그런 역도 아니었다. 나름 규모는 있지만 시골 냄새는 지울 수가 없었다. 그들은 설레는 기분으로 대합실을 빠져나와 밀양을 대표하는 절 표충사(表忠寺)로 향하는 버스에 몸을 실었다.

모두가 바깥 풍경을 구경하며 즐거워했다. 현우 형은 그동안 찌든 병동에서 탈출한 듯 마냥 즐거운 표정이었다. 이 순간만은 모든 것을 잊으리라. 모두가 어린 시절 소풍 가는 기분이리라. 민은 어린 시절 소풍날 어머니께서 만들어주신 김밥과 몇 개의 유부초밥 맛을 잊을 수가 없다. 특히 노란색 유부초밥의 밥 안에 섞인 깨는 고소한 맛과 향을 더했다.

소풍의 즐거움을 듬뿍 담은 은지 씨의 얼굴은 천진난만하면서도 화사하였다. 현우 형은 그동안 그녀를 만나지 않았다고 했다. 신부의 길을 가고 있는 형은 그녀와의 만남이 점차 부담스러워진다고 했다. 만나면 만날수록 인연이 쌓이고 그 인연은 형을 괴롭힐 것이다. 아니 형은 그런 괴로움을 극복할 수가 있겠지만 그녀는 그러지 못할 것이다. 그래서 자연스럽게 세 명이 함께 만나고 소풍을 택했다고 했다.

버스는 마을을 지나고 북적거리는 시장터를 지나 한적한 시골길을 달렸다. 시골길이었지만 옆에는 온갖 맛집들이 나름의 멋과 메뉴를 가지고 관광객을 유혹하고 있었다. 버스에 내려 표충사로 가는 길은 솔 향기 가득한 노송들이 줄지어있고, 계곡을 따라 산책로가 이어져 있는 멋진 숲길이었다. 중간중간 온갖 종류의 꽃들이 향기와 함께 그들을 반겨주었다. 조그만 다리 밑에는 맑고도 맑은 물이 졸졸 흐르며 새소리와 함께 그들의 귀를 즐겁게 했다.

표충사는 예사롭지 않은 산 이름을 가진 재약산과 천황산이

병풍처럼 감싸고 있는 최고의 명당자리에 위치하고 있었다. 임진왜란 시기에 나라를 지킨 사명대사를 기리는 호국성지사찰이었다. 사대 천왕문의 양옆에 오랜 세월 자리 잡은 배롱나무는 곧 붉은 꽃을 피울 듯 꽃봉오리가 자라나고 있었다. 민의 눈에는 만개한 배롱나무가 아른거렸다.

절 마당은 넓고 고적하였다. 몇 명의 관광객이 고적함을 메우고 있었다. 마당에는 몇 그루의 배롱나무가 그늘을 만들어주었다. 그들은 한 모금의 물을 마시고 여유롭게 여기저기를 구경하였다. 현우 형이 우아한 자태를 뽐내는 삼층석탑을 구경하는 사이 민은 경건한 마음으로 대광전에 들어갔다. 그녀도 민을 따라 살그머니 들어왔다.

둘은 방석도 없이 부처님을 향해 삼배를 올렸다. 둘 다 청바지에 셔츠를 입고 나란히 절을 하는 모습은 마치 연인이 와서 둘만의 사랑이 이루어지길 기도하는 모습처럼 보일 수도 있으리라. 민은 묘한 기분을 느끼며 대웅전을 빠져나오며 살짝 미소를 머금은 얼굴로 그녀를 바라보았다. 그녀의 얼굴에도 미소가 퍼지고 있었다.

경내를 빠져나와 그들은 절 뒤 산책로를 따라 걸었다. 하늘은 맑고 날씨는 더없이 좋았다. 도시 생활의 스트레스는 저 멀리 사라지고 이름 모를 야생화와 잡초들이 정겹게 그들의 마음을 녹여주었다. 따뜻한 바람을 타고 자연의 향기가 그들을 감쌌다. 산책로를 따라 흐르는 개울물 소리는 자연의 음악을 선물하였다. 저 멀리 보이는 산봉우리를 무심히 지나가는 깃털구름은 그들의 눈을 편하게 하였다.

영남의 알프스 산으로 불리는 재약산의 산책길에는 이름 모를 약초들이 즐비하고 하늘다람쥐, 담비, 꿩, 솔개 등이 그들과 동행하였다. 산책로는 소나무 향내를 담은 천년의 노송으로 주로 이루어졌지만 올라가는 길목의 나무마다 이름표가 있어 호기심을 자아내었다. 단풍나무, 굴참나무, 두 가지가 사랑하여 만든 연리목, 꽃이 예쁜 노각나무 등 모두가 그들을 치유하는 자연의 녹색 그 자체였다.

어느 정도 걷다 보니 산림은 우거지고, 계곡을 따라 흐르는 물소리와 간혹 들려오는 이름 모를 새 울음소리뿐 적막했다. 그들은 서로가 말없이 걸었다. 마른 잎을 밟는 발자국 소리만이 그들이 함께 걷고 있다는 것을 확인해주었다. 서로가 잠시 이런 고요한 침묵을 즐기고 있었다.

현우 형이 그녀를 대하는 태도가 달라져 있었다. 그녀에게 거는 말 수가 일단 적었다. 마음을 숨기기 위함인지 일부러 거리를 두려고 하는 건지 민은 알 수가 없었다. 인간의 감정은 너무나 개인적이고 복잡하기에 민은 그런 감정을 멀리하고 말 없는 나무들을 바라보며 나무의 마음을 훔쳐보기로 하였다. 어설프지만 생각나는 대로 자작시를 속으로 읊어나갔다.

나무

오늘도 태양의 햇살을 바라보며 자란다.
여기저기로 가지를 뻗고 잎을 피우며 자란다.
주위의 나무와는 치열한 햇살 경쟁을 하면서
적절히 거리 타협을 하며 자란다.

뿌리는 너의 우람한 자태만큼 땅속을 뻗어나가고
서로 다른 뿌리와 엉켜 결코 무너지지 않을 제국을 만들고
무수한 생명을 거느리며 서로 공생의 길을 간다.

너의 나이는 너의 몸통에 한 해 한 해 새겨지고
너는 그 자리에서 움직이는 모든 것을 바라보다
결국 종이가 되어 기억을 기록한다.

비바람이 몰아쳐도 결코 불평하거나 피하지 않으며
해와 달과 함께
눈과 비를 맞으며
천년의 세월 동안 묵묵히 그 자리를 지킨다.

네가 내뿜는 숨은 우리들의 숨으로 삶을 이어가고
너의 잎과 가지는 지친 이들에게 그늘이 되고

너의 사계절 변화는 아름다움과 무상함을 담고 있구나.

모든 것은 땅속에 묻히는 법,
너는 그들을 감싸며 그들의 영혼을 달래고
결국 그들과 한 몸이 된다.
아 얼마나 거룩한 인생인가?

　그들이 부산역에 내렸을 때는 어둠이 역 광장을 서서히 채우기 시작했다. 모두가 어린 시절 소풍을 다녀온 듯 즐거운 얼굴이었다. 헤어지기가 아쉬워 역 맞은편 차이나타운으로 발걸음을 옮겼다. 차이나타운은 생각보다 훨씬 크고 중국 분위기가 만연하였다. 여기저기서 켜지는 붉은 전등의 불빛이 거리를 붉게 물들이며 식욕을 자극하고 약간의 흥분을 유발시켰다.
　다소 규모가 있는 식당으로 들어가 몇 가지 안주와 백주인 고량주를 시켰다. 잔은 작았으며 흰 사기로 된 잔이었다. 현우 형이 민과 은지에게 한 잔 그득 채우고 같이 잔을 들었다. 백주의 맛은 목이 타는 듯 짜릿하면서도 은은한 알코올의 향기는 오랫동안 입안에서 머물렀다. 그때 형의 전화기에 벨이 울렸다. 형은 다급히 전화를 받고 식당 밖으로 나가 통화를 하고 들어오면서,
　"난 지금 병원에 가야겠다. 지금 생사를 오가는 분이 나를 찾는다고 하네."

"형, 누구예요?"

"몇 개월 전부터 내가 간호하고 같이 기도하고 많은 인생 이야기를 들려주신 분이라네. 이렇게 갑자기 나빠질 줄은 몰랐네."

"꼭 가야 해?"

"임종을 마주한 분이 나를 찾는다고 하니 안 갈 수가 없네. 민, 은지와 함께 남은 술과 음식을 먹어라. 계산은 내가 하고 갈게."

민과 은지는 뒤돌아서는 형의 뒷모습을 바라보며 달리 무슨 말을 할 수가 없었다. 의지에 찬 형의 뒷모습을 보니 민은 순간 눈앞에 형이 죽음의 천사인 사마엘(Samael)을 물리치는 장면이 생생하게 떠올랐다. 한 손에는 라파엘의 약병을, 한 손에는 푸른빛을 띤 미카엘의 청동 검을 들고 붉은 용이라 불리는 죽음의 천사와 장렬하게 싸워 이기리라. 죽음을 마주한 환자가 마지막으로 달콤한 죽음의 키스를 하기 전에 분명 형은 성령(聖靈)으로 그를 구하리라. 그리고 감사의 기도를 할 것이다.

말없이 아쉬운 눈빛으로 바라보는 민과 은지에게 형은 미안한 듯 불쑥 한마디 말을 던지면서 미소를 지었다.

"카르페디엠(Carpe Diem)!"

그렇다!

형은 지금 임종을 앞둔 병자에게 달려가면서 '오늘을 즐겨라'라는 말을 던지고 사라졌다. 이 세상이 끝나는 날, 신이 우리를 위해 무엇을 준비해뒀는지 물으려 하지 말자. 어떠한 일이 닥치더라도 받아들이고 이 순간이 마지막 순간이 되더라도 좌절하지 말고 마지막 포도주를 빚으며 그 순간을 즐기자. 그 순간의 시간은 우리를 시샘하며 흘러가더라도 그 기억은 영원히 함께하리라.

민은 죽음의 단어를 지우기 위해 '카르페디엠'을 외치며 은지 씨 앞에 놓인 잔에 그득 백주를 채워주었다. 작은 잔이라 술은 넘쳐 흘렀다. 물로 빚은 술이 불이 되어 그들을 불태우기 시작하였다. 소풍의 기분과 임종을 보기 위해 달려간 형의 뒷모습은 그들이 술을 마실 충분한 구실이 되었다.

그녀의 흰 얼굴은 붉게 물들기 시작하였다. 여기저기에 장식용으로 매달린 식당의 커튼도 붉은색이었다. 민은 그녀를 처음 본 순간이 떠올랐다. 붉은 석양이 내리는 저녁 무렵 가야산의 절에 불쑥 나타난 그녀였다. 민은 그날 느꼈던 묘하면서 강렬한 성욕을 잊을 수가 없다. 그날 욕정을 이기려고 계곡으로 뛰어가 찬물속에 뛰어들지 않았던가. 민은 그녀를 다시 바라보았다. 그날의 욕정이 서서히 몸에서 꿈틀거리기 시작하였다.

그녀의 뇌쇄적인 쇄골은 여전히 얇고 흰 백색의 피부에 감겨있었지만, 목을 타고 내리는 술을 머금은 붉은색은 곧 쇄골을 물들게 할 것 같았다. 그녀의 가슴은 젖 향기를 품고 있었다. 그 쇄골에 민은 얼굴을 묻고 싶은 충동을 느꼈다. 하지만 민은 말문을 닫은 채 미동도 하지 않았다. 욕정을 참는 방법은 그 길밖에 없었다. 순간, 취기가 오른 그녀는 민에게 먼저 말을 걸었다.

"민, 고마워. 민 땜에 현우 형을 다시 보게 되어서."

그녀는 현우 형을 형이라 불렀다. 정겨웠다.

"형은 나를 그동안 일부러 멀리한 것 같아. 아마도 신부의 길을 걷는 형에게 내가 부담될 수도 있을 거야. 그동안 나는 가슴에 형만을 담고 살아왔는데. 앞으로는 만나지 못할 것 같은 불길한 느낌이 들어."

민은 가슴이 아팠다. 그녀의 말에는 외로움이 묻어있었다. 결코 형에 대한 원망은 아니었다. 구도(求道)의 길은 이렇게 사랑하는 사람을 아프게 해야만 하는 것일까? 인간은 그냥 사랑하고 그냥 주어진 모습대로 살면 되지 않을까? 과연 구도자의 삶이, 성직자의 삶이 어떤 큰 의미가 있을까? 신(神)에게 다가가면 무엇을 볼 수 있단 말인가?

민은 갑자기 그녀를 보호해주고 싶은 보호본능을 느꼈다. 그녀는 민보다 한두 살 나이가 많았지만 보기에는 어리고 약해 보였다. 보호본능을 느낀 남자는 쉽게 무너진다. 어떤 감정보다 앞서기 때문이었다. 사랑도 보호본능에서 시작될 수도 있다. 하지만 민은 참고 또 참았다.

천만 가지의 생각과 감정을 억눌렀다. 한 가지의 감정은 다른 감정을 불러온다. 그렇게 하다 보면 결국에는 감정의 굴레에서 헤어나지 못할 것이다. 술은 자제력을 잃게 한다. 하지만 민은 감정을 덮으려는 의지가 앞서기에 술의 마력을 견딜 수가 있었다. 민은 한 잔의 술을 더한 후에 상투적인 말을 이었다.

"앞으로도 형을 볼 날이 있을 거예요. 너무 상심하지 마세요."

약간 비틀거리는 그녀를 조심스러운 눈길로 바라보면서 그날 밤은 그렇게 탈 없이 조심스레 지나가고 있었다. 온갖 감정을 쏟아지는 달빛에 떠내려 보내며 민은 집으로 발길을 돌렸다. 민도 외로움을 느꼈다. 엘리제가 미국으로 떠난 지도 벌써 몇 개월이 지나가고 있었다.

뚜벅뚜벅 걸으며 민은 제발 오늘 밤에는 현우 형이 죽음을 보지 않기를 바랐다. 오늘은 소풍을 다녀온 날이 아니던가.

민은 복학 후 첫 학기부터 대부분의 시간을 도서관에서 보내고 있었다. 학기 말이 다가올 때쯤 그날도 그가 정한 도서관 지정석에 앉아 평온한 마음으로 공부를 하고 있었다. 그의 핸드폰에 문자가 들어왔다.

"민, 오랜만이네요. 전에 나에게 약속한 캠퍼스 투어를 해줄래요? 난 지금 정문 앞. 은지."

순간 그날, 소풍 간 날 그녀가 지나가는 말로 캠퍼스 구경을 하고 싶다는 말에 민은 언제든지 오라고 한 말이 떠올랐다. 그녀는 고등학교 졸업 후 바로 직장을 다녀야 했기에 대학의 낭만을 무척이나 부러워했다. 현우 형이 고려대 입학 후 캠퍼스 구경도 시켜주고 대학 축제 때 같이 시간을 보내기로 한 약속을 믿었건만, 형은 그 약속을 지키지 못했다며 다소 원망스러운 이야기를 했었다. 그녀는 가톨릭대학은 전혀 보고 싶지 않다고 했다.

민은 바로 자리에서 일어나 정문으로 나갔다. 걸어가는 동안 그녀의 얼굴을 떠올렸다. 그녀는 초록색과 분홍색의 꽃무늬가 있는 원피스를 입고 있었다. 살랑거리는 초여름의 바람에 원피스도 팔랑거렸다. 그녀의 얼굴과 피부는 희고 부드러웠다. 반갑게 맞이하는 민에게 그녀는 단지 미소만 보일 뿐이었다.

그들은 별로 말하지 않았다. 발걸음도 천천히 하였다. 민은 지나가다 간단히 건물에 관해 이야기했지만, 그녀는 큰 관심을 보이지 않았다. 그냥 캠퍼스 자체의 분위기만 느껴보는 것이었다. 아마도 그녀는 민을 보기 위해 온 것은 아닐까? 그것은 너무 비약적인 상상이었다. 태양의 햇볕은 적당히 따뜻했으며 아름드리 큰 나무들은 초록의 잎으로 몸을 덮고 있었다. 간혹 재잘거리며 지나가는 여학생들의 모습이 캠퍼스에 활기를 불어넣었다. 모두가 평화 그 자체였다.

민은 순간 현우 형을 생각했다. 괜히 이런 둘만의 만남을 형이 안다면 어떻게 생각할까. 민은 이런 만남을 전혀 예상치 못했다. 하지만 결코 부적절한 만남은 아니라고 생각했다. 그녀도 이미 형의 여자가 될 수 없다고 생각하기에 그녀도 마음에 부담을 느끼지 않는 것처럼 보였다. 그녀는 형의 동생을 찾아와 형이 못 해준 캠퍼스 구경을 하고 있을 뿐이었다. 더 이상도 더 이하도 아닌데 남녀의 만남은 말로 표현하지 못하는 감정이 흐른다.

민은 그녀의 외로움을 알기에 그런 감정이 생겼을 것이다. 민의 마음에도 외로움이 쌓여가고 있었기 때문이었다. 민은 그녀와 헤어지고 난 후 온종일 그녀가 그를 어떻게 생각하는지가 궁금했다. 도서관에서 책을 읽을 수가 없이 그냥 멍하게 앉아만 있었다. 더 이상 그녀를 보지 않을 거라 생각을 하면서도 그녀의 존재는 민의 감정 안에서 소용돌이치면서 흔적을 남겼다.

첫 학기를 마무리하면서 차분한 마음으로 하루하루를 보내던 어느 날 밤, 민의 핸드폰에 벨이 울렸다. 모르는 전화번호였다. 민은 형식적으로 전화를 받았다. 뜻밖에도 철규의 목소리가 흘러나왔다.

"민, 오랜만이야. 어떻게 지냈어?"

"철규구나…. 오랜만이네. 난 잘 지내고 있어. 너는?"

"잠시 볼 수 있니?"

"지금?"

"그래. 괜찮다면. 난 지금 너의 집 근처에 있어."

"지금 바로 나갈게."

민은 허둥지둥 옷을 챙겨 입고 철규가 만나자고 한 은행 앞으로 나갔다. 긴장하기 시작했다. 이런 야밤에 불쑥 민에게 전화하다니 분명 그에게 무슨 일이 생긴 것 같았다. 민은 스스로 감당하기 힘든 일이면 어떡하나 걱정이 앞섰다. 하지만 의젓하고 현명하게 대처하리라.

철문이 굳게 내려진 은행 입구에 철규는 달빛을 피해 어둠 속에 외로이 서 있었다. 여전히 쩍 벌어진 어깨와 단단한 골격은 그의 카리스마를 지켜주고 있었다. 철규는 민을 보자 가벼운 미소를 띠며 고맙다는 표시를 했다. 그의 손에는 큰 가방이 들려있었다. 철규는 대뜸 민에게 단도직입적으로 말을 던졌다.

"오늘 밤 너의 집에서 자도 될까?"

민은 엉겁결에 대답했다.

"그래, 집에 가자."

민은 집을 향해 앞으로 걸으며 아무 말도 묻지 않았다. 무엇을 물어본다면 그에게 부담을 줄 것 같았다. 민에게 전화한 것도 공중전화였다. 무언가 사연이 있어 쫓기는 상황임이 분명했다. 그 사연이 궁금할 뿐이었다. 민은 조용히 그의 방 이층으로 철규를 데리고 갔다. 열어둔 창문을 통해 달빛이 스며들었다. 철규에게 편하게 앉으라고 하고 주스와 과일을 챙겨왔다. 미묘한 적막이 흘렀다. 민은 긴장하지 않고 의젓하게 보이려고 노력했다. 하지만 민의 맥박은 빠르게 뛰고 있었다. 철규는 주스를 벌컥 마신 후 말문을 열었다.

"큰 싸움이 있었어."

"무슨?"

"신세대와 구세대. 영역싸움이지. 하지만 결코 질 수 없는 싸움이지."

"그런 일이 있었구나. 그래, 어떻게 되었지?"

"서로 피해가 있었지만, 무엇보다 상대편 두목부터 몇 명이 중상으로 병원 입원을 하게 되었지. 결국, 경찰이 우리 사람들을 검거하고 조사 중이야. 나는 지금 도피 중이고. 너만이 유일하게 경찰이 모르고 있어 너를 찾아온 거라네. 지금 난 핸드폰과 카드는 사용을 못 해. 괜찮다면 며칠만 너의 집에 머물렀으면 해.”

민은 거절할 수가 없었다. 마음속 한구석에는 범죄자를 숨겨준다는 것이 무척이나 꺼림칙했지만, 민을 찾아온 친구인데 매정하게 할 수가 없었다. 지금 철규는 갈 곳이 없는 외로운 도망자이지 않은가. 부모님에게는 시골에서 중학 친구가 왔다고 둘러대면 될 것이다. 그냥 한방에서 이틀 아니면 삼일 정도 지내면 되는 것이다. 지쳐 보이는 철규에게 이불을 내어주며 잠을 자라고 권유했다. 철규는 고맙다고 하면서,

“살다 보니 너와 잠을 같이 자네. 평생 잊지 못할 것 같아. 고마워.”

“쓸데없는 소리. 친구 집이니 편하게 지냈으면 해.”

“민, 자기 전에 부탁 하나 해도 될까? 내일 오후쯤 내가 들고 온 저 가방을 전에 갔던 ‘목마’ 술집에 전달해줄래?”

민은 가방을 쳐다보며 아무 말 하지 않았다. 철규는 말을 이었다.

“부담되면 안 해도 돼. 저 가방에는 현금이 들어있어. 그동안 사업하면서 모은 돈이야. 우리들은 주로 현금 장사를 하지. 장사하는 우리 식구들이 당분간 먹고 생활을 하기 위해 필요한 돈이지. 다친 애들은 치료비도 해야 하고 감방에 있으면 사식도 넣어줘야 하고. ‘목마’ 주위에는 경찰이 잠복하고 있어 난 갈 수가 없어. 돈 가방이라 다른 사람을 시킬 수도 없고.”

듣고 보니 민은 거절하기가 난처했다. 철규는 잠자리도 필요했

지만, 민에게 돈 가방 전달을 부탁하기 위해 온 것이었다. 민은 순간 고등학교 시절 철규가 갇혀있던 소년원을 면회 갔던 일이 떠올랐다. 그날도 철규는 불쑥 민에게 그의 어머니에게 전해달라며 편지를 내밀지 않았던가. 그날, 편지를 전해주고 난 후 온갖 상념에 얼마나 많은 밤을 괴로워했던가. 혹시나 철규의 어머니가 그 편지를 받고 절로 들어가신 것이 아닌가 하는 생각이 순간 스쳐 지나갔다.

저 돈은 무엇인가? 범죄수익인가? 그냥 정상적으로 술집을 운영하면서 생긴 돈이지 범죄와 연결된 돈은 아니지 않은가. 지금 철규가 쫓기는 이유는 집단 패거리 싸움이지 않은가. 그날의 편지처럼 누구의 마음을 아프게 할 일은 없지 않은가. 오히려 철규를 따르는 식구들의 생활비고 치료비라고 하지 않은가. 민은 더 이상 망설이는 것은 반대 의사라고 철규가 생각할 수 있어 그냥 아무렇지도 않은 듯이 답했다.

"그러지 뭐. 한데 너는 나를 믿니? 돈을 좀 슬쩍할 수도 있는데."

"민, 넌 그런 친구가 아니야. 난 너를 잘 알아."

민의 농담에 철규는 일말의 의심 없이 바로 답해주었다. 민의 귓가에 "난 너를 잘 알아"라는 철규의 말이 맴돌았다. 무엇을 안단 말인가? 철규는 내 생각을 꿰뚫고 있단 말인가 아니면 민의 성격을 이미 다 파악하고 있단 말인가? 사실 민은 철규를 몇 번 만난 적도 없고 깊은 대화를 나눈 적도 없다. 속마음을 털어놓고 이야기를 할 기회조차 없었다.

민은 철규를 얼마나 아는지 생각해보았다. 데미안, 메타트론 천사, 소년원, 어머니 한정식집, 그 누나들, 목마 술집, 편지 등이 생각났다. 앞으로는 돈 가방이 제일 먼저 철규 하면 떠오르겠지. 속으로 헛웃음을 지었다.

순간 민은 철규가 소년원에서 선물로 준 책, 러시아의 문호(文豪) 도스토옙스키의 《죄와 벌》을 떠올렸다. 책장의 한구석에 꽂혀있던 책을 꺼내 철규에게 돌려주었다.

"철규야, 이 책 기억나지?"

"아, 이 책을 아직 가지고 있었구나. 고마워. 내가 소년원에서 읽었던 책이지. 유일하게 나를 위로해준 책이기도 하고."

철규는 페이지를 이리저리 넘기며 몇 구절을 읽는듯하고 페이지 사이사이에 자신이 적은 메모와 밑줄들을 관심 있게 바라보았다. 얼굴은 다소 흥분된듯하면서도 간혹 혼자 씩 웃기도 했다. 민은 군중 속의 고독을 느끼게 만드는 상트페테르부르크 도시의 뒷골목이 철규가 태어나고 자란 그 골목길 같다고 생각했다. 철규는 소년원에서 그 책을 읽으며 무엇을 느꼈을까 궁금했지만 민은 물어보지 않았다. 왜냐하면 지금 철규는 경찰에게 쫓기는 신세이지 않은가. 무겁고 어두운 이야기는 하고 싶지가 않았다. 대신 철규가 시원하게 답해주었다.

"그때는 마음속에 갈등이 많아 너무 힘들었어. 악마와 천사, 어둠과 빛, 죄와 벌, 나의 탄생과 운명, 우울한 고독과 싸우며 난 하루하루 견디기 힘들었지. 지금은 마음이 너무 편해. 난 지금 나의 길을 가는 중이야. 《죄와 벌》 책에 나오는 주인공 '라스콜니코프' 처럼 어리석고 소심하게 살지는 않을 거야. 그처럼 결코 대지에 꿇어앉아 흙에 입맞춤하는 일은 없을 거야. 난 지금 나의 식구들과 나의 세계를, 나의 운명을 개척해나가고 있어. 구속받지 않는 거대한 나의 세계를. 난 지금 알의 껍질을 깨고 힘차게 날아가는 중이란다. 이번 일이 마무리될 때 스스로 자수하고 법의 심판을 받을 거야. 하지만 분명한 것은 그들이 먼저 공격했고 우리 식구들은 방어했을 뿐이야. 누구도 우리를 이길 수가 없어. 우리는 가족이니까."

"그렇구나."

"민, 네가 소년원에서 준 책 리처드 바크의 《갈매기의 꿈》이 생각나네. 재미있게 읽었어. 그 후 간혹 난, 소년원 작은 창문을 통해 푸른 하늘을 쳐다보면서 내가 갈매기가 되어 하늘 높이 날아다니는 상상을 하곤 했지. 나에게 많은 힘이 되어준 책이었어."

민은 그날 밤 이런저런 생각에 계속 뒤척이며 잠을 자기가 힘들었다. 새벽녘에 잠시 잠이 들었지만 민은 계속하여 누구로부터 쫓기는 꿈을 꾸었다. 어둠 속에 갇힌 민은 죽을힘을 다해 도망가려고 했지만, 발이 땅에 붙어 떨어지지 않아 울부짖다 꿈이 사라졌다. 꿈속에서 안도의 한숨을 내쉬며 다시 잠이 들면 또다시 어둠 속에서 밧줄에 묶인 자신을 발견하고 탈출을 시도하지만, 밧줄은 더욱더 몸을 죄어오는 것이 아닌가. 민은 꿈속에서 숨쉬기조차 힘들었다. 아침은 밝았지만 민은 띵한 머리로 일어났다. 지명수배로 경찰에 쫓기는 친구를 숨겨준다는 것이 이렇게도 힘든 일인가. 민은 스스로 자신이 너무 여리고 배포가 없다고 생각했다. 민은 어머니에게 친구를 인사드리고 어머님께서 정성껏 마련해준 아침을 철규와 함께 먹었다. 철규는 너무나 맛있게 먹었다. 눈치를 보니 그는 전날 저녁을 거른 것 같았다.

민은 잠을 뒤척인 탓에 아침인데도 몸이 노곤하였다. 민은 철규를 데리고 산책하러 나갔다. 아침 공기는 신선했고 부드러웠다. 머리가 맑아지기 시작하고 그나마 기분 전환이 되었다. 여름이 이미 민의 골목길의 입구에 머물고 있었다. 천천히 걷는 민에게 철규가 말을 던졌다.

"너 덕택에 오랜만에 잠을 푹 잤네. 며칠간 잠을 거의 못 잤거든. 너는 잘 잤니?"

민은 답을 돌려 말했다.

"잠자리가 바뀌어도 잘 잤다니 다행이네. 나도 잘 잤어."

걷다 보니 어느덧 유엔묘지 입구였다. 민의 마음속에는 거리를 걷다 보면 자연스레 유엔묘지 쪽을 가리라 생각했다. 유엔묘지 안은 너무나 조용했다. 여기저기 꽃들이 만개하고 조그만 숲속에는 새가 지저귀는 소리만이 적막을 깨우고 있었다. 조경사가 아침 일찍 뿌린 물은 흙냄새를 담아 공기 속으로 스며들고 있었다. 공원 안에는 풋풋한 흙냄새와 풀냄새가 서려 향기로웠다. 이름 모를 비석들은 말없이 그들의 지난 생을 말해주고 있었다. 햇살이 구름을 뚫고 여기저기로 쏟아지며 비석을 데우고 있었다.

군대를 제대한 민은 감회가 새로웠다. 여기 묻힌 장병들은 우리나라를 지켜주기 위해 이국만리에서 온 혈기 넘치는 젊은 군인이지 않은가. 민은 마음속으로 그들의 명복을 빌었다. 민이 여기를 택한 이유는 여기에 오면 마음이 차분해지고 삶이 얼마나 귀중한가를 느끼기 때문이었다.

그리고 여기는 민에게는 잊을 수 없는 엘리제와 첫 번째 데이트 장소이지 않은가. 갑자기 엘리제의 얼굴이 떠올랐다. 너무나 보고 싶은 엘리제. 엘리제의 무릎에 누워 푸른 하늘을 쳐다보던 순간이 생각났다. 잔인한 푸른 하늘을 잊을 수가 없다. 그날 민은 엘리제에게 입대라는 가슴 아픈 이별 통보를 전하고 엘리제의 눈물을 보지 않았던가.

"민, 뭘 그리 골똘히 생각하니? 난 여기에는 처음인데, 마치 조그만 공원 같아."

민은 철규의 말에 생각의 굴레에서 벗어날 수가 있었다.

"그래 철규야, 산책코스로 괜찮아서 여기로 왔어. 마침 아침이라 사람도 없고 조용해서 좋네."

"민, 여기는 너에게 무슨 사연이 있어 보이네."

낌새를 느끼고 조심스레 물어보는 철규에게 민은 망설였지만, 여기에 온 이상 민은 엘리제에 대해 말할 수밖에 없었다. 처음 데이트 장소라는 것과 사랑하고 있다는 이야기를 해주었다.

"그랬구나. 멋진 사랑인데. 그래 지금은?"

"지금 엘리제는 미국 뉴욕에 가서 볼 수 없어."

"그래? 네가 제대하니 엘리제는 다시 미국 가고…. 아름답지만 슬픈 사랑이네."

민과 철규는 이런저런 이야기를 하면서 집으로 돌아왔다.

오후가 되자 민은 철규가 부탁한 일을 해야겠다고 마음을 먹었다.

민의 미션!

철규는 간단히 적은 메모를 돈 가방에 넣고 민에게 건네면서,

"너에게 이런 부탁을 해서 미안해. 잘 부탁해!"

"그래, 걱정하지 마."

민은 묵직한 가방을 들고 밖으로 나와 바로 택시를 탔다. 택시 안에서 내내 민은 가방을 안고 있었다. 차 안에서 민은 결코 가방을 열어보지 않았다. 얼마가 담겨있는지도 가늠이 되지 않았다. 가방에서 돈 냄새가 흘러나왔다.

돈 냄새는 단지 종이와 잉크 냄새가 아니었다. 돈에 더덕더덕 붙은 숱한 사연들, 눈물과 땀과 애환이 그 냄새에서 묻어나오고 있는 것이었다. 사람을 살리고 사람을 죽이고도 한다. 지금 이 돈은 철규를 따르는 가족들을 살릴 것이다.

민은 거리의 행인들만 멍하니 쳐다보았다. 모든 사람이 평소처럼 한갓지게 지나가는 듯하였다. 택시는 이윽고 '목마' 술집에 도착하였다. 민은 입구에 들어서며 술집 간판을 다시 쳐다보았다. '목마 木馬' 간판이 어쩐지 처량하고 힘없이 보였다. 민은 가방을 움켜쥐

고 주위를 살핀 후 쏜살같이 몸을 입구 안으로 밀어 넣었다.

술집 홀은 썰렁하였다. 밖은 오후의 강한 햇살에 밝은 대낮이지만 홀 안은 그야말로 오래된 어둠만이 무겁게 내려앉고 있었다. 여기저기서 싸구려 냄새나는 야릇한 조명 불이 돌아가고 있었다. 민은 중앙 홀에 있는 바텐더에게 다가갔다.

"안녕하세요? 철규 심부름 왔습니다."

"아. 안녕하세요? 전에 철규 사장님과 함께 오신 친구분이시죠?"

"예."

"오시느라 수고하셨는데 먼저 술을 한 잔 하시겠습니까?"

그러면서 바텐더는 묵직한 양주잔에 그득 한 잔 따라주었다. 민은 긴장한 탓인지 목이 말랐다. 그 잔을 단숨에 들이켰다. 양주의 부드러움을 느끼기도 전에 먼저 속이 뜨거워지며 불안감이 다소 누그러들었다. 민은 들고 온 가방을 조심스레 주위를 살피며 바텐더에게 전해주었다. 바텐더는 아무런 말 없이 가방을 급히 숨기며,

"사장님은 잘 계시는지요?"

"예."

"무사하다니 다행입니다. 사태 수습이 될 때까지 잘 지내시라고 전해주세요. 절대 전화를 하거나 이쪽으로 나오시면 안 됩니다. 어제도 형사들이 다녀갔습니다."

"그래요?"

민은 그 말을 들으니 긴장이 되었다. 주위를 살피니 구석진 방

에서 좀 나이 든 여인이 붉은 원피스를 입고 홀로 담배를 피우고 있었다. 뿌연 담배 연기가 그녀의 얼굴을 살짝 덮으며 야릇한 붉은 불빛을 타고 올라가고 있었다. 묘한 자세에서 풍기는 섹시함과 뺨에 살짝 보이는 작은 점이 그녀의 유일한 무기였다. 아마도 그녀도 완월동에서 몸 파는 여자일 것이다. 밤이 오기 전 홀로 자신을 위로하는 듯했다. 그녀는 온통 붉은색이었다. 돌아가는 붉은 조명 아래 붉은 소파에 붉은 원피스를 걸친 몸을 묻은 채, 붉은 립스틱을 바른 입술에 붉게 타오르는 담배와 술로 붉게 물들어가는 그녀의 야윈 살결은 민을 자극하기에 충분하였다. 민은 의식적으로 눈길을 피했지만, 그녀는 의식적으로 민을 바라보는 듯했다. 민은 그 순간을 모면하고자 바텐더에게 술을 부탁했다.

"한 잔 더 할 수 있을까요?"

"물론입니다. 마음껏 드십시오."

"한 잔이면 충분합니다."

단숨에 잔을 들이켰다. 속에 불꽃이 튕겼다. 저기에 앉아있는 여자에겐 이 '목마'는 어떤 곳일까? '목마'는 돈 많은 사람들이 즐기려고 오는 술집이 아니었다. 슬픔과 아픔을 가슴에 묻고 사는 외로운 이들이 자신을 위로하기 위해 오는 쉼터인 곳이었다.

손님들은 결코 웃지를 않았다. 아마도 많은 울음이 슬픈 '목마'의 나무 벽에 스며들어 '목마'를 자라게 할 것이다. 철규는 이런 외로운 이들을 감싸주고 어루만져 주는 '목마'의 주인이다. 민에게 어린 시절 나무로 만든 조그만 목마가 소중한 장난감이었듯이, 철규에겐 이 '목마'가 그의 놀이터요 일터요 그의 보금자리였다.

민은 생각을 멈추고 자리에서 일어서니 바텐더가 가방을 돌려주었다. 가방 안에는 돈다발 대신 철규가 즐겨 먹던 '조니워커 블루' 양주병과 안주가 포장되어 있었다. 그 가방도 묵직하였다. 민은 입구 쪽으로 발길을 돌리며 그녀를 바라보았다. 촉촉한 눈망울에 살짝 미소를 머금은 그녀의 얼굴은 민에게 다음에 다시 오라는 거친 유혹이었다.

민의 미션 완료!

민은 그날 밤 철규와 밤새워 술을 마셨다. 밤은 고요하고 달은 말없이 구름과 함께 흘렀다. 별은 총총히 저 멀리서 반짝반짝 빛나고 있었다. 처음에는 서로가 말을 하지 않았다. 서로가 가슴속으로 안도의 기분만 느낄 뿐이었다. 철규도 민이 나간 후 얼마나 가슴을 애태웠을까. 만일 잘못되면 철규는 영원히 민에게 지울 수 없는 빚을 지는 것이다.

민이 눈을 뜬 것은 늦은 아침이었다. 어젯밤 민은 긴장하고 지친 몸에 독한 양주를 마셨기에 그대로 나가떨어진 상태였다. 술에 취해감에 따라 철규와 함께 죄와 벌, 데미안, 천사와 악마, 신에 대해 이것저것 마구잡이로 이야기를 한 것 같은데 기억이 나지 않았다. 철규는 보이지 않았다. 그의 가방도 보이지 않았다. 민은 책상 위에 놓인 편지 봉투를 보고 철규가 떠났음을 직감했다. 편지는 이렇게 적혀있었다.

민,

고마워. 여태껏 살면서 친구 집에서 잔 것은 처음이야.

너에게 어려운 부탁을 했건만, 흔쾌히 네가 해주어 정말 고마워.

앞으로 이 빚을 나와 우리 식구들이 갚을 날이 오길 바란다.

민, 뉴욕에 있는 너의 사랑하는 연인에게 가보는 것이 어때?

뉴욕에서 둘만의 시간을 가진다면 너의 일생에 큰 추억이 되지 않을까.

나도 언젠가 너처럼 아름다운 사랑을 하고 싶네.

너의 따뜻한 가정을 보니 절에 계시는 어머니 생각이 나.

그동안 가보지 못했는데 지금 어머니 뵈러 나선다.

너의 어머님에게 인사 못 드리고 가서 미안해.

따뜻한 잠자리와 어머님의 손맛이 담긴 밥상, 감사하다고 전해줘.

조용해지면 '목마'에서 다시 만나게 되길.

                                        너의 친구 철규가.

　민은 편지를 손에 든 채 멍하게 푸름을 더해가고 있는 하늘을 쳐다보았다. 이 세상에서 유일한 혈육인 어머니를 찾아가는 철규의 모습이 그려졌다. 아마도 너무나 많은 이야기를 하겠지. 아니, 아마도 서로가 말을 하지 않으리라. 말은 가식이다. 말은 말을 만들 뿐이다. 말은 허공을 채울 뿐 마음을 채우지 못한다. 모자간에는 따뜻한 눈빛과 표정만으로 충분하다. 같이 따뜻한 한 끼의

식사를 한다면 더할 나위가 없을 것이다. 민은 철규 어머니의 글썽거리는 눈망울을 결코 잊을 수 없었다. 철규를 생각하며 흘린 어머니의 눈물은 가슴에 큰 강이 되었으리라.

뉴욕

민(敏)은 무심히 창문을 통해 밖을 쳐다보았다. 너무나 많은 구름이 보였다. 구름은 끊임없이 자라 저 멀리까지 하늘을 덮고 있었다. 빵이 구워질 때 부풀어 오르듯 구름은 스스로 부풀어 올라 마치 솜이불의 솜처럼 푹신하게 보였다.

구름은 요술을 부리듯 여러 모양으로 변하며 민의 눈길을 사로잡았다. 구름은 주로 흰색이지만 검은색과 푸른색이 감도는 구름도 있었다. 순간 민은 구름 속에서 엘리제의 얼굴을 보았다. 슬픔에 가득 찬 엘리제의 얼굴이었다. 보고 싶은 엘리제. 불쌍한 엘리제. 민은 지금 엘리제를 보러 뉴욕으로 향하는 비행기에 몸을 싣고 있었다. 민은 가슴속에 품은 엘리제의 편지를 꺼내 보았다.

민,
보고 싶은 민,

민은 복학 후 너무나 멋진 캠퍼스 생활을 하고 있겠지?

난 줄리아드에 입학 후 학업에 열중하고 있지만 하루하루가 힘드네.

이국에서의 생활이 처음이라 당연히 여러 어려움이 있겠지만,

수업도 쉽지 않고 친구도 사귀지 못하고 이국땅이 낯설기만 해.

나의 성격 때문인지 자꾸 외로움이 밀려오고 자신감도 떨어지고….

부모님과 민을 생각하며 강해지려고 노력 중이니 너무 걱정 안 해도 돼.

오늘 밤은 무척이나 네가 그립네.

비록 몸은 떨어져 있지만, 마음은 항상 변함없겠지.

여름 방학 때 한국에 가고 싶지만 이번에는 갈 수가 없을 것 같아.

밤에는 별을 보며

낮에는 꽃을 보며

손에는 네가 준 자갈돌을 만지며 스스로 나의 외로움을 달래고 있어.

오늘 밤은 민의 얼굴을 떠올리며 편지로 나의 마음을 쓴다.

나의 마음을 바로 전달하기가 쑥스러워 일부러 국제 우편으로 보내.

다시 만날 그날까지 잘 지내.

                                        뉴욕으로부터 엘리제가.

  민은 편지를 읽고 또 읽었다. 너무나 애잔한 편지였다. 보고 싶
은 엘리제. 감정이 북돋아 올랐다. 며칠 전 배달된 국제 우편의
편지를 보고 민은 너무나 놀랐다. 그동안 간혹 전화 통화나 문자

로 안부를 주고받았지만 엘리제는 아무런 일없이 잘 지내는듯하였다. 하지만 사실은 힘든 시간을 보내고 있었던 것이었다.

민은 고등학교 시절 엘리제가 갑자기 서울로 전학 후 우울증으로 정신병원에 입원했던 일을 떠올리며 혹 이런 일이 다시 생길까 무척이나 불안했다. 엘리제는 강한 여자가 아니었다. 마음이 여리고 외로움을 많이 타는 편이었다. 예민하고 감수성이 풍부하기에 음악을 하는 것인지도 모른다.

편지를 받은 다음 날, 민은 바로 미국행 비행기 티켓을 끊었다. 민은 군대에서 모은 돈과 그동안의 비상금을 이번에 쓰기로 마음먹었다. 엘리제를 만나러 가야 한다. 그녀와 같이 시간을 보내며 그녀를 외로움의 그늘에서 벗어나게 해야 한다.

민은 외로움의 속성을 너무나 잘 알고 있었다. 외로움은 독버섯처럼 스스로 자라 숙주인 인간을 무너뜨린다. 혼자서는 외로움과 고독의 그늘을 벗어나기가 결코 쉽지 않다. 옆에서 내미는 따뜻한 손을 잡고 그늘을 빠져나와야 한다. 혼자서 외로움을 이길 수 있는 길은 오직 하나. 의식적으로 그리고 냉정하게 외로움의 감정과 생각 자체를 아예 하지 않는 것이다. 살아가는 데 외로움은 사치스러운 감정일 수도 있다. 하지만 외로움은 항상 우리에게 너무나 가까이 붙어살아가고 있다.

민은 다시 구름을 보았다. 거대한 뭉게구름은 마치 요술램프의 '지니'를 닮은 것처럼 보여, 마술을 부릴 것 같았다. 민은 '지니'에게 명령하였다.

"지니, 이번 뉴욕 여행을 멋지게 만들어줘!"

지니는 말없이 답변하였다.

"주인님의 명령대로 멋진 여행이 되도록 하겠습니다."

"지니, 그리고 엘리제의 기분을 최고로 좋게 만들어줘!"

"주인님의 명령대로 엘리제는 주인님을 보는 순간부터 세상에서 최고의 기분을 느낄 것입니다."

민은 3번째 소원을 속으로 생각하였다. 무엇이 가장 좋을까? 고민 끝에 '지니'에게 명령하였다.

"지니, 엘리제를 항상 지켜줘!"

갑자기 구름은 요동을 치며 지니는 엄숙하게 답하였다.

"주인님의 분부대로 항상 엘리제를 천둥과 비바람으로부터 지켜드리겠습니다. 하지만 앞으로 일 년입니다."

혼자만의 생각이었지만, 민의 마음은 한결 가벼워짐을 느꼈다. 민은 구름에 감사하였다. 잠시 대화를 나눈 '지니'에게도 감사하였다. 다음에는 너를 인간으로 만들어줄게. 민은 인간의 상상력이 너무나 위대하다고 생각하며 스스로 자작시를 읊어보았다.

상상(想像)

하고픈 일이 많아
가고픈 곳이 많아
항상 목말라 있지만

어느 하나 뜻대로 되지 않아
마음속 깊이 답답했건만

나에겐 꿈이 있고 머릿속에는 상상이 있어
모든 것을 이룰 수가 있네.

현실과 꿈은 순간의 차이
긴 시간으로 보면 같은 것
현실은 꿈을 품고 꿈은 현실이 된다.

인간이 가진 가장 위대한 축복은
상상과 꿈이라네.
결코 서로 다투지 않고 못 이룰 일이 없네.

아마도
신도 부러워하는 인간의 상상은
오늘도 무한정 모든 꿈을 이루고 마네.

민은 설레는 마음과 긴장된 마음으로 입국 절차를 마치고 JFK 공항 출구를 향했다. 공항의 검푸른 제복을 입고 뒤뚱거리며 걷는 흑인 여자들이 여기저기서 출국을 형식적으로 도와주고 있었다. 땋은 곱슬머리에 특이한 볼륨을 가진 몸매를 보는 것이 신기하기도 하고 재미있기도 하였다. 이렇게 많은 흑인을 본 것은 민에게 있어 처음이었다.

엘리제를 찾는 것은 그리 어렵지 않았다. 그날, JFK공항에서 가장 예쁜 숙녀였기 때문이었다. 걱정과 달리 엘리제는 환한 기쁨의 미소를 머금은 채 민에게 달려왔다. 민은 달려오는 그녀에게 손을 번쩍 들고 흔들었다.

"민!"

"엘리제!"

민은 엘리제를 사뿐히 안아주었다. 엘리제도 양손으로 민의 허리를 감싸주었다. 엘리제의 얇은 셔츠 안에 감추어진 풍만한 가슴이 살짝 민의 가슴에 와 닿았다. 민은 순간 엔도르핀이 솟아오르며 여행의 모든 피로와 걱정이 씻은 듯이 사라짐을 느꼈다.

여자는 남자에게 무한한 에너지를 만들게 하며, 남자는 여자에게 무한한 아름다움을 만들게 한다. 민은 행복감을 느꼈고 엘리제도 기쁨의 눈빛을 감추지 못했다. 서로가 말없이 바라보기만 해도 좋았다.

아마도 '지니'가 엘리제를 그렇게 기분 좋게 만든 것인지도 모른다. 뉴욕에서 첫 만남은 너무나 환상적이었다. 외로움이란 단어는 이제는 엘리제에게 어울릴 것 같지 않았다. 혹 '지니'가 그 짓궂은 외로움이란 녀석을 강한 끈으로 꽁꽁 묶어놓았거나 저 땅속 지하에 가두었는지도 모를 일이다. 지구상에 누구도 그들을 간섭할 사람은 없었다. 누구의 눈도 의식하지 않았다.

날씨는 전형적인 초여름 날씨였다. 하늘은 푸르고 맑았다. 마시는 공기는 적절히 부드럽고 신선했다. 아마도 비행기 안에서 탁한 공기를 마시다가 바깥으로 나오니 그리 느꼈는지도 모른다. 다소 지저분한 거리에 이상한 낙서가 여기저기 보였다.

엘리제가 준비한 검은색 콜택시를 타고 민은 맨해튼(Manhattan)으로 향했다. 한국 사람이 운영하는 공항 전용 중형 리무진 택시였다.

"엘리제, 이런 큰 차는 처음 타보네. 많이 비쌀 텐데."

"날 보러 뉴욕까지 와줘 고마워! 오랜 비행시간으로 매우 힘들었지? 호텔까지 편하게 가야지. 짐도 있고. 요금은 걱정하지 마. 할인된 금액이라 괜찮아. 부모님이 매달 보내주시는 용돈을 충분히 모아뒀지. 사실 그동안 혼자 쓸 일도 없었고."

민은 리무진의 편한 뒷좌석에서 엘리제의 손을 잡았다. 서로가 손가락을 끼었다. 엘리제의 손가락은 여전히 부드럽고 길었다. 단지 손을 잡았을 뿐인데 민은 행복감을 느꼈다. 리무진은 미끄러지듯 움직이다 어느새 이스트 강을 지나 맨해튼 중심가로 들어와 있었다.

창밖으로 보이는 거대한 빌딩 숲은 민의 눈을 완전히 사로잡았다. 사람들은 무엇이 그리 바쁜지 분주하게 걸어 다녔다. 여기저기에 보이는 신호등에는 많은 사람이 파란불을 기다리다 신호가 바뀌면 무리를 지어 급히 발걸음을 옮겼다.

날씨는 초여름이라 옷차림은 모두가 간편하고 화사했다. 남방이나 와이셔츠만 입고 있는 남자들이 많았다. 어떤 젊은 남자들은 대머리를 하고 있었다. 의도적으로 머리를 면도한 것이 나름의 멋도 있고 강해 보였다. 어떤 신사는 멋진 슈트를 입고 반짝거리는 백구두를 신고 있었다. 많은 사람이 검은 선글라스를 끼고 있었다. 풍만한 가슴에 파란색의 치마를 입은 날씬한 백인 여성도 선글라스를 끼고 하이힐을 신고 있었다. 그녀의 찰랑거리는 금발 머리칼과 도톰한 입술은 바비인형을 연상시켰다.

차들이 숨 가쁘게 경적을 울리며 달렸다. 비둘기가 여기저기 날아다녔다. 햇살은 마천루 사이사이를 파고들며 도로를 적당히 데우고 있었다. 그 도로는 치열한 경쟁을 벌이는 인간들의 싸움터이다. 어떤 이는 지쳐 거리에 누워있었다. 돈이 없어 그럴 수도 있지만, 자신의 자유를 얻기 위해 스스로 택한 길인지도 모른다.

민은 순간 뉴욕은 여러 인종의 인간들이 서로 경쟁하며 서바이벌 게임을 하듯 살아가는 도시가 아닐까 생각했다. 혹 한국에서 보지 못한 인간의 모습을, 삶의 모습을, 민이 추구하고자 하는 진실과 진리의 한구석을 여기서 찾을 수 있지 않을까 생각해보았다. 뉴욕에 머무는 동안 할 수 있는 모든 것을 해보리라 마음먹었다. 많은 경험을 하고 느끼리라. 미국의 심장부라고 하는 여기 뉴욕에서 꿈을 꿀 것이다.

무엇보다 엘리제와 시간을 보내며 엘리제와 멋진 추억을 만들고 엘리제를 무한정 사랑하리라. 태양과 같은 사랑의 열기로 엘리제의 우울증과 외로움을 태워버리고 싶었다. 이미 '지니'에게 명령을 내렸지 않은가? 비록 지니는 그때 구름 속에 있었지만 결코 지니는 민을 실망시키지 않을 것이다. 믿으면 그렇게 현실이 되기 때문이다.

리무진은 맨해튼의 한복판을 사선으로 가로지르는 브로드웨이(Broadway)를 달리다 66번가를 지나자마자 호텔 정문 앞에 멈추었다. 호텔은 작고 아담하였다. 엘리제가 다니는 줄리아드 음대는 뉴욕의 종합예술센터인 '링컨센터' 맞은편에 있었다. 뮤지컬 연극만이 아니라 뉴욕 필하모니 오케스트라가 연주하는 링컨센터는 미국예술의 심장부라고 할 수도 있다.

엘리제는 학교 기숙사에 있었고 호텔은 한 블록 떨어진 곳에 있었다. 엘리제는 일부러 기숙사와 가장 가까운 곳에 민의 숙소를 정한듯했다. 호텔비도 그리 비싼 편은 아니었다. 민은 저 멀리 '조시로버트슨' 플라자의 분수에서 내뿜는 시원한 물줄기를 보며 마음이 시원해짐을 느꼈다.

민은 체크인을 한 후 조그만 호텔 방에서 샤워를 했다. 다시 에너지가 충만해지는 기분을 느꼈다. 로비에서 기다리는 엘리제를 보고 환한 미소를 보였다. 푸른 체크무늬 남방을 입고 나타난 민에게 엘리제는 궁금한 듯 물었다.

"방은 어때?"

"작지만 나름 괜찮아. 전혀 불편하지 않아."

"다행이네. 민박이나 다른 호텔도 알아봤지만, 여기가 좋을듯해서."

"그랬구나. 고마워."

민과 엘리제는 콜럼버스 에비뉴를 지나 West 65번 도로를 따라 천천히 걸었다. 서서히 태양의 열기가 식어가는 늦은 오후였다. 약간 더운 열기도 느꼈지만 간혹 선선한 바람이 그들의 걸음걸이를 편하게 해주었다. 민은 엘리제의 손을 잡고 걸었다.

그들이 향한 곳은 맨해튼의 중심에 위치한 최대의 공원 '센트럴파크'였다. 얼마 걷지 않아 그들은 공원 입구에 섰다. 거대한 녹색의 숲과 푸른 하늘이 그들을 반겨주었다. 하늘은 높고 맑았다. 중간중간 구름이 두둥실 여유롭게 공원 위에서 맴돌았다. 몇 년이된 지 가늠이 되지 않을 정도로 오래된 나무 위에는 다람쥐가 뛰놀고 있었다. 동양인을 보아도 놀라는 기색이 전혀 없었다. 공원의 공기는 맑고 신선했고 정겨운 흙의 냄새를 품고 있었다.

민은 공원에 들어서는 순간 여행의 피로감을 싹 잊은 채 공원이 주는 편안함과 행복감을 아무런 생각 없이 받아들였다. 주위는 숲이고 잔디고 호수이고, 하늘과 구름이 있고 옆에는 사랑하는 엘리제가 있으니 이보다 더한 기쁨은 없을 것이다.

민은 맨해튼에 첫발을 디뎠을 때 느꼈던 잔인한 생존의 도시에서 이렇게 최단 시간에 완벽한 자연으로 돌아오다니 너무나 놀라웠다. 더 놀라운 것은 이 공원은 사람이 만든 것이었다. 맨해튼에서 가장 중심부 비싼 땅에 이렇게 큰 공원을 짓다니 미국인의 열정과 철학에 경외심이 생겼다.

아마도 이 땅에 또 다른 거대한 건물들이 들어섰다면 언젠가는 이 공원 크기만큼의 정신병동이 필요했을지도 모른다. 인간은 숲과 꽃과 물과 하늘 그리고 맑은 공기가 필요하기 때문이다.

"민, 나는 간혹 머리가 복잡하고 외로움을 느낄 때 혼자 이 공원에서 산책하곤 해. 그러면 마음이 편안해져."

"그랬구나. 공원이 너의 학교와 가까이 있어 다행이다. 나도 꼭 와보고 싶었던 공원이었어. 이렇게 큰 줄은 몰랐네."

민은 존 F.케네디 대통령의 부인인 재클린 이름을 가진 호수 옆 산책로를 엘리제와 함께 천천히 걸으며 엘리제와 이런저런 이야기를 느긋하게 나누었다. 호수의 물결은 잔잔했고 오리들 가족이 줄지어 여유롭게 헤엄치고 있었다. 저 멀리 백로도 보였다. 호수의 바위 위엔 거북이 가족이 한가로이 쉬고 있었다.

호숫가 주위에는 군데군데 군락을 이룬 보랏빛 '부처꽃'이 고개를 힘차게 내밀고 있었다. 비록 '부처꽃'의 꽃말이 '사랑의 슬픔'이라지만 오늘은 '사랑의 기쁨'처럼 여겨졌다. 여기저기서 새들의 노랫소리가 합창이 되어 그들을 반겨주었다.

공원은 평화롭고 축복받은 땅이었다. 공원에는 애완견과 산책하는 사람, 벤치에 앉아 책을 보는 사람, 자전거를 타는 사람, 음악을 들으며 조깅을 하는 사람, 잔디밭에서 여유롭게 누워있거나 앉아있는 사람, 커피를 마시며 휴식을 즐기러 나온 넥타이를 맨 직장인들, 공원은 공원에 들어온 사람 모두를 품으며 여유와 마음의 평화를 주는듯했다.

민은 뉴욕의 중심부 센트럴파크에서 엘리제와 데이트를 즐기다니 너무나 꿈만 같았다. 가을이 오면 붉은 단풍으로 센트럴파크는 붉게 물들리라. 민은 그때 떨어진 낙엽을 엘리제와 함께 밟으면 얼마나 좋을까 생각했다. 석양이 지는 시간에 붉게 타오르는 세상의 화려한 무대에서 민은 뜨겁게 타오르는 심장의 맹세로 엘리제에게 사랑을 고백하고 청혼을 하면 어떨까 하는 상상도 해보았다. 그때 수줍음으로 붉게 물들어가는 엘리제의 얼굴에 멋진 키스를 해주리라.

그 순간 저 멀리 붉은 석양의 물결이 그들의 어깨에 서서히 내려앉았다. 민의 행복한 상상이 끝없이 이어지고 있을 때,

"민, 그만 산책하고 저녁을 먹으러 가자. 오늘은 민이 뉴욕에 온 첫날이니 뉴욕에서 가장 근사한 식당에 데리고 갈 거야."

"응, 벌써 저녁 시간이네. 근사한 식당? 기대되네."

"따라와. 공원 안에 있어. 나도 처음 가보는 곳이야. 민과 함께 가보는 것이 소원이었어. 나의 뉴욕 생활 동안 추억거리도 될 거야."

뉴요커들이 가장 사랑하는 레스토랑, 그들에게는 가장 역사적

이며 사랑스러운 곳이라고 하였다.

"태번 온 더 그린(Tavern on the Green)"

멋진 식당 이름이었다. 민은 한국말로 표현하면 어떤 이름이 될까 궁금했다. 굳이 해석하자면 '푸른 초원 위의 선술집' 정도 될까? 아니다. 이보다 더 멋진 표현이 있으리라. 아니, 영어 이름 그대로가 최고 멋진 이름이다. 번역하면 고유의 맛이 떨어진다.

'태번' '그린' 이런 단어는 무언가 사람을 편하게 하고 오래된 우정과 영원한 사랑이 익어가는 이미지를 주지 않는가. 순간 민은 한국의 '목로주점'을 떠올렸다. 나름 비슷한 느낌의 술집이라는 생각이 들었다. 하지만 우리나라에는 이런 푸른 초원 위에는 선술집이 없지 않은가?

식당으로 들어가는 문은 나무로 만든 문으로 크지도 웅장하지도 않았다. 이곳이 원래 마구간 자리였다고 하니 마치 마구간 문을 열고 신비의 숲으로 들어가는 느낌이었다. 숲속에는 온갖 종류의 꽃들과 풍성한 열매가 그들을 맞이할 것 같았다.

문 앞에는 햇빛과 빗물을 막아주는 주황색의 차양막이 있었다. 차양막에는 멋진 문양이 새겨져 있었다. 문양에는 식당 이름이 중앙에, 위에는 왕관이, 양옆에는 양이 그려져 있었다. 아마도 이 식당의 번창과 역사를 담은 문양이리라.

안으로 들어서니 큰 홀이 나왔다. 홀 중간에는 묵직한 테이블 위에 우아한 화분이 놓여있고 아름다운 꽃들이 풍성하게 꽂혀있었다. 잔잔한 음악소리와 함께 꽃향기가 은은히 홀 전체에 퍼지고 있었다. 홀 옆 창가 쪽에는 많은 사람들이 선 채로 칵테일을 마시며 즐겁게 대화를 하고 있었다.

소규모 파티를 하는듯했다. 아마도 결혼식 피로연인지도 모른다. 웃음소리도 간혹 들렸다. 대부분 젊은 남자와 숙녀들이었으며 남자는 양복을, 숙녀는 파티용 드레스를 입고 있었다. 드레스 위로 살짝 보이는 맨살의 하얀 어깨는 민의 시선을 끌었다. 홀 옆쪽에는 아담하게 보이는 정원이 있었으며 몇몇 사람이 모여있었다.

민과 엘리제는 웨이터의 안내를 받아 안쪽 예약된 자리로 갔다. 웨이터는 정중했고 예의가 있었다. 창가 쪽에 마련된 자리는 푸른 숲이 일부 보였다. 숲은 점차 붉은 석양 속에서 어둠을 맞이하고 있었다. 의자와 테이블은 오래된 나무로 만든 것이지만 편안함과 우아함을 느끼게 하였다. 엘리제가 먼저 와인을 시켰다. 캘리포니아 와인이었다. 깔끔하고 두꺼운 흰 천에 싸인 와인이 준비되었다. 엘리제가 먼저 와인을 테스팅한 후 만족스러운 사인을 보내자 웨이터는 민과 엘리제의 잔에 적절한 양을 따라주었다. 둘은 잔을 들었다.

"민, 뉴욕까지 와주어 고마워!"

"엘리제, 보고 싶었어!"

그들은 서로를 바라보며 잔을 부딪쳤다. 잔은 경쾌하고 짧은 유리의 마찰음을 내며 민과 엘리제의 만남을 축복했다. 와인은 드라이하면서도 달고 깊은 맛이 있었다. 한 잔을 마시자마자 엘리제의 얼굴은 홍조를 띠기 시작하였다.

"민, 와인이 어때?"

"맛과 향 모두 좋아. 덕택에 고급 캘리포니아 와인도 맛보고."

"옛날 민이 서울에 올라와 덕수궁 옆 조그만 경양식집에서 나에게 와인을 사준 기억이 나네. 그땐 무척이나 힘든 시기였지. 그 뒤 나는 정신병원에 입원도 하고…."

"엘리제, 이젠 모든 일이 잘될 거야. 사실 난 엘리제 편지를 받고 걱정을 많이 했는데 오늘 이렇게 밝은 모습을 보니 괜한 걱정을 한 것 같아. 하하."

"이상하게 어제까지 힘들었는데 오늘 민을 보자마자 마음이 편안해지고 기분은 날아갈 듯하네."

민은 순간 요술램프의 '지니'를 떠올렸다. 지니의 마법이 통한 것일까? 지금 이 모든 것을 지니가 만든 것일까? 누가 만들었던, 민에게 중요한 건 이 순간의 행복이었다. 민은 지금 이 순간이 영원히 가길 바랐다. 비록 영원(永遠)을 바라는 것은 신(神)의 영역이지만. 신의 존재는 '영원에서 영원까지'라는 문구가 생각났다. 신의 은총도 '영원에서 영원까지' 있으리라.

"나는 믿어, 어떤 어려움이 있더라도 엘리제는 분명히 학업을 마치고 훌륭한 피아니스트가 될 거야."

"믿어줘 고마워."

민은 와인을 마시며 메인 메뉴로 시킨 스테이크를, 엘리제는 파스타를 맛있게 먹었다. 스테이크는 육즙이 배어있고 부드러웠다. 테이블에 놓인 양초는 둘만의 시간과 공간을 만들어주었다. 말을 하지 않아도 좋았고 말을 해도 좋았다. 웃어도 좋았고 안 웃어도 좋았다. 눈을 마주 보면 더욱 좋아, 가능하면 서로가 눈을 마주 보면서 말하고 웃고 음식을 먹었다. 대화는 부드럽게 이어졌고 주제는 다양했지만 무거운 주제는 없었다. 그냥 사람이 살아가는 일상적인 이야기와 엘리제의 뉴욕 생활 이야기와 문화적인 차이 등 이런저런 이야기였다.

같이 말하고 같이 먹는 이 시간이 좋았다. 언제부터인지는 모르겠지만 민은 엘리제가 맛있게 음식을 먹는 모습을 보는 것이 즐거움이었다. 그날따라 엘리제는 가장 맛있게 저녁을 먹는 것 같았다. 몇 잔의 와인으로 얼굴은 오래전에 붉게 물들고 있었다.

홍조를 띤 엘리제의 얼굴은 너무나 고혹적이었다. 로마의 안토니우스를 유혹하기 위해 진주를 갈아 마셨던 클레오파트라보다 더 유혹적이며 야릇한 매력을 발산했다. 그날 밤, 민과 엘리제는 누구의 간섭도 받지 않고 누구의 눈치도 보지 않고 와인을 마시며 만남의 기쁨 속에 서로의 열정과 그리움을 나누었다.

민과 엘리제는 디저트로 시킨 초코케이크를 나누어 먹은 후 '태번 온 더 그린'을 빠져나왔다. 행복한 이 순간이 영원히 이어지지는 못할지라도 민과 엘리제는 영원히 추억으로 기억하리라.

행복한 기분으로 숙소로 향했다. 이미 어둠이 숲을 지배하고 있었지만 두려움은 없었다. 민은 약간 비틀거리는 엘리제의 어깨를 감싸주었다. 엘리제는 머리를 민에게 기대었다.

순간 민은 그녀를 껴안았다. 사랑스러운 엘리제에게 민은 사랑을 표현하고 싶은 강한 충동을 느꼈다. 얼마나 그리던 엘리제였던가? 그녀는 약간 움칠했지만, 민에게 몸을 맡겼다. 민은 왼손으로, 긴 머리에 숨겨진 엘리제의 부드러운 목을 어루만지며 조심스레 그녀의 입술로 고개를 숙였다.

첫 키스였다.

엘리제는 눈을 감고 있었다. 그녀의 양손도 민의 어깨를 감싸고 있었다. 엘리제의 입술은 뜨겁고 촉촉하였다. 아직 와인의 향내가 남아있었다. 민의 오른손에 감싸 안긴 그녀의 허리는 가냘프고 부드러웠다. 그녀의 풍만한 가슴이 민의 심장에 닿자 심장은 거칠게 뛰기 시작하며 그의 관자놀이를 불태웠다. 민은 순간 황홀감을 느꼈다. 무엇으로 이 감정을 표현할 수 있을까. 야릇하고 황홀한 감정은 민의 심장을 터질 듯이 벅차게 뛰게 하였다. 호르몬과 세포가 폭발하였다. 엘리제의 몸에도 미묘한 떨림이 있음을 느꼈다.

민은 순간 더 이상 지속해서는 안 된다는 생각이 들었다. 더 이상의 황홀은 민을 무너뜨릴 것 같은 두려움이 들었다. 짧은 황홀의 순간을 뒤로하고 민은 엘리제를 부드럽게 포옹으로 감싸 안았다. 아무 말도 하지 않았다. 엘리제의 몸은 따스했다. 서로가 한참을 껴안고 있었다. 주위는 조용하고 어두웠다. 황홀의 순간은 서서히 사라지고 달빛만이 그들을 포근하게 감싸주고 있었다.

그날 밤 민은 잠을 쉽게 이루지 못했다. 짧은 키스의 순간을 잊을 수가 없었다. 말로 표현할 수 없는 감정과 흥분이었다. 하지만 민은 키스로 끝난 것이 잘했다고 생각했다. 만일 호텔 방에서 같이 잔다면 아마도 민의 뉴욕 여행은 너무나 큰 혼란에 빠질 것이다. 엘리제도 너무나 큰 정신적인 갈등과 혼란을 겪을 것이다.

아직은 서로가 그런 시기가 아니었다. 분명히 사랑에도 절제가 필요한 것이다. 욕망을 전부 채우면 설렘이 없어진다. 사랑의 열정과 황홀함의 경계가 모호했다. 하지만 황홀함에 그쳐야지, 황홀함을 넘어서 쾌락이란 단어가 사랑에 개입된다면 사랑은 무너지게 되리라. 만일 사랑이란 이름으로 감정과 열정을 조절하지 못한다면 점차 자신도 모르게 황홀한 쾌락으로 빠져든다. 쾌락은 다음 쾌락을 부른다. 오늘의 쾌락은 내일의 쾌락을 요구한다. 일상적인 대화와, 같이 식사하고, 같이 구경하고, 같이 보내는 모든 시간은 모두가 보잘것없이 보이게 될 것이다.

반복된 쾌락의 끝은 사랑을 식게 하리라. 결국은 육체적 껍데기만 남긴 채 순수한 열정은 연기처럼 허공에서 사라진다. 어느 날 싫증이 나고 의미가 없음을 느낄 것이다. 육체적 쾌락은 단순한 육체적 노동일 수 있다. 민은 일상의 행복이 최고의 시간이고 가장 큰 행복이라 생각했다.

뜨거운 심장으로 일상적인 삶에서 신비로운 엘리제를 사랑하리라. 진정 사랑할 것이다. 사랑의 나이테는 한 해 한 해 지나면서 익어갈 것이다. 폭풍이 오더라도 가뭄이 오더라도 견딜 수 있는 사랑의 큰 나무가 될 때 자연스레 한 몸으로 다시 태어날 것이다. 무수한 잎은 민과 엘리제에게 시원한 그늘이 되고 달콤한 열매는 감로수가 될 것이다.

민은 그날을 꿈꾸며 서서히 잠에 빠져들기 시작했다. 순간 몸이 풀리고 엄청난 피로가 몰려왔다. 저 멀리서 끊임없이 경찰차의 사이렌 소리가 들리다 순간 거짓말같이 귓가에서 사라졌다.

커튼 사이로 강렬한 햇살이 민의 얼굴을 세차게 때릴 때 눈을 떴다. 그는 순간 꿈속에 보았던 엘리제를 생각했다. 저 멀리 연기가 자욱한 어둠 속에서 엘리제는 너무나 요염하고 풍만한 몸매로 나타나 마치 뱀처럼 민의 몸을 휘감았다. 그녀의 몸은 매끈했으며 긴 머리칼을 휘날리며 민을 유혹하기 시작하였다. 비록 사과는 들고 있지 않았지만 이브의 유혹처럼 느껴졌다. 뱀과 이브는 한 몸이었다.

민도 엘리제와의 사랑을 갈구했지만 몸은 점차 굳어지고 욕정은 불타올랐다. 그녀의 검붉은 입술이 민에게 다가올 때 민은 또 한 번의 황홀을 느꼈다. 몸은 부르르 떨었지만 어떤 말도 하지 못했다.

순간 민은 이불을 박차고 나와 샤워실로 갔다. 샤워하면서 민은 생각했다. 더 이상의 욕정과 더 이상의 상상과 더 이상의 꿈을 떨쳐내자. 이제는 새로운 하루가 시작되는 것이다. 맨해튼의 아침 공기를 마시며 뉴욕 여행의 첫날을 힘차게 맞이할 것이다.

민은 약속한 시각에 로비로 내려가니 엘리제가 소파에 앉아있었다. 엘리제는 연한 분홍색 셔츠에 청바지를 입고 있었다. 선글라스도 끼고 있었다. 엘리제는 밝은 표정으로 경쾌하게 아침 인사를 했다.

"굿모닝! 민."

"굿모닝! 엘리제."

둘은 간단한 인사를 마치자 엘리제가 앞장서 호텔 문을 빠져나갔다.

"엘리제, 오늘은 모두 내가 계산할 테니 멋지고 비싼 곳으로 데려다줘."

엘리제는 피식 웃으며 사뿐히 걸음을 옮겼다. 새벽의 기운이 밀려가고 한낮의 열기가 밀려오는 그 시각에는 미묘한 아침의 정기를 품고 있었다. 공기는 깔끔하고 신선했다. 머리가 맑아 오고 기운이 샘솟는 기분을 느꼈다. 엘리제는 그녀가 다니는 '줄리아드 음대'로 갔다. 엘리제는 민에게 학교를 보여주고 싶었던 것이었다. 학교는 뉴욕의 종합예술센터인 '링컨센터' 맞은편에 있었다. 웅장하면서도 예술적인 기운이 물씬 풍기는 건물들이 민을 맞이하였다. 거리에는 뉴욕 필하모니 오케스트라의 연주가 마치 흘러나오는 것 같았다. 지나가는 사람들 모두 숨죽이며 조용히 걷는듯했다.

건물 앞 분수대는 음악에 맞추어 물줄기를 뿜어내며 약간의 물보라를 만들어내고 있었다. 물보라는 작은 무지개를 만들어내는 신비함을 보여주었다. 몇 마리의 비둘기가 평안하게 분수대 옆에서 목을 축이고 있었다. 적당한 온도의 햇살이 축복을 내리는 듯 음악과 함께 대지에 내려앉고 있었다.

민은 순간 엘리제가 언젠가 '링컨센터'에서 피아노 독주회를 하는 상상을 했다. 민은 그날은 기필코 그 연주회에 참석할 것이다. 링컨센터에서 엘리제의 연주를 들으면 얼마나 행복할까. 분명 그녀는 민을 위해 베토벤의 〈엘리제를 위하여〉를 연주할 것이다.

한 곡 더 욕심을 낸다면 민과 엘리제의 운명을 노래하는 베토벤의 〈운명 교향곡〉을 들을 수 있다면 얼마나 좋을까. 운명의 문을 두드리는 〈운명 교향곡〉의 첫 선율이 민의 귀에 울려 퍼지니 민의 심장도 같이 뛰었다. 그날은 민은 가장 멋진 턱시도를 입고 이 세상에서 제일 예쁜 꽃다발을 준비하여 엘리제의 연주를 축하해줄 것이다.

"엘리제, 언젠가 엘리제가 링컨센터에서 피아노 독주회를 가지는 날이 오길 기원할게."

"너무 기대가 큰데. 아무튼 민의 바람이니 노력해볼게. 만일 그렇게 된다면 민은 꼭 와야 해."

"어떤 일이 있더라도 꼭 올게."

둘은 새끼손가락을 걸고 약속을 했다. 서로가 눈을 마주 보면서 한 번 더 약속했다. 그리고 엷은 미소를 주고받았다. 만일 그날이 올 때 민과 엘리제는 어떤 모습일까. 민은 어디서 무엇을 하고 있을까. 민과 엘리제는 어떤 관계일까. 부부관계일까. 여전히 사랑하는 사이일까. 혹 첫사랑의 추억으로만 남고 헤어져 있을까?

민은 순간 모든 생각을 멈추었다. 사랑의 미래에 대한 생각은 또 다른 생각을 낳고 불안을 잉태하고 의심을 품게 한다. 민은 오직 이 순간 엘리제만을 생각하며 사랑하며 이 약속을 지키리라 다짐했다. 마음이 편해졌다.

엘리제는 학교 옆 조그만 상점으로 들어갔다. 상점은 작았지만 깔끔했다. 주인은 엷은 뿔테안경을 쓴 미모의 백인 여자였다. 엘리제 말로는 몇 년 전 졸업한 줄리아드 선배라고 하였다. 학교가 좋고 링컨센터에서 마음껏 예술을 즐기기 위해 여기서 상점을 한다고 했다. 음악이 흐르는 곳에서 후배들을 만나고 주위를 산책하며 산다는 것이 최고의 행복이 될 수 있다고 생각했다.

엘리제는 민에게 학교 방문 기념으로 조그마한 '펭귄' 마스코트를 사주었다. 펭귄 마스코트는 줄리아드 음대의 상징이라 했다. 펭귄의 배는 볼록하고 전체적으로 우스꽝스러운 모습이었지만 흰색과 검은색 조화와 서 있는 모습이 묘하게 민의 눈을 사로잡았다.

"민, 학교에 온 기념으로 펭귄을 간직해줘. 그리고 오늘을 기억하며."

"고마워. 아마도 이 펭귄을 보면 아마도 죽을 때까지 오늘을 잊지 못할 것 같네."

둘은 맥도날드 가게에서 빅맥 세트로 구성된 햄버거, 감자튀김, 다이어트 콕을 사서 근처의 벤치로 갔다. 민은 오리지널 햄버거를 뉴욕 맨해튼 거리의 벤치에서 맛본다는 것이 신기하기도 하고 즐거웠다. 뉴요커가 된 기분이었다. 햄버거는 꿀맛이었다. 엘리제도 맛있게 먹었다.

벤치 앞에는 비둘기가 민이 던져준 빵 부스러기를 열심히 쪼아 먹으며 점차 벤치 쪽으로 다가왔다. 벤치 옆에 조그만 동상이 서 있었지만 민은 관심을 두지 않았다. 날씨는 적당히 따뜻했고 햇살은 아직 따갑지 않았다. 아마도 요술램프의 지니가 벤치에서의 멋진 점심을 연출하고 있는지도 모른다.

점심을 먹으니 민은 약간 노곤함을 느꼈다. 아마도 시차에다 따스한 햇살이 그를 그렇게 만든 것이리라. 민은 근처에 있는 '스타벅스'에서 아메리카노를 사서 벤치로 돌아왔다. 민은 오리지널 스타벅스의 커피 맛이 어떨까 궁금했다. 구수한 커피 향이 민의 후각을 자극했다.

엘리제는 모여있는 비둘기들에게 남은 빵조각을 나누어 주고 있었다. 열심히 빵 부스러기를 쪼아 먹는 비둘기들은 엘리제가 그들의 어머니인 양 바로 발밑까지 다가왔다. 민과 엘리제는 따스한 햇살을 맞으며, 커피를 즐기며 말없이 비둘기들을 구경하고 있었다.

비둘기들은 모두가 각자 다른 색의 날개와 몸통을 가지고 있었다. 흰색, 검은색, 고동색, 황금색 등 모두가 고유의 색에, 어떤 이는 점박이도 있고 어떤 이는 물결무늬를 가진 날개도 있었다. 비둘기의 목 부위는 붉고 푸른빛이 감돌고 있었다. 구구거리며 움직이는 비둘기의 목에서 붉고 푸른색은 번갈아 나타나며 강한 빛을 발사하고 있었다.

짝에게 구애(求愛)할 때 더욱더 이 색은 강하게 빛날 것이다. 햇살을 받아 색깔은 선명하게 보였다. 아마도 어두운 밤에도 야광처럼 빛날 것 같은 강렬한 색감이었다. 마치 잉어의 비늘이 번득거리는 것 같아 보였다. 엘리제가 조용히 말문을 열었다.

"난 비둘기가 좋아. 뉴욕에 처음 왔을 때 유일하게 나를 위로해준 친구들이지. 기숙사에 처음 들어갔을 때 기숙사 방은 마치 외로운 섬에 홀로 둥둥 떠 있는 감옥처럼 느껴졌어. 고국이 그립고 민이 보고 싶어 하염없이 기숙사 창문을 멍하게 보고 있으면 비둘기가 창가에 다가와 나의 친구가 되어주었어. 말동무가 되어주었지. 나에게 끊임없이 말을 하였어. 구구거리며…. 나도 그들과 대화하고 때론 먹이도 주곤 했지. 사람에게 말을 거는 새는 아마도 비둘기밖에 없을 거야. 단지 우리는 그들의 말을 알아듣지 못할 뿐이지."

"그랬구나. 미국 처음 왔을 때 많이 힘들었구나. 비둘기가 엘리제의 유일한 친구였다니…. 이젠 내가 엘리제를 지켜주고 엘리제를 외롭게 두지 않을 거야."

"고마워. 민이 이렇게 뉴욕에 와준 것만으로 벌써 난 행복 에너지를 얻고 앞으론 더는 외롭지 않을 자신감이 생기네."

"그렇게 말해주니 괜히 쑥스러운데."

엘리제는 비둘기에 얽힌 슬픈 이야기를 들려주었다.

〈쿠쿠루쿠쿠 팔로마(Cucurucucu Paloma)〉 노래에 관한 이야기였다. 팔로마는 스페인어로 비둘기라는 뜻으로, 스페인 작곡가 '토마스 멘데즈'가 멕시코를 여행하다 원주민 마을의 전설을 듣고 영감을 받아 만든 노래라고 한다. 한 여인을 사랑했던 남자가 저

세상으로 가버린 후에도 그 사랑을 못 잊어 연인의 창가에 매일 날아와 "쿠쿠 루 쿠쿠" 하고 운다는 슬픈 사랑 이야기였다.

라틴 아메리카 특유의 비애를 품고 있는 이 노래는 어떤 때는 애달프게, 어떤 때는 강렬하게, 어떤 때는 단조롭게 들린다고 한다. 엘리제는 시(詩)와 같은 애잔한 노래 가사를 비둘기들 앞에서 애틋한 목소리로 읊기 시작했다.

그는 수많은 긴긴밤을
술로 지새웠네.
잠도 못 이루고
눈물만 흘렸네.

그 눈물에 담긴 고통
하늘을 울렸고
숨을 거두는 순간까지
그녀만을 불렀네.

노래도 불러보았고
웃음을 지어봤지만
그의 열정은 결국 그를
죽음으로 몰고 갔네.

어느 날
슬픈 비둘기 한 마리 날아와
쓸쓸한 그 빈집에서 노래했다네.
그 비둘기는 바로 그의 애달픈 영혼
비련의 여인을 사랑했던
그 아픈 영혼이라네.

  비둘기들은 무심하게 "쿠쿠 루 쿠쿠"거리며 먹이만 이리저리
분주하게 쪼아대고 있었지만 비둘기에게 그런 슬픈 사연의 곡이
있다니. 얼마나 사랑을 했으면 죽어서 비둘기로 환생하여 그녀의
창가에서 노래를 한단 말인가? 비둘기가 그 남자의 아픈 영혼이
라 생각하니 민의 마음도 아르르 저며왔다.
  그런 비둘기의 전설을 알기에 엘리제는 비둘기를 가엾게 여기
고 친구로서 의지하지 않았을까. 앞으로 비둘기의 울음소리는 이
루지 못한 슬픈 사랑의 절규로 들릴 것만 같았다. 만일, 민도 엘
리제와 사랑을 이루지 못한다면 죽어서 비둘기가 되어 엘리제의
창가에 머물지 않을까. 그리고 세상에서 가장 슬픈 노래를 부를
것이다.
  성경의 노아의 방주에서 올리브가지를 물고 온 비둘기는 세상
의 재앙이 끝남을 알리는 희망을 가져왔기에 '평화의 상징'이 된
비둘기가 사랑을 이루지 못하고 죽어서 비둘기로 변한 '비극의

상징'이 되다니. 이 세상은 너무나 아이러니하고도 비극적이었다.

민과 엘리제는 잠시 말없이 시간을 보냈다. 슬픈 이야기는 이런 강한 햇살 아래서는 더 이상 어울리지 않았다. 저 멀리 돌아가는 자전거 바큇살에 햇살이 부서지는 풍경을 민은 말없이 즐겼다. 서서히 한낮의 더위가 몰려왔다. 비둘기들도 말없이 떠나갔다. 민은 슬프고 애잔한 감정에서 벗어나고자 했다. 가장 좋은 방법은 걷는 것이었다. 그것도 아무런 생각 없이, 아무런 감정 없이 무작정 걷는 것이었다.

둘은 말없이 천천히 걸으며 남쪽으로 내려갔다. 브로드웨이를 따라 걷다가 햇볕을 피해 옆으로 빠지기도 하였다. 예쁜 상점이 나오면 구경을 하면서 살짝 쉬기도 하였다. 미국으로 출발 전 엘리제가 민에게 부탁한 것은 편한 운동화를 신고 오라는 것이었다. 걸어보니 왜 운동화가 필요한지를 알았다. 마음은 여행자의 호기심과 흥분으로 차오르기 시작했다. 꽤 걸었지만 민은 엘리제의 손을 잡고 함께 걸으니 몸은 새털처럼 가볍고 피곤한 줄을 몰랐다.

민에게는 거리의 모든 것이 신기하고 즐거웠다. 연신 고개를 들고 다녔다. 관광객과 현지인의 차이는 주위를 보는 눈의 시선이라고 한다. 모두가 완벽한 돌과 시멘트 거리였다. 인간의 작품으로 섬에 세워진 위대한 도시, 맨해튼이었다. 마천루 건물은 부(富)를 상징하는 것 같아 부러웠다.

도착한 곳은 그 유명한 엠파이어스테이트 빌딩(Empire State Building). 뉴욕에서 가장 대표되는 랜드마크이자 미국 마천루역사의 상징이다.

102층, 443m 높이로 1930년 착공해 완공까지 놀랍게도 단 13개월밖에 걸리지 않았다고 한다. 그때는 미국은 경제 대공황 시기였기에 임금과 철골값이 많이 저렴했으리라. 민은 입구에서 고개를 들어 빌딩을 쳐다보았다. 감탄이 절로 나왔다. 처음으로 보는, 한때 세계 최고층 빌딩, 시멘트와 철근 그리고 돌로 만든 거대한 성(城) 같은 빌딩이었다. 맨해튼 돌섬 위에 고대 건축양식으로 세워진 빌딩은 웅장 그 자체였다. 미국의 자존심이었다.

순간 민은 바벨탑을 연상했다. 구약성서의 창세기에 나오는 바벨탑은 인간이 신에 도전코자 높고 거대한 탑을 쌓아 하늘에 닿으려 했던 탑이다. 이에 신은 인간들의 오만한 행동에 분노하여 언어를 여럿으로 분리하는 저주를 내리고 결국에는 인간은 전 세계로 뿔뿔이 흩어지며 바벨탑은 무너지고 만다.

하지만 엠파이어스테이트 빌딩은 대공황 속에서 일거리를 만들고 미국을 하나로 뭉치고 자존심을 키워 경제 부흥과 위대한 미국을 만드는 초석이 된 것이었다. 안으로 들어서니 미국 성조기가 양 벽면에 꽂혀있고 중앙 벽면에는 황금색이 감도는 빛을 배경으로 엠파이어스테이트 빌딩의 모습이 조각되어 있었다.

축복의 기운이 감돌았다. 로비 바닥은 멋진 무늬와 신비로운 색을 품은 화강암과 대리석으로 만들어져 있었다. 돌 위에 서니 시원함과 함께 괜히 존재감이 들었다. 민은 드디어 엠파이어스테이트 빌딩에 자신의 발자국을 남긴다는 묘한 기분을 느끼며 이 순간을 엘리제와 함께하는 것이 꿈만 같았다.

초고속 승강기를 타고 86층 전망대로 올라갔다. 민과 엘리제는 처음으로 이렇게 높은 곳을 올라가니 긴장을 숨길 수가 없었다. 달리는 승강기 안에서 둘은 손을 꼭 잡고 중력을 벗어나는 순간을 같이하였다. 시원한 바람을 맞으며 엘리베이터 밖으로 발을 디디니 민과 엘리제는 순간 어찔함을 느꼈다. 본능적으로 고소공포증을 느끼며 민은 엘리제의 손을 더욱더 꽉 잡았다.

"엘리제, 이렇게 높은 곳에 올라오니 약간 어지러워."

"나도 그래, 편한 마음으로 구경하자, 너무 벽 쪽으로 가지 말고."

"30년도에 이렇게 높은 빌딩을 짓다니 놀라워. 한데 어떻게 지었을까?"

"장비가 부족한 그 시절에 이렇게 높은 빌딩을 건설한 것은 아메리카 원주민인 모호크족의 역할이 컸다고 해. 그들은 전혀 고소공포증이 없어 안전장치 없이도 철골 위를 자유자재로 다녔다고 하네. 이 빌딩을 올리면서 오직 여섯 명만 희생되었다니 놀라울 뿐이야."

먼저 눈에 들어온 것은 뾰족하게 튀어나온 크라이슬러 빌딩이었다. 엠파이어스테이트 빌딩이 완공되기 전까지 세계에서 최고 높은 빌딩으로 벽돌 건물로 세계기록을 가지고 있는 빌딩이었다.

자동차를 상징하는 스테인리스 스틸의 첨탑은 차의 라디에이터에서 모티브를 따왔고 빌딩 내부에는 바퀴, 자동차 모양 등으로 장식되어 있다고 한다. 과연 뉴욕 스카이라인의 왕관답게 그 위용은 민의 눈을 사로잡았다. 그 옆에는 유엔본부가 보이고 그 뒤쪽으로 이스트 강이 흐르고 있었다.

북쪽으로는 민과 엘리제가 걸었던 브로드웨이와 7th 에비뉴를 끼고 42번가부터 49번 사이의 타임스퀘어 일대가 불빛을 번쩍거리며 나타났다. 붉은색의 LED 광고판이 낮인데도 현란하게 태양빛을 밀어내고 있었다. 그 뒤로는 어제 갔던 센트럴파크가 반듯하게 자리 잡고 있었다. 그린 색이 평화롭게 맨해튼의 산소를 뿜어내고 있었다. 영원히 잊지 못할 어젯밤 엘리제와의 황홀한 입맞춤이 떠올랐다.

맨해튼의 서쪽으로는 허드슨 강이 흐르고 뒤쪽으로는 뉴저지가 보였다. 강을 끼고 위쪽으로는 고급 저택과 빌라들이 많이 있다고 했지만 숲에 가려 잘 보이지 않았다. 바닷가 남쪽으로는 빼곡히 들어선 고층 건물이 바로 세계 금융의 중심 월스트리트 지역이었다.

민은 속으로 월스트리트에서 한 번쯤 일해보면서 경험을 쌓고 큰돈을 벌어보는 것도 남자로서 할만하지만 단지 돈을 좇는 돈벌레가 되는 것은 죽어도 못 할 짓거리라 생각했다.

하지만 만일 엘리제가 음악을 위해 뉴욕에 머문다면 민이 엘리제를 볼 수 있는 길은 맨해튼에서 직업을 가지고 사는 길뿐인데.

뉴욕에 오기 전부터 항상 민의 마음을 짓누른 것은 엘리제가 앞으로 한국에 영원히 오지 않을 수도 있다는 불안감이었다. 그러면 서로 볼 수가 없기에 결국에는 헤어져야 하는 일이 생길지도 모른다. 민은 그냥 불안한 마음으로 엘리제에게 말을 던졌다.

"엘리제, 졸업 후 월스트리트에서 일해볼까?"

"정말? 정말이야? 만일 그렇게만 된다면 나는 민을 매일 볼 수 있어 너무 좋을 것 같아."

"나 같은 촌놈이 일할 수 있을까?"

"뜻을 품으면 언젠가 기회는 와. 잘은 모르지만, 금융으로 한국 시장은 앞으로 커질 것이니 민에게도 찬스는 올 거야."

"사실, 그런 생각을 해본 적은 없어. 월스트리트를 보니깐 순간 그런 생각이 드네. 엘리제를 볼 수가 있기에 그냥 그런 생각을 한 거야."

"나도 그러면 좋지만, 나를 위해 일부러 오는 것은 아닌 것 같아. 나는 민이 평소에 뜻하는 대로, 하고 싶은 일을 했으면 해. 월스트리트가 민과 어울리는지도 모르는 일이고. 월가에서 일하면 오직 돈만 좇기에 간혹 영혼이 망가진다고도 하네. 나는 민의 순수한 영혼이 망가지는 모습은 절대 못 볼 것 같아."

"걱정 마! 엘리제에게는 결코 망가진 영혼의 모습은 보이지 않을 테니. 내가 망가지면 누가 엘리제를 지켜주니?"

민은 속으로 요술램프의 '지니'에게 다시 물었다.

"지니, 약속한 대로 엘리제를 항상 지켜줄 거지?"

지니는 민의 마음속에 울려 퍼지는 우렁찬 답변을 들었다.

"약속한 대로, 주인님의 분부대로 항상 엘리제 님을 천둥과 비바람으로부터 지켜드리겠습니다."

안도와 편한 마음으로 민은 저 멀리 보이는 '자유의 여신상'을 바라보았다. 넘실거리는 바다 위에 우두커니 서 있는 동상이 오늘도 자유를 부르짖는 것 같았다.

"내일은 저 '자유의 여신상'에 가자. 같이 푸른 바다를 보면서 바다와 자유를 즐기자."

민과 엘리제는 아쉬움을 뒤로하며 엠파이어스테이트 빌딩을 빠져나왔다. 민은 어두운 밤, 엠파이어스테이트 빌딩에서 바라보는 맨해튼의 야경이 궁금했다. 아마도 네온사인과 빌딩의 여러 불빛 그리고 마천루의 라인은 저 멀리 바다와 함께 한 폭의 불타오르는 그림이 될 것 같았다. 기회가 된다면 밤에 다시 오고 싶었다.

붉은 석양이 서서히 빌딩 사이를 비집고 거리를 물들게 하는 즈음 민은 엘리제와 함께 노란 택시(Yellow Cab)를 탔다. 택시는 투박한 철로 만든 탱크 같았다. 다음 코스는 너무나 멋진 곳이었다.

'블루노트(Blue Note), 그 유명한 재즈 바.'

흑인 택시 기사는 '블루노트'라는 말을 듣자 흥겨워하며 흑인 노래를 흥얼거리기 시작했다. 민도 다소 흥분되었다. 뉴욕에서 오리지널 재즈를 즐길 수 있다니. 엘리제는 피아니스트의 길을 걸으면서도 재즈를 무척이나 좋아한다고 했다. 재즈는 엘리제에게 편안함과 동시에 영감을 준다고 했다. 간혹 재즈의 운율이 머릿속에서 떠오르면 그냥 기분이 좋아지고 피아노를 연주할 때 손가락은 나비가 날아다니듯 부드러워진다고 했다.

뉴욕대학교를 지나자마자 택시는 '그리니치빌리지'에 위치한 '블루노트'에 도착했다. '블루노트' 이름이 새겨진 푸른색 깃발이 입구 위에서 펄럭이며 손님들을 맞이하고 있었다. 민과 엘리제는 시간이 남아 근처 동네 구경을 하면서 저녁으로 멕시코 음식인 '타코'를 먹었다. 나름 특이한 맛이 있었다.

동네는 큰 빌딩이 없고 한적하고 평화롭게 보였다. 커다랗고 푸른 나무들이 평화로움을 더해주고 있었다. 재즈를 하는 가게가 몇 군데 있었다. 그림을 파는 조그만 가게도 보였다. 아기자기한 레스토랑이 운치를 더하였다. 모두가 오래되고 손때가 묻어있고 예술이 흐르는 골목 거리였다.

1981년 문을 연 블루노트 재즈클럽은 매년 1주일간 소울 음악의 대부로 불리는 레이 찰스(Ray Charles)가 공연하면서 세계적으로 유명한 곳이 되었다. 엘리제의 사전 예약 덕분에 민과 엘리제는 중앙의 앞줄에 앉을 수 있었다. 홀은 그리 크지 않았지만 전체적으로 푸른 조명으로 덮여있었다. 공연은 시작되지도 않았지만 오랜 세월 쌓여온 음악들이 여기저기서 흘러나오는 듯했다.

민과 엘리제는 동네 로컬 맥주인 '브루클린(Brooklyn)'을 시켜 병을 부딪치며 건배를 했다. 서로가 행복했다. 푸른 불빛 아래 미소 짓는 엘리제의 얼굴은 푸른 요정처럼 아름다웠다. 민은 순간 어린 시절 보았던 요정이 엘리제로 변한 것인가 하는 착각을 했다.

평범한 일상의 행복도 감사하거늘 이런 곳에서 사랑하는 사람과 함께 음악을 즐길 수 있는 시간은 아름다운 진주처럼 빛나고 있었다. 아, 얼마나 큰 축복인가?

연주자는 흑인으로 구성되어 있었으며 그날은 전통 미국 남부의 재즈 음악을 연주하였다. 드럼, 베이스, 색소폰, 재즈피아노들로 구성된 연주단은 그야말로 환상의 조합이었다. 음악은 잔잔하면서도 애절하였고 홀을 흔드는 힘이 있었다.

노래를 부르는 흑인의 목소리는 사람의 목소리가 아니었다. 너무나 매끈하고 부드러웠다. 그리고 음량이 너무 풍부하여 그의 노래는 동굴에서 흘러나오는 듯했다. 홀 안을 흐르는 재즈는 모든 사람들을 하나로 만들고 모두를 순진한 어린애들로 만들었다. 순수한 감성이 살아나고 몸은 즐거운 듯 흔들며 즐거움을 나타내었다.

특히 '베니 골슨(Benny Golson)'이 만든 추모곡인 ⟨I Remember Clifford⟩와 ⟨Whisper Not⟩은 명곡 중의 명곡이었다. 연주는 숙연하면서도 섹시했고, 뒤틀림 속에서도 대담함이 어우러져 있었다. 재즈 음악은 어떤 불협화음 속에도 아름다움을 만드는 힘이 있었다.

우울한 블루의 색조로 채색된 우울한 동굴 안에서 울려 나오는 재즈 음악은 사람을 더욱더 우울하게 만들 수도 있지만 진정 우울을 치유해주는 마력을 가진듯했다. 중독되어 가듯 민과 엘리제는 행복감으로 재즈의 동굴 속으로 빠져들고 있었다.

보너스 곡으로 낯익은 곡이 흘러나왔다. 멜로디와 코드 그리고 즉흥 솔로 기타를 펼쳐나갔다.

〈Autumn Leaves〉, 〈고엽(枯葉)〉으로 알려진 유명한 재즈 인기곡이었다. 원래는 프랑스 배우 겸 가수인 '이브 몽탕'이 부른 샹송으로 늦가을의 낙엽을 밟으며 떠나간 연인을 추억하는 곡이었다. 영어번역은 가을낙엽이거늘 슬프게도 죽은 마른 잎이라 이름 지어졌다.

아마도 이 노래는 단순히 가을낙엽을 노래한 것이 아닌 인생과 사랑의 슬픔을 노래했기 때문이리라. 나뭇잎이 떨어져 죽기 직전, 가장 밝고, 붉고, 금빛과 주황색으로 물들어가는 잔인한 시간을 연상시키는 곡조는 민의 마음을 애잔하게 만들었다. 민은 가사의 일부를 생각하며 전날 엘리제와의 입맞춤을 다시 떠올렸다.

떨어지는 나뭇잎들이 창문 곁으로 스쳐 지나가네요.
적색과 황금색의 찬란한 빛깔로 물든 나뭇잎들이에요.
여름날 입맞춤했던 당신의 입술과
내가 잡아주던 햇볕에 그을린 손이 생각납니다.

그렇게 아름다운 밤은 음악과 함께 익어가고 있었다. 사랑도 함께 익어가고 있었다. 축복을 받은 추억의 시간이 민과 엘리제의 저 깊은 기억 속에 쌓여가고 있었다. 아, 이 순간이 영원이 되었으면.

다음 날 아침 민은 상쾌한 몸으로 침대에서 빠져나왔다. 시차로 인해 밤에 깨지도, 어떤 꿈도 꾸지 않았다. 몸에서 에너지가 솟아남을 느꼈다. 민은 로비에서 기다리고 있던 엘리제를 만나 반갑게 인사를 하고 손을 잡고 호텔을 나섰다. 점차 강해지는 햇볕은 밤새 식은 땅 위의 기운과 이슬을 순식간에 밀어내었다.

지하철을 타고 맨해튼의 남쪽에 있는 배터리공원으로 이동했다. 민은 뉴욕의 지하철은 더럽고 범죄로 위험하리라 생각했는데 의외로 깨끗하고 한적했다. 아마도 이미 출근 시간이 지난 아침 시간이라 그런지도 모른다. 지하철 동굴 내 간혹 보이는 낙서 그라피티는 무슨 뜻인지는 모르겠지만 색감이나 패턴이 묘하게 민의 눈길을 끌었다. 민은 그것이 아마도 범죄 집단의 영역을 표시하는 마크인지도 모른다는 엉뚱한 생각을 했다.

배터리공원에서 페리를 타고 뉴욕항구인 리버티 섬으로 향했다.

'자유의 여신상(Statue of Liberty)'

얼마나 보고 싶었던 자유의 여신상이던가. 페리는 푸른 물살을 가르며 점차 다가오는 여신상을 향해 달려갔다. 갈매기가 여신상을 배경으로 날아다녔다. 민과 엘리제는 선상에 나가 사진을 찍으며 맨해튼과 여신상의 풍경을 구경하였다.

바다의 짠맛이 민의 후각과 감성을 자극했다. 부산의 해운대에서 엘리제와 함께한 시간이 순간 민의 뇌리에서 스쳐 지나갔다. 민은 엘리제의 어깨를 사뿐히 감싸주며 흔들리는 선상 위에서 그녀를 보호했다.

"엘리제와 함께 뉴욕의 푸른 바다 위에서 페리를 타고 자유의 여신상을 보러 가다니 꿈만 같아. 무척 마음도 설레고."

"나도 여기는 처음이야. 이 시간을 민과 함께하다니. 너무 기뻐."

"마치 엘리제와 함께 아메리카 드림을 품고 뉴욕으로 들어가는 기분이야."

점차 그 모습을 드러내는 자유의 여신상은 그야말로 옥(玉)색이 었다. 프랑스에서 미국독립 100주년 기념선물로 만든 여신상은 구리로 만든 것이지만 오랜 세월 구리 표면이 산화하여 신비로운 옥색이 된 것이었다.

'세계를 밝히는 자유(Liberty Enlightening the World)'가 정식명칭이다.

민은 과연 자유(自由)가 무엇인지 생각했다. 가장 인간의 근원적인 욕망이 아닐까. 생명체로서 가장 먼저 필요한 것이 자유이지 않을까. 민은 군대 제대 날 느낀 자유의 공기를 잊을 수가 없다. 자갈치시장에서 짠 내음과 함께 느낀 자유의 기분을 결코 잊지 않으리라. 그리고 그것을 지키리라.

"자유가 아니면 죽음을 달라!"

미국 독립운동가인 '패트릭 헨리'의 연설문이 생각났다.

한편으론 돈키호테가 산초에게 말한 핵심적인 명대사가 떠올랐다.

"산초야, 자유란 하늘이 인간에게 내려주신 가장 고귀한 선물 중 하나이다. 자유와 명예를 위해서라면 자신의 목숨까지 걸어야 한다."

그렇다!

죽음과도 바꿀 수 있는 것이 자유다. 자유가 없으면 인간의 존엄성이 무너지기 때문이리라. 많은 사람이 평등과 정의를 주장하지만, 그것은 자유를 기초로 하여야 한다. 그 이유는 평등과 정의는 인간 사이의 문제이지만 자유는 인간과 함께 타고난 근원적인 권리이기 때문이다.

많은 사람이 인간의 제도가 민주적이어야 한다고 한다. 물론 맞는 말이다. 하지만 자유가 없는 민주적인 제도는 의미가 없다. 그것은 인간이 만든 하나의 제도일 뿐이며 전 세계가 모두 민주적이라는 말을 너무 쉽게 사용하며 심지어 악용을 하고 있지 않은가.

민주적 하면 다수결이 먼저 떠오른다. 다수결도 맞는 말이다. 하지만 언제나 맞는 말은 아니다. 그리고 이익이 얽힌 다수결의 결정은 결국 악이 될 뿐이다. 다수결의 횡포와 잘못된 결정은 인간의 존엄성과 사회의 발전을 해칠 수밖에 없을 것이다.

자유의 여신상의 황금색 횃불은 자유의 빛을 상징하고 왼손에 든 책자는 미국 독립선언서로 미국의 독립기념일이 새겨져 있다고 했다. 여신의 머리 위 왕관에 달린 7개의 가시는 바다와 전 세계 대륙을 의미한다고 했다.

오늘날 자유의 상징인 '미국 수정헌법 제1조(The First Amendment)'의 문구가 떠올랐다.

"특정 종교를 국교로 정하거나, 자유로운 종교활동을 방해하거나, 언론의 자유를 막거나, 출판의 자유를 침해하거나, 평화로운 집회의 자유를 방해하거나, 정부에 대한 탄원의 권리를 막는 어떠한 법 제정도 금지한다."

아, 얼마나 인간을 위한 아름다운 자유의 개념이며 훌륭한 철학인가.

민과 엘리제는 쌍둥이 섬으로 보이는 엘리스 섬을 바라보면서 리버티 섬에 발을 디뎠다. 감격스러운 순간이라 생각했다. 이곳은 단순한 관광지가 아니었다. 미국독립의 역사이며 미국 자유민주주의의 뿌리가 자리 잡고 있었다. 여신상은 말없이 하늘을 향해 횃불을 들고 있었지만, 민의 귀에는 '자유'를 부르짖는 여신의 소리가 들리는듯했다. 푸른 바다는 그 소리에 반응하듯 큰 물결을 만들고 있었다.

민은 근처에서 감자튀김과 콕을 사서 엘리제와 먹으며 느긋하게 구경을 하려고 하는데 섬에 사는 갈매기가 무례하게 다가왔다. 처음에는 감자튀김 조각을 나누어 주다 귀찮게 하여 다른 곳으로 급히 이동하는데 갈매기 한 마리가 감자튀김을 낚아채 달아났다. 뉴욕의 갈매기는 몸집이 컸다. 그보다 펼친 날개는 무서울 정도로 컸다. 붉은 눈에 누런색 부리를 가진 갈매기에 민과 엘리제는 순간 공포심을 느꼈다. 히치콕 감독의 유명한 공포 영화 〈새〉의 장면들이 떠올랐다.

민은 '자유의 여신상' 밑에서 먹을 것을 뺏어가는 이 갈매기들의 횡포를 보면서 진정한 자유는 상대편을 존중하고 배려하는 가운데서 누려야 한다고 생각했다. 민과 엘리제는 천천히 섬 주위를 걸으며 시원한 바닷바람과 자유의 바람을 마음껏 들이켰다. 저 멀리에서는 새털구름이 푸른 하늘을 잔잔히 덮고 있었다.

솜털처럼 가벼운 몸으로 배터리공원 선착장으로 돌아왔다. 민과 엘리제는 기념으로 옥색의 '자유의 여신상' 모형을 샀다. 둘은 결코 이날을 잊지 않을 것이다. 민은 이 조그만 여신상이 민과 엘리제에게 영원히 서로 사랑할 수 있는 자유와 행복을 주리라 믿고 싶었다.

둘은 배터리공원에서 시간을 보냈다. 공원은 맨해튼의 남쪽 끝자락에 자리한 곳으로 옛날 영국과 전쟁 당시에 포대(Battery)가 있던 곳이었다. 바닷가를 끼고 있어 시원한 전망에 푸른 바다와 저 멀리 리버티 섬과 엘리스 섬이 보였다. 멋진 현수교의 브루클린 브리지를 바라보는 것도 즐거움이었다. 공원의 끝에는 이스트 강과 허드슨 강이 만나는 기다란 부둣가가 형성되어 있었다.

공원에는 가지각색의 꽃들이 피어있었으며 모두가 최고조의 색을 발산하며 온갖 자태로 아름다움을 뽐내고 있었다. 꽃들과 푸른 바다는 연인들을 부른다. 많은 연인이 벤치에 앉아서 혹은 산책을 하면서 늦은 오후의 데이트를 느긋하게 즐기고 있었다.

민과 엘리제도 그 연인들 중의 한 커플이었다. 한가롭고 여유로운 분위기에 그저 시간 가는 줄 몰랐다. 아무것도 하지 않았지만 지루하지 않았다. 이 세상에서 가장 재미있는 일이 사람 구경인 듯했다. 연인들의 모습이나 지나가는 사람들을 바라보고 있으면 그저 재미가 솔솔 났기 때문이었다.

바다를 끼고 공원을 거닐었다. 시원하게 불어오는 바닷바람, 바다 위로 햇살이 비쳐 반짝이는 수면, 아기자기하고 예쁜 꽃들이 민과 엘리제를 진정한 연인으로 만들어주었다. 민은 엘리제의 어깨를 감싸주면서 사랑의 마음을 전했다.

어느덧 저 멀리 푸른 바다 서쪽 허드슨 강은 붉은색으로 변하고 있었다. 벌써 해 질 녘이었다. 노을빛이 구름 사이로 내려앉아 넘실거리는 강물을 조용히 물들이고 있었다. 둘은 석양의 아름다움을 바라보며 허드슨 강을 따라 천천히 걸었다.

붉은 태양이 마지막 불길을 뿜으며 가라앉았다. 석양의 시간, 바다와 허드슨 강은 그야말로 장관이었다. 붉은색으로 하루를 마감하는 시간에 야생화의 향기가 잔잔한 바람에 흩어지고 새들의 지저귀는 노랫소리가 사방에 울려 퍼졌다. 엘리제의 얼굴도 붉게 물들고 있었다. 마치 야생화의 붉은 잎으로 물감을 만들어 곱게 화장을 한듯했다. 눈, 귀, 코의 모든 감각이 즐거웠다. 저 멀리 옥색의 자유의 여신상 뒤로 붉은색의 옅은 구름이 깔리며 신비로움을 더했다.

민은 어둠이 가라앉는 허드슨 강을 따라 걸으며 허드슨 강과 바다가 만든 장관(壯觀)을 가슴속에 품었다. 민은 강의 위대함을 자작시로 읊기 시작했다.

강(江)

한 톨의 빗방울이 모여모여
강물이 되어 메마른 대지를 적신다.
강물은 대양으로 나가고 대양은
빗방울 만들며 윤회를 한다.

흐르는 강물은 생명을 잉태하고
감미로운 젖줄이 되어 자연을 살린다.
모든 생명은 강물을 향해 모여들고
강은 모든 것을 내어주며 품어준다.

때론 호수처럼 잔잔하고
때론 울부짖고 거칠지만 강은 언제나 그 모습.
언제나 낮은 곳을 향해 나아가지만
그의 힘은 가장 위대하고 웅대하다.

인간의 역사는 강줄기에 따라 쓰여지고
강은 인간의 동맥을 따라 흐른다.

다음 날 아침에는 커튼 사이로 햇살이 들어오지 않았다. 밤새
천둥 치는 소리에 민은 간혹 잠에서 깨기도 하였다. 빗방울 떨어

지는 소리가 나무 창틀에서 요란하게 들리기 시작하였다. 지나가는 바람이 창가를 때리며 방 안으로 스며들었다.

엘리제는 꽃무늬가 새겨진 예쁜 우산을 들고 있었다. 맨해튼의 거리는 빗방울이 떨어지는 소리로 불규칙한 음악을 만들어내고 있었다. 햇볕이 없는 맨해튼의 거리는 회색빛이었다. 거리는 축축했으며 네온사인의 요란한 불빛도 생명을 잃은듯했다. 지나가는 택시와 차들은 보행자를 신경 쓰지 않고 물을 튀기며 달렸다. 비오는 날은 시멘트와 돌과 유리로 만들어진 거대한 현대판 성(城)을 벗어나고 싶었다.

민과 엘리제는 의논 끝에 기차 여행을 하면서 뉴저지에 있는 프린스턴대학교에 가기로 했다. 민이 평소에 동경해오던 프린스턴대학교였다. 어떤 모습일까. 인문, 사회, 자연과학 등 오직 순수 학문만을 추구하는 대학. 한국에서는 가장 인기 있는 의대, 법대, 경영대가 아예 없는 미 동부 아이비리그 대학으로 전통과 역사가 있는 학교였다.

맨해튼의 빌딩 숲을 벗어나자 바로 넓고 푸른 전원이 눈앞에 나타났다. 물기를 머금은 나무와 초원은 묘한 아름다움과 슬픔과 정적을 품고 있었다. 한 폭의 수채화를 보는듯했다. 민은 엘리제의 어깨를 한 손으로 감싸며 둘은 같은 시선으로 자연이 주는 아름다움을 조용히 즐겼다. 저 멀리 숲속 사이로 점박이 사슴이 지나갔다.

"민, 저기 사슴 봐!"

"어디? 정말이네. 도시를 벗어나니 사슴도 보이고."

"사슴이 우리를 보고 있네. 눈망울은 언제 보아도 슬퍼 보여."

엘리제는 그냥 어린애처럼 즐거워했다. 그런 모습이 좋았다.

한데 왜 그렇게도 엘리제와 사슴의 눈망울은 닮았는지? 슬픔을 담은 검은 눈동자는 아름다웠다.

프린스턴 마을은 동화 속의 마을처럼 아름답고 아기자기하고 포근하였다. 학교의 담벼락을 낀 조그만 길에는 몇백 년의 세월을 머금은 나무들이 줄지어 서 있었다. 한자리에서 오랜 세월 흙의 영양과 물을 먹으며 어떻게 이렇게 우람하게 클 수가 있단 말인가? 분명 태양의 햇살에는 엄청난 에너지가 있으리라. 푸른 잎과 거대한 줄기를 가진 나무는 웅장했지만 결코 뽐내지 않았다. 나무의 밑동 부분은 그야말로 세월의 흔적을 고스란히 드러내고 있었다.

좀 잦아진 빗방울을 나무들이 막아주어 우산을 쓰지 않아도 될 정도였다. 길가에 떨어진 잎들은 물기를 머금은 채 운치를 더해주었다. 아 얼마나 많은 학생이 이 길을 걸으며 사색을 하고 철학을 논하며 학문의 희열을 느꼈을까? 민도 순간 마음이 차분해지며 스스로 사색가도 되고 철학가가 된듯했다.

학교는 그야말로 역사의 장소였다. 지구 탄생 시 만들어진 태초의 튼튼한 돌들로 쌓아 올린 듯 건물은 고전적이면서도 위엄이 있었다. 돌 하나하나에 역사가 숨 쉬고 있는듯했다. 결코 무너지지 않을 학문의 전당이 세월과 함께 쌓여가고 있었다. 건물에는 빗방울을 머금은 담쟁이덩굴로 덮여있었다.

민의 숨을 잠시 멎게 한 것은 도서관에 첫발을 디디는 순간이었다.

도서관의 전체적인 분위기는 동양의 젊은 청년에게는 그야말로 경외였다. 웅장하면서도 웅장하지 않고, 형식을 갖춘듯하나 자유분방하고, 조용하지만 적막하지 않고, 책들이 만드는 냄새는 고전적 텁텁함이지만 정겹고, 도서관에 있는 모든 사람들을 동화 속 어린애처럼 순수하고 고상하게 만들어주었다. 도서관 안은 모두가 나무였다. 책도 모두가 종이다. 어떠한 인위적인 물건은 없었다. 의자도 반질거리는 나무였으며, 움직일 때 삐걱거리는 소리는 결코 감출 수가 없었다. 모두가 수제로 만든 의자요 책상인 듯했다.

민과 엘리제는 서로의 얼굴을 바라보며 놀라움을 감추지 못했다.

"역시 세월은 무시 못 하겠네. 270년 역사를 지닌 도서관이니."

"숨이 막힐 정도로 훌륭한 도서관이네. 부러워. 여기서 책을 읽으면 얼마나 행복할까?"

"우리도 책도 구경하고 책상에 앉아 책도 읽어보자."

민은 흥분된 기분으로 여기저기 도서관 안을 구경하며 이 책 저 책을 조심스레 들춰보았다. 책들은 민의 나이보다 더 먹은 듯 묵직하고 세월의 흔적을 지니고 있었다. 대부분이 하드 커버로 제목들은 우아한 문양체로 새겨져 있었다. 민은 삐걱거리는 의자에 조심스레 앉아 셰익스피어의 《리어왕》을 읽어나갔다. 마침 민은 미국에 여행 오기 전에 《리어왕》을 읽는 중이었다.

비극 중의 비극이라 불리는 《리어왕》은 그야말로 가족의 배신, 분노, 좌절, 절대적 허무와 고통으로 이어진다. 인간 존재의 연약하고 잔혹한 현실을 여과 없이 보여주고 있었다. 민은 늙어가며 버림받은 리어왕이 우리 모두의 미래 모습이 아닐까 생각했다. 인간은 피할 수 없는 배신을 겪으며 현실을 깨닫는 것 같았다.

"있다고 다 보여주지 말고, 안다고 다 말하지 말고, 가졌다고 다 빌려주지 말고, 들었다고 다 믿지 마라." 리어왕의 말은 명언 중의 명언이었다.

이렇게 멋진 도서관에서 책을 읽으며 인간을 탐구하고 문학을 공부하고 진리를 탐구하며 살아간다면 얼마나 행복할까? 이렇게 도서관의 역사 속에 나의 삶이란 세월을 더한다면 얼마나 행복할까? 책을 읽다 간혹 학교 캠퍼스를 산책하며 사색을 즐길 수가 있다면 얼마나 행복할까? 민은 책갈피를 넘기며 행복한 상상의 나래를 펼쳐나갔다.

아쉬움을 뒤로하며 민과 엘리제는 근처의 조그만 레스토랑에 갔다. 입구는 아치형 나무로 만들어져 있었다. 붉은 벽돌 벽에는 프린스턴대학의 문장이 새겨져 있었다. 레스토랑은 어두웠지만 나름의 운치가 있고 세월의 흔적이 묻어나고 있었다. 아마도 학생들이 편하게 오는 곳 같았다.

둘은 식당에서 제조한 수제 맥주와 수제 버거를 먹었다. 시트라 홉이 듬뿍 들어간 맥주는 특유의 향과 쌉싸름한 맛을 품고 있었다. 시원하면서도 진한 맥주를 마시고, 입에서 살살 녹는 수제 버거를 먹으니 민은 그저 행복하기만 했다. 언젠가 프린스턴대학에 다시 와서 이 기분을 느낄 수가 있다면 얼마나 좋을까? 그때는 살아온 세월에서 풀지 못한 학문의 진리를 찾아보리라.

맨해튼으로 다시 돌아온 것은 늦은 오후였다. 이제 이번 여행의 마지막 일정이 남아있었다.

〈오페라의 유령(The Phantom of the Opera)〉

민과 엘리제가 함께 뮤지컬을 보는 것이었다. 마지막 일정은 그야말로 최대의 이벤트였다. 엘리제는 이 뮤지컬을 너무나 보고 싶어 했다.

"뉴욕에 오자마자 가장 하고 싶었던 것이 이 뮤지컬을 보는 것이었어. 그동안 볼 기회가 있었지만 민과 보려고 그동안 참았어. 오늘이야 소원이 이루어지네."

"그랬구나. 고마워. 나도 무척이나 기대돼. 이 시대 최고의 뮤지컬을 맨해튼에서 오리지널로 보다니, 그것도 엘리제와 함께 보다니 꿈만 같아."

민과 엘리제는 서로 손가락을 끼워 손을 맞잡으며 흥분을 감추지 못하는 사이 막이 올랐다.

파리의 오페라하우스를 배경으로 아름다운 프리마돈나를 사랑하지만, 결코 이루지 못하는 유령의 슬픈 스토리이다. 분명 비극이지만, 이 뮤지컬은 슬픔이 아니라 최고의 미적 희열을 뿜어내고 있었다. 전체적으로 음침하고 검은색 배경이지만 원색의 붉음과 푸름, 백색의 화려함과 강렬함도 함께 무대에 펼쳐졌다. 거대하고 멋진 샹들리에와 함께 무대의 웅장함에 민의 눈은 휘둥그레지며 놀라움을 감추지 못했다.

흉측하게 일그러진 얼굴을 가리기 위해 반쪽의 흰 가면을 쓴 팬텀은 기괴한 모습이지만 왜 그렇게 카리스마를 뿜어내는지. 유령의 목소리는 사람의 목소리로 들리지 않았다. 유령의 마력으로 뿜어내는 애절한 목소리는 민의 귀와 마음을 사로잡았다. 여주인공 크리스틴의 노래 또한 감미롭고 애절하였다.

스릴이 넘치는 스토리 자체의 매력도 있지만, 노래는 그 누구도 흉내 내지 못할 엄청난 호소력이 있었다. 노래에 빠져들다, 감동에 겨워 자신도 모르게 눈물이 날 정도였다. 유령의 솔로곡인 〈그 밤의 노래(The Music of the Night)〉와 크리스틴이 부르는 〈생각해 줘요(Think of Me)〉도 잊을 수 없는 곡이지만 역시 오페라의 유령 주제곡이 가장 압도적이었다. 낮고 음산하게 깔리는 전주 부분에 민과 엘리제는 온몸에 소름이 돋을 정도로 전율을 느꼈다. 유령이 출몰하고 무언가 불길한 일이 생길 것 같은 긴장감 속에 노래에 빠져들었다. 심장은 음악의 울림에 따라 숨 가쁘게 요동쳤다.

"노래하라, 나의 천사여…. 노래하라(Sing, My Angel…. Sing)."

유령의 주문에 크리스틴이 미친 듯이 고음으로 노래 부르는 장면에서 민은 숨이 막힐듯했다. 민은 순간 크리스틴이 천사이며 엘리제로 보였다. 자신은 유령과 오버랩되면서 이루지 못할 사랑과 괴로움에 대한 두려움이 엄습했다.

엘리제에 대한 사랑이 집착으로 변할까도 두려웠다. 과연 엘리제를 떠나보내야 하는 상황이 온다면 민은 유령처럼 엘리제를 보낼 수 있을까? 진정 사랑하기에 헤어진다는 이해하지 못할 문구가 생각났다. 아, 사랑은 이렇게도 애절하고도 아름다운가?

민은 저 멀리 떠다니는 구름을 바라보았다. 아무런 생각도 하지 않았다. 그냥 멍하게 한국으로 돌아가는 비행기 안에서 창문을 통해 하늘만 바라보았다. 푸른 하늘 위에 뭉게구름이 피어올랐다.

"주인님, 이번 여행이 만족스러웠는지요?"

분명 민의 귀에 너무나 뚜렷하게 요술램프의 '지니' 목소리가 들렸다.

그렇다. 민은 아직 지니에게 고맙다는 인사를 못 했던 것이다.

"지니, 너무나, 너무나 고마워! 너 덕택에 즐거운 뉴욕 여행을 한 것 같아. 평생 잊지 못할 추억거리로 남을 거야. 엘리제도 너무나 행복해하고. 너의 연출은 완벽했어!"

"즐거웠다니 다행입니다. 그럼 편안하게 잘 돌아가십시오! 저는 이만 퇴장하겠습니다."

"안녕. 잘 가!"

민은 지니에게 작별 인사를 하면서 엘리제에게 한 어젯밤의 작별 키스를 떠올렸다. 작별을 앞둔 전날 〈오페라의 유령〉 뮤지컬은 민의 마음을 격하게 흔들었다. 비극적인 아름다움과 애절한 사랑에 대한 복합적인 감정이 민의 뇌리를 휘감고 지나가며 엘리제를 감싸 안을 수밖에 없었다.

작별의 키스는 달콤함을 넘어서 애절함이 묻어나고 있었다. 말로 표현하지 못하는 감정을 입술에 담았다. 촉촉하면서도 뜨거운 입술은 강렬함으로 불타올랐다. 오페라의 유령처럼, 결코 엘리제를 잃지 않을 거라고 생각하며 민은 엘리제를 품었다. 엘리제는 내내 눈을 감고 있었다.

폭풍의 밤

여름 장마가 다가왔다.

밤낮으로 비가 오고 밖은 칠흑같이 어두웠다. 세상의 소리는 빗소리로 덮였다. 간혹 거친 바람과 함께 검은 먹구름이 몰려왔다. 바람은 화난 신(神)의 거친 숨소리처럼 기괴한 소리를 내며 세상을 휩쓸었다. 천둥과 번개는 수시로 동네를 흔들며 인간을 위협하였다. 개들의 울음소리가 여기저기서 들렸다. 나무들은 흔들리고 검푸른 파도는 사정없이 해변을 때렸다.

민(敏)의 방 창문을 때리는 빗방울 소리는 기묘한 음악을 만들어내었다. 타악기였다. 자연이 만든 불규칙 음악이지만 운율을 듣다 보면 중독성이 있었다. 빗물이 창문 유리를 핥으며 이리저리 갈라지는 모습을 보면서 민은 한참을 창가에 머물곤 하였다.

민은 서서히 우울증에 빠져들었다.

엘리제와 함께 민은 뉴욕에서 얼마나 멋진 시간을 보냈는가? 한데 왜 민은 지금 이렇게도 우울한 것인가. 민은 엘리제의 우울증을 풀어주기 위해 뉴욕으로 갔지 않은가. 엘리제의 환한 모습을 보며 얼마나 애틋한 사랑의 시간을 가졌는가. 이 모든 것은 잊지 못할 추억이 될 것이다.

그런데 도대체 왜 이렇게 민의 마음은 갈피를 잡지 못하고 슬픔에 사로잡혀 있는가? 민은 방 안에서 칩거하다시피 하였다. 말도 별로 하지 않고 오직 최소한의 음식만 먹었다. 친구들도 만나지 않고 연락도 하지 않았다.

엘리제에 대한 연민의 감정이 너무나 질기고 강한 것일까? 마치 엘리제의 향기와 체취에 중독된 듯이 민은 극도의 금단 현상을 보이는 것 같았다. 사랑의 열병을 앓고 있는듯했다. 민은 키스의 황홀함에 영혼을 도둑맞은 양 정신을 차리지 못했다.

마음 저 깊은 한구석에 불안감이 자리 잡고 있었다. 다시는 엘리제를 볼 수 없으리라는 생각이 민의 마음을 갉아먹고 있었다. 마치 불이 먹이를 먹으며 활활 불타오르듯 불안한 생각을 먹이로 마음은 불타올랐다. 붉은 핏줄을 따라 붉은 불이 활활 타올랐다. 하지만 불꽃 향연은 결국은 어둠을 이기지 못하고 싸늘한 허무만이 남았다.

민은 홀로 술을 마셨다. 엘리제가 보고 싶어 술을 먹고, 또 잊으려고 술을 먹었다. 허무함을 이기기 위해서 술을 먹고, 황홀감을 느끼기 위해 술을 먹었다. 감각을 죽이기 위해서 그리고 우울함을 벗어나고자 술을 먹었다.

빗소리를 안주 삼아 술을 먹고 천둥소리를 무시하려고 술을 먹었다. 번개가 치면 알코올이 공중에 분해된 듯 술은 그냥 물처럼 느껴졌다.

술병이 쓰러지고 엘리제의 얼굴이 떠오르면 목마를 타고 떠난 연인의 옷자락이 왜 그렇게도 슬퍼 보이는지. 사랑이 깊으면 맨정신으로는 진정한 사랑을 나눌 수 없다. 집착이라는 그림자가 민을 덮쳤다. 미치도록 사랑하면 서로가 상처만 남길 뿐이다. 마치 불타오르는 모든 것은 오직 회색빛 재만이 남는 것처럼.

꿈속에 나타난 엘리제는 더 이상 민에게 기쁨이 아니었다. 보고 싶은 엘리제였지만 꿈속에서는 언제나 안타까움과 무서움과 두려움에 사로잡힌 초라한 민의 모습만이 투영될 뿐이었다. 간혹 민은 오페라의 유령처럼 일그러진 얼굴로 괴로워하기도 하였다. 가장 아름다운 노래를 불러보고자 했지만 목에서 소리가 나오지 않았다. 사라지는 엘리제를 바라보면서 민은 홀로 몸부림쳤다.

민은 힘든 시간을 보내고 있었지만 엘리제에게는 언제나 잘 지내고 있다고 이야기했다. 엘리제도 민에게 같은 말을 했다. 서로가 보고 싶다는 말은 빠지지 않았다. 엘리제는 정말 잘 지내고 있을까 궁금했지만 진정으로 그녀가 잘 지내기를 바랐다. 민은 이미 엘리제의 우울을 뉴욕에서 뺏어오지 않았던가. 대신 민에게 우울은 배가되어 마음속에서 자라고 있었다.

우울한 감정을 벗어나기는 쉽지 않다. 차라리 저 우울의 밑바닥까지 가보고 싶은 충동도 생겼다. 어떤 모습이기에 이렇게도 모질게 사람에게서 떨어지지 않는지 궁금했다. 어떤 때는 이 우울의 감정이 민의 유일한 친구인 듯 민의 마음을 따뜻하게 감싸준다는 착각도 들 정도였다.

민은 폭풍이 몰아치는 어두운 밤마다 마치 어두운 터널을 지나가듯, 늪에 빠져 허우적거리듯, 창틀에 박힌 나방처럼 몸부림치며 힘겨운 시간을 보내고 있는 어느 날, 전화 한 통을 받았다.

"민, 잘 지냈어? 나야. 호연이."

너무나 기다렸던 반가운 목소리였다.

"연아, 제대했구나! 반갑다. 언제 제대했니?"

"얼마 전에 했는데 좀 정리할 일이 있어서 연락이 늦었어."

"아무튼 무사히 제대해서 축하하고, 당장 나와! 축하주는 내가 거나하게 쏠게."

민은 순간 호연이 얼굴을 떠올리며 며칠간 씻지 못한 몸에 찬물을 퍼부었다. 몸은 놀랐지만 머리는 맑아지기 시작하였다. 억세고 길게 자란 턱수염을 깎느라 면도를 두 번이나 했다. 민의 본래 얼굴이 김이 서린 거울에 나타나기 시작했다. 심호흡을 크게 하며 어깨를 폈다. 갑자기 허기를 느꼈지만 눈빛은 이글거렸다.

어둠이 내려앉는 자갈치 골목길에는 아직도 빗물이 흥건히 고여있었다. 빗방울이 간헐적으로 떨어지고 있었다. 결코 장마는 쉽게 끝날 것 같지 않았다. 민의 우울증은 지겨운 장마와 함께 끝나리라. 비린내와 거리의 바닥에서 올라오는 꿉꿉한 냄새에 범벅

이 된 거리를 민은 뚜벅뚜벅 걸었다. 자갈치 골목 밤거리도 우울하였다.

비가 오는 날은 회를 잘 먹지 않지만 민과 호연은 개의치 않고 단골집으로 갔다. 제대를 기념하는 자리이지 않은가. 자갈치시장 터에서는 회만큼 좋은 안줏거리는 없다.

그들은 반가운 마음으로 마음껏 마셨다. 술을 마시며 안주를 먹으며 군대 생활로 서로가 보지 못한 세월의 시간을 한꺼번에 압축시켰다. 아직 완전히 자라지 않은 호연이의 머리 때문인지 그의 얼굴은 앳된 소년같이 보였다. 하지만 그의 말은 성숙해있었고 그의 목소리는 차분하고 호소력이 있었다.

"민, 그래 요즘 어떻게 지내?"

"영, 재미가 없어. 그저 우울할 뿐이야."

"왜?"

민은 대답 대신 한 잔의 술을 들이켜며,

"장마 알레르기라고 할까? 괜히 비가 오면 우울해져."

"장마 알레르기라? 재미있는 말이네. 하하."

호연이는 웃으며 민의 잔을 그득 채웠다. 민도 호연이의 잔을 채워주었다.

"자. 장마 알레르기를 위해! 건배!"

장난기가 발동한 호연이는 익살스럽게 웃으며 대수롭지 않게 분위기를 만들었다. 민은 그런 호연이를 보니, 자신도 좀 우습다고 생각했다. 누구에게나 매년 찾아오는 장마에 홍역을 앓듯 힘들어하는 자신이 너무 초라하게 느껴지며 어깨가 움츠러들었다.

하지만 민은 그의 우울증이 단순히 장마로 인해 생긴 것이 아니라 엘리제를 보러 뉴욕에 다녀온 후 자신도 모르게 우울해진다고 솔직하게 이야기했다. 사랑이 집착으로 변하고 불안한 감정이 끊임없이 솟아난다고 했다. 사랑으로 생긴 복잡한 감정과 우울한 감정을 연결하는 것이 마치 궁색한 변명처럼 보였다. 그런 민에게 호연이는 씩 웃으며 말을 툭 던졌다.

"민, 남에게는 그런 이야기하지 말거라. 너무 호사스럽게 들려. 남들이 가기 힘든 뉴욕 여행을 다녀와서 다시 엘리제를 그리워하며 우울해하다니."

민은 더 이상 말하지 않았다. 그의 말이 틀린 것도 아니고 민의 감정도 틀린 것이 아니다. 사랑은 그만큼 말로 표현하기 힘들고 우울의 감정은 지극히 개인적이라 남이 이해하기 힘든 영역이다. 결국에는 혼자만의 몫이다. 민의 마음을 간파한 호연이는 급히 화제를 바꾸었다.

"너의 군대 생활은 어땠어?"

"한마디로 동면!"

"동면? 재밌는 표현이네."

"넌?"

"난, 한마디로 철학!"

"철학? 철학이라…. 너야말로 재밌는 표현이네. 왠지 궁금해진다."

둘은 아무런 말 없이 제대의 축하 잔을 높이 들어 입에 털어 넣었다.

취기로 점차 얼굴이 연분홍으로 물들어가는 호연이는 특유의 말재주로 그의 군대 생활을 왜 철학이라고 명명했는지 거침없이 토해내기 시작했다. 겨울잠을 자며 군 생활을 보낸 민과 달리, 경제학도인 호연이는 다독(多讀)한 것 같았다. 반복된 일상과 강요된 규제로 숨이 막혀오는 군 생활을 탈피하기 위해서 배움으로 사색하고 정신적 성숙의 길을 택한 것이었다. 몸은 구속이 되어도 정신은 마음껏 시대와 공간을 여행할 수 있었기에 그는 자유를 느꼈다고 했다.

"경제 공부를 하는 것은 결국 인문학이야. 단순히 지식을 습득하고 돈 버는 방법을 배우는 것이 아니라 인간의 마음속 욕망을 이해하고 사회에 대한 깊은 고찰이 있어야 진정으로 경제를 연구할 수 있지. 닥치는 대로 책을 읽으며 인간과 경제에 대해 연구하다 보니 자연히 철학 쪽으로 넘어가더라. 경제학자는 '돈'을 연구하지만 철학자는 '돈에 관하여' 사색을 한단 말이야. 또 철학은 '나는 누구인가?' '우주는 어떻게 탄생되었는지?' '왜? 어떻게 살아야 하는가?' 등등 인간의 근원적인 질문들을 쏟아내지. 비록 철학적인 접근이 정답이 아닐 수도 있지만, 인간 정신을 고양하고 인간 본성에 한발 다가가는 계기는 되리라 믿어. 물론 소피스트처럼 독특한 시각으로 기존 철학의 독선을 비판하는 사유가도 있었지만 대다수의 철학자는 자신들의 사상과 철학을 목숨과도 바꿀 정도로 치열하게 고민하지. 소크라테스도 자신의 신념과 철학을 주장하다 결국 사형을 당했지. 반면 '인생이란 무엇인가?'보다는 '인생을 어떻게 살아야 하는가?'를 연구한 철학자는 아리스토텔레스야. '돈'에 대해서도 진지하게 연구를 시작한 최초의 철학가이기도 하지. 현실가인 그는 중용의 길을 걸으며 행복하기 위해서는 '어느 정도의 재산'이 필요하다고 인정해. 하지만 결코 돈은 수단이지 목적이 될 수 없다고 주장했어."

민은 자신이 그동안 홀로 고민하며 마음속에 품었던 질문들에 한 발 다가가는 호연이의 정신세계를 관심을 가지고 들여다보았다. 어떻게 살아야 하는가에 대해 민은 그동안 추상적인 사고만 했을 뿐이었다. 아리스토텔레스가 주장한 돈이 필요하다는 자본주의적인 발상에 대해서는 다소 의외였다. 호연이는 호기심으로 반짝이는 민의 눈을 바라보며 말을 이어갔다. 목소리는 차분하고 신념에 차 있었다.

"생명의 원천인 영혼을 팽개치고 오직 소유와 감각적인 육체 본능에 의해 굴러가는 것이 우리의 삶이며 자본주의의 근본 속성이지. 염세주의자 쇼펜하우어는 맹목적인 삶의 의지와 욕망 때문에 인간은 고통을 겪지만 이를 극복하면 정신적 해탈을 이룬다고 했지. 마치 철학은 돈과 욕망에서 벗어나려는 몸부림처럼 보여. 인도 철학도 금욕을 통해 진정한 마음의 평화와 정적(靜寂)을 추구하는 것 같아. 철학을 이해하기 위해서는 이성의 원리, 즉 진리를 의미하는 로고스(Logos)를 알아야 해. 이는 서구 철학의 대전제이자 가장 중요한 개념으로 그리스 스토아학파 사상의 근원이 되었지. 그들은 우주의 미묘한 질서에 로고스가 있듯이, 인간의 이성(理性)에도 로고스가 있어 이성에 충실하면 자연스레 자연에 순응하게 된다고 했지. 하지만 로고스만으로는 인간의 삶과 죽음을 충분히 설명하기가 힘들어. 불가사의한 우주와 복잡한 인간사는 미토스(Mythos)라는 신화적이고 영혼이 깃든 이야기들이 우리에게 영감을 불러일으키며 감동을 주지. 죽음을 피할 수 없는 인간에게는 차라리 로고스보다 미토스가 더 인간의 삶에 의미를 주지 않을까. 엉뚱한 질문 같지만 민, '내일 지구가 멸망하더라도 오늘 한 그루의 사과나무를 심겠다'라는 말은 누구 말인지 아니?"

민은 갑작스러운 호연이의 질문에 약간 당황했지만, 기억을 더듬어 답을 했다.

"스피노자로 알고 있는데."

"로고스의 뿌리를 이어받은 위대한 철학자 스피노자가 한 말로 알려졌지. 나는 이 한마디로 희망을 품고 군대 생활을 견뎌내었어. 아, 얼마나 멋진 말인가!"

"나도 그렇게 생각해."

"이 말을 가슴에 새기니 어떤 어려움도 하찮게 보였어. 나에게 닥친 시련을 견뎌낼 힘이 이 철학적인 말 한마디에서 나오다니. 나의 정신세계는 이 한마디에 지배되었지. 난 내일 지구가 멸망하더라도, 내가 내일 죽음을 맞이하더라도 스피노자처럼 희망의 사과나무를 심을 거야. 그리고 철학적인 죽음을 기꺼이 맞이할 거야. 그는 참된 선, 최고의 행복, 진정한 자유를 철학 목표로 추구했지. 과학적 지식을 중시하면서도 모든 사람, 사물이 신(神)의 표현임을 체험하며 모두를 진정으로 사랑했어. 스피노자의 신은 기독교 신과는 달라. 그의 신은 절대적이고 무한한 존재, 영원한 본질을 표현하는 실체이며 자연에 가까운 신이야. '자연의 신'에 심취해 진정한 행복을 이루고자 했던 스피노자는 선악은 상대적이며 존재 자체를 부정해. 심지어 인간의 존재 목적과 도덕성도 부정하지. 뭔가 심오하고 철학적이라 앞으로 그에 대해 좀 더 연구해볼 생각이야."

민은 호연이의 거침없는 설명에 다소 현학적이라는 느낌은 받았지만 나름 경청하며 그의 생각과 철학을 이해하려고 했다. 원래 호연이는 철학에 별 관심이 없던 친구였다. 군 생활을 하면서 우연히 철학에 빠진 그는, 그의 사색이 그의 삶을 윤택하게 하리라 믿는듯했다.

호연이의 철학 강의가 술 취한 자의 넋두리로 보일 수도 있지만, 민은 호연이의 진정성에 무게를 두고 흥미를 느꼈다. 선악은 원래 없으며, 있다 하더라도 상대적이라는 스피노자의 철학은 민도 평소에 가지고 있던 생각이었다. 진리를 추구하며 앞으로의 삶을 살겠다고 결심한 민은 그리스시대의 진리인 로고스에 대해 더 알고 싶어졌다. 한편 미토스는 무한한 매력으로 민에게 다가왔다.

그들은 천성적으로 이런 형이상학적인 주제로 토론하기를 좋아했으며 이런 대화는 둘의 친밀도를 더해주었다. 철학과 의기투합의 불꽃 튀는 감정으로 술을 들이켰다. 갑자기 호연이가 툭 질문을 던졌다.

"민, 철학의 힘보다 더 센 놈이 뭔지 아니?"

엉뚱한 호연이의 질문에 민은 고개를 갸우뚱하면서 그를 바라보았다. 진지한 호연이의 얼굴이었다.

"그것은 배고픔이지."

"…"

"배가 엄청 고프면 철학은 눈에 들어오지 않아. 인간은 오직 배고픔을 해결하고자 뭐든 하지. 심지어 영혼까지 팔기도 해. 하지만 배가 부르면 역시 철학이 눈에 들어오지 않지. 인간의 정신과 철학은 적절히 배가 고플 때 가장 절정을 이루는 것 같아. 마치 적당한 시련과 아픔이 인간의 역사를 발전시키는 것처럼."

호연이와 헤어진 민의 몸은 스펀지처럼 무거웠다. 그동안 우울이라는 감정에 사로잡혀 하루하루 힘들게 장마 시즌을 보내고 있던 민이었다. 호연이와 실컷 마신 술은 민의 몸을 통째로 지배하기 시작했다. 거리는 고인 빗물로 질퍽했다. 비틀거리며 걷는 민의 어깨에 굵은 빗방울이 떨어졌지만 개의치 않았다.

어둠이 뿌연 바다 안개와 함께 희미한 불빛을 밀어내며 땅과 바다와 하늘을 덮었다. 민은 터벅터벅 버스를 타러 가면서 알코올에 물든 우울한 감정이 가슴속에서 서서히 올라옴을 느꼈다.

민은 속으로 생각했다. '오늘만큼은 우울해지지 말자.'

조금 전, 보고 싶었던 친구를 만나 술을 마시며 그의 제대를 축하하는 시간을 가졌지 않은가. 그와 나눈 철학적인 대화를 되새기며 마음 한구석에 뱀이 똬리 튼 듯 자리 잡은 우울의 감정을 밀어내고자 안간힘을 다했다.

민은 스피노자의 말처럼 희망의 사과나무를 심고 싶었다.

그의 발걸음은 현우 형의 집으로 향하고 있었다. 형의 집은 민의 집과 그리 멀리 떨어져 있지 않았다. 불현듯 현우 형이 보고 싶었다. 마음속에 항상 그리운 형이었다. 지난봄 소풍 이후 만나지 못했다. 그동안 서로가 연락조차 하지 않았다. 늦은 밤이었지만 현우 형은 반갑게 민을 맞이해주었다.

"형, 밤늦게 미안해."

"어서 와라. 안 그래도 너의 소식이 궁금했었다. 술을 많이 먹었네."

"제대한 친구 축하해준다고…."

민은 현우 형의 자취방에 들어서니 정신이 번쩍 들었다. 조그만 방이었지만 너무나 깔끔하고 묘한 기운이 흘렀다. 책상 위 책꽂이 중앙에는 흰 성모마리아 조각상이 놓여있었다. 마리아님의 부드러운 눈과 미소가 민을 바라보고 있었다. 성경책 위에 놓인 묵주는 바티칸의 장미 묵주였다. 민은 묵주의 향기를 맡으며 현우 형이 대학 입학 후 방황을 끝내고 신부가 되고자 결심한 바티칸 여행을 떠올렸다.

중앙 벽에는 미카엘 천사와 라파엘 천사의 그림이 붙어있었다.

성스러움을 넘어 약간 무서움으로 다가왔다. 미카엘 천사 그림은 라파엘로의 '성 미카엘'의 작품을 복사한 것이었다. 오른손엔 큰 칼을 왼손엔 방패를 들고 사탄을 무찌르는 모습이었다. 거대한 날개를 가진 라파엘 천사 그림은 인자한 얼굴로 한 손엔 약병을 다른 손은 어린 소년의 손을 잡고 있는 모습이었다.

그림 속 천사는 살아 움직이는 듯했다. 밤마다 그림 속에서 빠져나와 잠자는 현우 형의 몸에 들어가 형을 무장시킨 후 악(惡)과 병(病)과 싸울 것 같았다. 이미 현우 형의 양 팔목에는 두 천사의 문신이 새겨져 한 몸이 되어가고 있지 않은가. 문신은 날로 선명해지고 살아 움직이고 있었다. 하루하루 천사의 힘은 세어져 현우 형은 결국에는 그들의 화신(化身)이 되어갈 것이다.

작은 자취방은 그야말로 단출했다. 전등불도 작은 전구 하나가 전부였다. 그 방에서 가장 큰 가구이자 중심은 조그만 책상이었다. 손때가 묻어 반질한 책상은 민에게 너무나 낯익어 보였다. 그렇다. 그 책상은 그 옛날 민이 절에 갔을 때 형의 방을 처음 훔쳐볼 때 보았던 그것이었다.

민은 순간 책상 옆에 놓여있던 신비로운 지팡이와 함께 책상 앞에 붙어있던 한 장의 글귀를 떠올렸다. 결코 잊을 수 없는 감동의 순간이었다. 형의 간절한 기도문이었다.

나의 기도

나에게 오늘도 이 책상에 앉아있는 인내심을 주소서.
마음속에 끓어오르는 욕정과 번뇌를 누그려 주소서.
누구도 원망하지 않는 삶을 살게 해주소서.
자연과 함께 그 속에 사는 인간도 사랑하게 해주소서.
고독과 외로움이 나의 벗이 되게 해주소서.
나의 기도가 항상 신에게 도달하게 해주소서.
신을 믿는 자 항상 신이 나의 마음속에 함께 해주소서.

형은 혼자 멍하게 책상을 바라보는 민에게 말을 걸었다.
"뭘 그리 생각해. 한잔할래?"
민은 순간 현실로 돌아왔다.
"한잔해야지. 형."
둘은 소주잔을 비우기 시작했다. 안주는 새우깡과 쥐포였다. 옛날 형을 처음 만난 추억을 생각하며 마시는 술은 달았다. 민은 마음이 풀리고 그동안 있었던 이야기를 하기 시작했다. 엘리제를 보러 뉴욕 여행을 한 것부터 장마기간 내내 우울증에 걸려 힘들다고 했다.
"민, 난 너에게 우울이란 감정에서 벗어나라고 말하고 싶지 않아. 우울도 인간이 가진 하나의 귀중한 감정이야. 난 네가 그 감정을 그대로 받아들이고 차분히 너 자신을 바라보길 원해. 우울만큼 자신의 저 깊은 뿌리까지 접근하는 감정은 없어. 때론 마음에 생채기를 내기도 하지만 우울은 반드시 성숙하는 과정에서 필연적으로 느끼는 감정일 수도 있어. 일반적으로 우울증은 병이라고 말하지만 난 전혀 그렇게 생각하지 않아. 때론 마음속에 폭풍이 몰아치고 혼란스럽고 불안하지만 그런 시간이 지나면 너무나 잔잔한 호수처럼 마음의 평화를 얻을 거야. 그 호수 위에 떨어지는 붉은 낙엽의 이미지를 그릴 수 있고 물 위에 닿는 떨림의 소리를 들을 수가 있다면 너는 진정 우울의 진수를 보는 거란다."

형의 말은 너무나 놀라웠다. 사람들은 우울하면 벗어나려고 온갖 짓을 다 한다. 심지어 약에도 의존하며 자신의 정신을 화학적인 변화로 마비시키기도 한다. 형은 정확히 우울증에 대해 느끼고 있는듯했다. 이미 형 자신이 고등학교 시절 퇴학당하고 그런 과정을 겪었으리라. 형의 오른손 팔목에 새겨진 라파엘 대천사의 문신은 인간의 병을 고치는 신비로운 힘을 가진듯했다.

형의 말을 들은 민은 마음이 편해졌다. 우울의 감정은 두려운 것이 아니었다. 하나의 감정이기에 그대로 받아들이자. 감정은 지나가는 바람처럼 소리 없이 왔다가 소리 없이 사라질 것이다. 그 감정도 소중하고 자신의 것이다. 분명 오늘, 이 방에서 형과 라파엘 대천사의 힘을 빌려 우울이란 감정에 작별을 고할 것이다. 이제 떠날 때가 온 것이다. 마치 장마가 어느 순간 끝나 있듯이.

"형, 요즘도 호스피스 병동에서 봉사활동을 하고 있어?"

"그래. 지금도 하고 있지. 하지만 조만간 끝낼 예정이야."

"그러면 다시 가톨릭대학에 가는 거야?"

"아니, 나는 여기서 봉사활동을 끝내면 해외에서 봉사활동을 해보고 싶어."

"해외에서…. 왜?"

"지금 아니면 해볼 기회가 없을 것 같아서."

"가고 싶은 나라는?"

"인도를 생각 중이야."

"혹 특별한 이유라도? 그 나라는 힌두교와 불교로 종교도 틀리 잖아."

"이 세상에서 가장 신(神)이 많은 나라. 가장 가난한 나라 중의 하나이기 때문이야. 인간의 가장 밑바닥을 보고 싶어. 가난이 때론 인간의 참모습을 드러내기도 하지. 그리고 다른 종교도 접해 보면서 그들의 신도 보고 싶어. 만일 그중 진정 마음에 드는 신이 있다면 그 신을 따라갈 거야."

놀라운 형의 말이었다. 그 말은 신부(神父)의 길을 언제든지 포기하고 새로운 신(神), 진리(眞理)를 찾아갈 수 있다는 말이었다. 맹목적으로 하느님을 따르고 믿으며 하느님에게 제사를 지내는 제사장이 되고자 하는 것이 아니었다. 마음속에 완벽히 의심과 티끌을 없애고 순결한 믿음으로 종교적인 삶을 살고자 하는 것이 형의 마음이리라.

신부가 되기 위한 사제서품을 받기 전에 형은 형이 할 수 있는 모든 것을 해볼 것이며 느끼고 고민할 것이다. 아 얼마나 가혹하고 힘든 일인가? 그렇게 하지 않으면 의심의 씨앗은 싹을 틔울 것이다. 뿌리가 내리기 전에 의심의 싹을 잘라야 한다. 과연 완벽하고 순결한 믿음이란 가능한가? 인간 자체가 불완전하고 배신하고 의심 많고 신(神)을 흉내 내는 가식 덩어리인데 과연 신부가 되고 나서도 그 인간의 굴레에서 벗어날 수가 있을지가 의문이었다.

"형, 해외에 가려면 많은 돈이 필요할 텐데…."

"요즘 돈을 모으고 있어."

"응? 무보수로 호스피스 병동에서 봉사만 하고 있는데 어떻게?"

"알바."

민의 궁금증은 형과의 티키타카 대화 중에 증폭하였다. 놀란 목소리로,

"형이 지금 알바를 하고 있다고? 무슨 알바를 하지?"

"병원 장례식장에서 염습(殮襲) 일 해."

"염습이라 하면 시체를 씻고 수의를 입히는 그런 일?"

"맞아."

놀라웠다. 그런 일은 누구나 할 수 있는 그런 일이 아니었다. 민의 심장은 강하게 뛰박질하였다. 아무런 말 없이 형과 민은 소주잔을 그득 채워 들이켰다.

"형, 놀라워. 무섭지 않아?"

"처음엔 약간, 지금은 괜찮아."

"그래도…."

"호스피스 병동에서 내가 간호해주고 기도해주면서 마지막 임종을 지켜본 환자들이 대부분이야. 그들의 장례를 마지막 염습으로 봉사하는 것이 진정한 나의 봉사라고 생각해. 그들의 몸을 깨끗이 씻어주면, 하느님의 나라에 가기 전에 성수(聖水)로 세례 의식을 치르고 떠나보내는 마음이라 홀가분해. 덤으로 두둑한 돈도 생기고."

과연 현우 형이었다. 그의 얼굴에는 전혀 두려움이나 거리낌조차 없어 보였다. 편한 형의 얼굴을 보니 모든 것이 그의 철저한 신앙과 봉사정신에서 그런 힘이 나온다고 생각했다. 형은 말을 이었다.

"죽은 자의 얼굴을 보면 너무나 편해 보여. 호스피스 병동에서 죽음과 마지막 싸움을 할 때의 모습과는 너무나 달라. 고통과 두려움에 떨던 그들의 모습은 평화로운 쉼터를 찾은 듯 곤히 잠든 모습이지. 망자(亡者)에게는 신성함과 신비로움이 있단 말이야. 죽은 동물의 일그러지고 비틀어진 얼굴 모습과는 확실히 다르지. 염습하면서 난 그들이 어떻게 살아왔는지를 느껴. 피부와 골격 그리고 얼굴에서 그들의 삶을 추리할 수가 있지. 망자는 말이 없다는 말은 잘못된 말인 것 같아. 그들의 몸에는 너무나 많은 말들이 묻어나고 있거든."

늦은 밤 민은 뚜벅뚜벅 걸으며 집으로 향했다. 하늘의 먹구름은 거짓말처럼 사라지기 시작했다. 저 멀리 초승달이 방긋 웃으며 그 모습을 드러내었다. 너무나 오랜만에 보는 달이었다. 달이 뜨니 여기저기서 별들이 나타나기 시작했다. 달과 별을 품은 하늘 이야말로 진정한 밤하늘이요 아름다움의 극치다.

민은 오랜만에 별이 빛나는 밤하늘을 쳐다보니 하루의 피곤함과 우울함이 사라짐을 느꼈다. 대신 센티멘털한 기분을 느끼며 별을 친구삼아 앞으로 나아갔다. 새벽이 다가오는 시각에는 공기는 맑고 신선했다. 민과 하늘 사이에는 티끌 하나 남아있지 않았다. 별들의 빛은 더욱더 고유한 빛을 발했다.

민은 별들을 쳐다보며 하늘에는 별이 과연 몇 개나 있을까 하는 엉뚱한 생각을 했다. 누구도 모른다가 정답일 것이다. 태양은 은하계의 언저리에 있는 아주 작은 별에 불과할 뿐이다. 지금 우리가 북반구에서 볼 수 있는 별은 약 3천 개 정도로 만일 태양이 은하계의 중심부에 있다면 하늘은 수백만 개의 별로 덮여있을 것이다. 그런 은하계가 수억 개가 있다고 하니 우주는 우리가 상상하는 범위를 벗어나는 신비로움 그 자체라고 생각되었다.

우리가 보는 별빛은 수백만 광년 전의 빛이다. 1초에 30만 킬로의 속도로 세상에서 가장 빠른 빛이 달린 1년간의 시간을 1광년이라 하니 우리가 보는 저 별이 얼마나 멀리 떨어져 있는 것인가? 지금 우리의 눈은 먼 과거의 빛과 현재의 사물을 동시에 보고 있는 것이다. 인간은 더 멀리 우주를 보고 싶어 한다. 과학과 장비가 발전할수록 아이러니하게도 우리는 미래가 아닌 더 먼 과거를 보는 것이다. 아직도 우리에게 닿지 못한 별빛을 보려고.

우주의 근원적인 원점을 장비로는 볼 수가 없을 것이다. 만일 빛의 속도보다 더 빠른 무언가를 찾아낸다면 우리는 과거로, 미래로 갈 수가 있을 것이다. 인간의 숙명적인 노화도 극복이 될 것이다. 이는 신의 영역을 침범하는 일일 것이다.

어떤 가능성이 있을까? 간혹 술에 취한 뇌는 엉뚱한 생각도 한다. 과감한 상상과 어긋난 시각도 비난을 받지 않기 때문이다. 민은 빛을 잡을 수 있는 것은 혹 중력이 아닐까 생각했다. 중력은 빛을 굴곡시킨다. 결국 우주는 중력의 힘으로 이루어져 있지 않은가. 별들도 티끌과 먼지가 중력으로 뭉쳐져 만들어진 것이 아니던가? 무한한 중력의 한 점은 빅뱅으로 빛과 공간을 쏟아내고 있지 않은가.

민은 달과 별빛 아래 오랜만에 곤히 잠들었다. 지친 몸은 중력으로 무한대로 저 깊은 심연의 바닥으로 가라앉았다. 정신은 하늘에서 별들과 속삭였다.

예언

　끝날 것 같지 않던 장마와 무더위는 거짓말처럼 민(敏)의 우울한 감정과 함께 사라졌다. 새 학기가 시작되고 가을을 알리는 코스모스가 피기 시작했다. 민은 가벼운 기분을 느끼며 일상의 생활에 의도적으로 충실하였다. 아침저녁으로 선선한 바람이 민의 목덜미를 감싸며 지나가곤 하였다.

　민은 집과 학교를 왔다 갔다 하면서 하루하루를 보냈다. 사람도 거의 만나지 않고 특별한 경우를 제외하곤 말을 하지 않았다. 쓸데없는 말을 많이 하면 머리가 복잡해지고 괜한 에너지를 소비하면서 마음의 평화로움이 무너질 수가 있기 때문이었다.

　말을 할 때는 감정을 담지 않으려고 노력했으며 말을 해야 할 때는 최대한 목소리를 낮추고 최대한 짧은 문장을 사용했다. 아름다운 단어와 부드러운 톤으로 말하는 자세를 유지했다. 생활은 단조로웠지만 민은 마음속에서 우러나오는 고요함과 충만함을 즐겼다. 심플한 삶을 추구하고자 했다.

대부분의 시간을 도서관에서 보냈다. 자신의 내면 세상에 집중하고 바깥세상에는 별 관심을 보이지 않았다. 다른 세상을 알고 싶은 욕망이 사라졌다. 바깥세상은 항상 혼돈이고 민에게는 어려운 과제였다.

민은 행복이 어디서 오는가에 대해 생각했다. 생(生)과 귀(貴)와 부(富)에서만 오는 것이 아니었다. 호수와 같은 고요한 마음의 내면에서 충만해지는 행복감을 느꼈다. 바깥세상의 어떤 것도 내면의 행복감을 따라갈 수가 없다. 왜냐면 자신의 내면에서 차오르는 행복과 만족은 오로지 자기 것이기 때문이리라. 일상의 평범하고 단조로운 생활이 이렇게 민에게 평화를 주다니 놀라울 뿐이었다.

한참을 그렇게 일상의 행복을 즐기며 삶을 이어가고 있을 때 코스모스는 사라지고 찬 바람이 불고 낙엽이 지기 시작했다. 한 통의 전화를 받은 것은 어둠이 밀려오는 무서우리만큼 조용한 저녁 무렵이었다.

"민, 오랜만이다. 철규다."

민의 마음은 철렁거렸다. 그동안 잊고 있었던 철규의 목소리였다. 사실 민의 마음 저 먼 구석에는 얼마나 철규의 소식이 궁금했는지 모른다. 하지만 지난봄 헤어진 후 한 번도 서로 연락을 하거나 그의 이름을 입에 올린 적이 없었다. 의도적으로 잊으려고 했다. 민의 마음속에 뿌리 깊게 자리 잡은 두려움이 궁금증을 눌

렀기 때문이었다. 그때는 철규에게 경찰수배령이 내려진 상태이었
다. 민은 최대한 차분한 목소리로,

"철규구나. 반갑다. 그동안 잘 지냈니?"

"보고 싶어 민. 저녁에 시간 되면 나와줄래?"

민은 거절할 수가 없었다. 식당은 해운대 달맞이고개에 자리 잡
고 있었다. 바다 전망을 가진 한우 레스토랑이었다. 안에 들어서
니 고기를 굽는 냄새가 미각을 자극했다. 자리 배치가 좀 특이했
다. 레스토랑은 그날의 이벤트를 위해 마련된 듯 분위기가 사뭇
달랐다. 입구에 서 있던 종업원이 민을 철규 자리로 안내했다.

"민, 와주어 고마워!"

철규는 자리에서 일어서며 민의 손을 잡았다. 민은 철규 옆자
리에 앉았다. 철규를 중심으로 철규 식구로 보이는 건장한 청년
들과 화장을 진하게 했지만 어딘가 낯익은 여자들이 붉고 맛나게
보이는 한우 꽃등심을 뒤집으며 담소를 나누고 있었다. 어색해하
는 민에게 철규는 신경이 쓰이는 듯 부드럽게 말을 이었다.

"오늘 이 자리는 내가 출소한 것을 기념하는 조그만 파티란다.
나는 거절했지만 식구들이 마련한 자리라 어쩔 수 없이 왔네."

"그렇구나. 그동안 감옥에 있었구나."

"그래. 그렇게 되었다. 절에 계시는 어머니를 만나 뵙고 바로 자
수했지. 정상 참작이 되어 며칠 전에 나왔단다."

"어머니는?"

"잘 계셔. 몸도 건강해지고. 무엇보다 얼굴이 편해 보였어. 모든

것을 내려놓은 듯했지. 너의 안부를 묻기에 너의 집에서 잔 이야기를 해드렸어. 어머니는 아직도 우리가 서로 만난다는 이야기에 무척 기뻐하셨지. 유일하게 집에 놀러 온 친구라 그런지 각별하게 너를 생각하더라."

아, 영원히 잊을 수 없는 철규 어머니의 얼굴이다. 가냘픈 얼굴에 가득 고인 우수(憂愁)로 민의 마음을 아프게 한 어머니의 얼굴이다. 눈물이 고인 까만 큰 눈동자를 보던 순간 그 눈망울은 민의 마음에 조각처럼 새겨졌다. 결코 지워지지 않을 화석처럼 민의 눈앞에서 맴돌았다.

철규는 민에게 그득 양주를 따랐다. 양주는 '조니워커 블루'였다. 민은 잔을 받으며 목마 술집을 떠올렸다. 민도 철규에게 한 잔 그득 따라주었다. 진정으로 출소한 것을 축하해주고 싶었다.

"철규야, 너의 출소를 축하해."

"고마워!"

철규는 잔을 들고 일어섰다. 순간 홀 안에 있던 그의 모든 식구가 동작을 멈추고 철규를 바라보았다. 잠시 정적이 흘렀다. 이렇게 순간적으로 완벽한 정적이 만들어지다니 민은 놀라움과 함께 두려움을 느꼈다.

"사랑하는 여러분, 오늘 이렇게 자리를 마련해줘 고맙습니다. 옆에 앉은 이 친구는 나와 중학교 동기입니다. 내가 도망 다닐 때 이 친구 집에 잠시 머문 적도 있고 나의 부탁으로 이 친구는 위험을 무릅쓰고 현금 심부름을 했습니다. 그때 그 돈으로 우리 식구들이 여태 견뎌온 것입니다. 만일 그 돈을 경찰에 뺏겼더라면 오늘 우리는 이 자리에 있기가 힘들었을 겁니다. 이 친구는 우리들의 은인이요 우리들의 식구입니다. 앞으로 여러분 모두는 이 친구를 나와 동등하게 대해주길 바랍니다. 그런 의미에서 다 같이 건배합시다. 나의 친구, 새로운 우리들의 식구를 위해!"

모두 일어나 건배를 외치며 그득 채워진 술잔을 단숨에 들이켰다. 민은 좀 당황이 되었지만 분위기에 적응하려고 노력했다. 이 자리는 철규의 출소 기념 파티 자리이지 않은가. 앞자리에 앉아 있던 작지만 단단한 체구를 가진 청년이 민에게 다가왔다. 철규는 민에게 그 친구를 소개했다.

"민, 이 친구 이름은 '강철'이야. 이름 그대로 강철같이 세고 단단한 친구이지. 내가 가장 믿고 신임하는 동생이야. 내가 감방에 있을 때 이 친구가 우리 식구들을 이끌었지."

가죽 잠바를 입은 강철은 몸 전체가 빈틈이 없어 보였다. 눈매는 매서우면서도 깊이를 알 수 없는 외로움이 담겨있었다. 걸음걸이는 부드러우면서도 군더더기가 없었다. 타고난 몸의 근육 모두를 자유자재로 사용하며 최대의 힘을 발휘할 것 같았다. 누구도 그의 적수가 되지 못할 것 같았다. 그의 몸짓과 풍기는 맛은 타고난 것으로 생각했다. 그의 말도 예상을 벗어나지 않았다. 목소리는 굵지는 않았지만 맑았다.

"철규 형님으로부터 말씀 많이 들었습니다. 한번 뵙고 싶었습니다. 우리 식구를 대신하여 다시 한번 감사드립니다. 앞으로 형님으로 모시겠습니다."

민은 무척이나 당황이 되었다. 달리 뭐라 말을 하지 못했다. 마치 영화에서나 보던 조직 폭력배의 한 장면 같아서 민의 마음이 불편했다. 그런 민에게 강철은 술을 가득 따라주었다. 그 순간 민이 할 수 있는 것은 고개를 들고 술잔을 입에 털어 넣는 것뿐이었다.

강한 알코올이 식도의 실핏줄을 터트리며 혈관 속으로 흡수되었다. 어색함이 사라짐을 느꼈다. 민은 잔을 받으면 반드시 답례하는 것이 몸에 배어있었다. 민도 강철에게 그득 잔을 따라주었다. 강철은 일말의 주저 없이 술을 단숨에 들이켠 후 깍듯이 절을 하고 돌아갔다. 민과 철규는 별다른 이야기 없이 술과 고기를 먹었다. 저 멀리 파도가 바위를 거세게 때리는 소리가 들려왔다. 갑자기 철규가 다짐하듯이 민에게 말했다.

"민, 날로 우리 식구들이 늘어나. 소년원에서 나온 애들이 갈 데가 없는지 자꾸 찾아오네. 난 그들을 무조건 받아줄 생각이야. 누구도 그들에게 관심도 없고 따뜻한 손길을 내밀지 않아."

"그러면 감당이 되니?"

"그래서 고민이야. 현재 하고 있는 영업장으로는 한계가 있어. 좀 더 키워야 하는데 기존 텃세의 저항이 만만찮아. 그래서 전에 집단 싸움이 생긴 것이지. 앞으로도 그들의 공격은 멈추지 않을 거야. 그들은 일하지 않고 자릿세로 갈취하는 방법을 쓰지만 우리는 정상적인 영업을 하지. 우리는 우리의 밥거리를 결코 뺏기지 않을 거야. 결코!"

철규는 취해가면서 자신의 의지를 불태웠다. 그때였다. 진한 화장에 엷은 미소를 띤 여성 두 명이 사뿐히 다가왔다. 그들은 술기운으로 얼굴에 홍조를 띠며 진한 향수 냄새를 풍겼다. 오랜만에 맡아보는 여자 향수 냄새였다. 한 명은 철규 옆으로 한 명은 민의 옆으로 다가앉으며 민의 등에 손을 얹으며 유혹하듯 말했다.

"저 술 한잔할래요? 도련님."

순간 민은 너무나 놀랐다. 몸을 움찔거리며 놀란 표정으로 그녀를 쳐다보았다. 바로 그녀였다. 민이 중학교 시절 철규의 고급 한정식집에 갔을 때 옆자리에 앉았던 그 누나였다. 처음으로 민의 몸에 손을 댄 여성이었다. 비록 등이지만 여자의 부드럽고 따뜻한 손길을 민은 잊을 수가 없었다. 사춘기 시절의 중학생이었기 때문이리라. 그날 밤 민은 얼마나 꿈속에서 열병을 앓았는지 아직도 기억이 생생했다.

민은 감정을 드러내지 않으려고 무지 애를 썼지만 숨길 수는 없었다. 철규는 민의 눈치를 살피고는 그 한정식집에서 일하던 누나들도 그의 식구가 되어 같이 일하고 있다고 했다. 특별히 그날 만났던 그 누나들을 불렀다고 했다. 철규 옆에 앉은 여성은 마치 철규의 오래된 애인처럼 다정했다.

민의 여자도 술잔이 오고 가고 하면서 처음보다 한층 다정하고 적극적으로 몸을 접근했다. 간혹 부드러운 손을 민의 허벅지에 올리곤 했다. 민은 그녀의 이름을 모른다. 하지만 그녀가 따라주는 술을 마다하지 않고 다 마셨다. 그녀는 말을 많이 하지 않았다. 그 점이 마음에 들었다. 그녀는 민의 성숙한 몸을 보고 이젠 멋진 남자처럼 보인다고 한마디 했을 뿐이었다. 간혹 낮은 목소리로 웃는 모습이 정겹게 여겨졌다. 옛날에는 어린 도련님이었다고 깔깔 웃었다.

철규가 불쑥 민에게 이야기했다.

"난 해운대를 좋아해. 학창 시절 난 자주 해운대에 혼자 나왔지. 저 멀리 수평선을 바라보며 수평선 너머 다른 세상을 꿈꾸었지. 그땐 그것이 나의 유일한 낙이었어. 내 주위의 어두운 알에서 뚫고 나와 새로운 세상을 동경했지.《데미안》책을 읽으며 난 나의 아브락사스 신을 찾으러 발버둥 쳤지. 그리고 무한한 힘과 신비로움을 가진 천사 중의 천사인 메타트론 천사에 빠져 세상에 저항하며 반항했지. 소년원을 들락거리며 다짐한 것은, 믿을 것은 나 자신뿐이며 스스로 무한한 힘을 키우는 것이었지. 맹목적으로 신을 추앙하고 천사에 의지하지 않고 스스로 커가는 인간의 모습, 사람의 아들로 살고 싶어. 비록 그 길에서 쓰러지더라도 부러지더라도 진정한 자유와 힘을 느껴보고 싶어."

민은 아무 말 하지 않았다. 듣고만 있었다. 처음 철규 집에 갔던 그날도 철규는 신과 천사에 대해 이야기하며 그의 고뇌를 드러내 보였다. 그는 나이에 비해 성경과 신비로운 신에 대해 해박하고 그의 주장이 뚜렷했기에 민은 어떤 말도 할 수가 없었다. 그

172

가 어린 시절 그런 쪽으로 빠진 것은 그의 탄생과 어두운 집안 환경 때문이었으리라. 한 잔의 술을 들이켠 후 철규는 화제를 바꾸었다.

"옆에 예쁜 누님이 계시는데 재미없는 천사 이야기는 그만하고 재미있는 이야기 하나 해줄까?"

민과 두 여자 모두 의외인 듯 철규를 쳐다보며 귀를 기울였다.

"내가 해운대를 사랑하는 이유는 해운대에 오면 여자의 욕정을 보기 때문이지. 어린 시절 나의 카타르시스를 풀기 위함이었지."

너무나 의외의 말이었다. 모두 더욱더 귀를 기울였다.

"해운대의 넓은 백사장을 걷다 보면 끊임없이 밀려오는 파도를 보게 되지. 은색과 황금색 그리고 주황색으로 어우러진 모래 위를, 누구도 밟지 않은 처녀성 같은 모랫바닥에 끊임없이 규칙적으로 그리고 힘 있게 밀려오는 푸른 파도를 보면 이는 인간들의 섹스를 연상하게 되더라. 거역할 수 없는 인간의 원초적 사랑을 떠올린단 말이야. 하얀 거품은 남자의 정액처럼 밀려가는 파도에 떠다니고. 결코 모래성은 파도를 거절하지 않지. 아니 그대로 순수하게 받아들이며 파도를 그리워하지. 해운대는 그런 의미에서 여성스럽다고 말하고 싶어. 아마도 여자들은 그런 파도의 물결과 거품에서 성욕을 느낄 수도 있다고 생각해. 그런 의미에서 해운대는 최고의 데이트 장소가 될 거야."

놀라운 시각이었다. 민이 전혀 생각해보지 못한 시각이었다. 민도 그동안 자주 해운대에 왔지 않은가. 푸른 바다를 보면 혼란했

던 마음이 편해지고 사색의 폭이 저 멀리 수평선 너머까지 확장
되곤 했지만, 해운대를 여성의 성욕에 비유한 철규의 말은 신선
한 충격이었다.

철규는 어린 시절부터 여자들 속에서 살면서 이성에 대해 빨리
눈을 뜨고 여자의 심리를 이해한 듯 보였다. 아마도 여자를 증오
하면서도 그의 외로움을 감싸줄 이성을 찾아다녔는지 모른다. 철
규 옆에 앉아있는 여자는 그의 어린 시절부터 외로움을 달래준
여자일 것이다.

하지만 그는 어머님의 무한한 사랑에는 거친 반항과 증오로 어
머니의 품에서 벗어나고자 발버둥 쳤다. 증오는 때론 완벽한 사랑
의 환상이 무너질 때 오는 것인지도 모른다. 철규 파트너의 농담
조 답변은 분위기를 살짝 부드럽게 만들었다.

"우리 도련님이 이제 철학자가 다 되셨네. 여자 마음을 어쩜 그리
도 잘 아실까? 호호. 나의 마음도 잘 알아주면 얼마나 좋을까?"

잠시 침묵이 흘렀다. 저 멀리서 철썩거리는 파도소리와 함께 바
다 내음이 밀려왔다. 짠맛에는 분명 정자 냄새가 섞여 있었다. 달
빛을 받아 야릇한 빛깔을 발산하는 해초는 여자의 음부에 난 털
처럼 밀려오는 파도에 흐느적거렸다. 여자의 욕망으로 솟은 해운
대 언덕에서 발가벗은 둥근 달빛 아래 여자 향수를 맡으며 술에
취해가니 온갖 상상이 머리에 떠올랐다 사라지곤 하였다.

민은 그런 상상이 저질이거나 외설적이라기보다는 문학적이고
사물에 대한 새로운 해석이라 생각했다. 인간과 사물에 대한 분

석에 있어 의외로 성(性)의 관점으로 보면 쉽게 이해가 된다. 아무튼, 엉뚱한 생각과 상상은 인간이 가진 위대한 보물이다. 이는 때론 신도 부러워하기도 한다.

"민, 우리 같이 해운대 백사장을 걸을까? 옆의 파트너와 함께 네 명이 밤하늘 별들을 보면서 멋있게 걸어보자. 이 술자리는 이만하면 충분해. 나머지 식구들이 편하게 마시며 놀도록 자리를 비켜주자."

그들은 차를 타고 백사장 쪽으로 내려왔다. 날씨는 쌀쌀했지만 견딜만했다. 술과 고기로 이미 몸은 데워져 있었다. 무엇보다 불타오르는 여자들이 옆에 있지 않은가. 모두가 다소 흥분했다. 바다는 검고 무서웠지만, 그들은 전혀 개의치 않았다. 오히려 검은색의 아름다움을 발견했다. 저 멀리 바람을 타고 엷은 물결이 뱀의 비늘처럼 달빛을 받아 번득거렸다.

파도가 끝나는 부분의 모래는 부드러웠다. 철규의 말대로 여자의 은밀하고 부드러운 그 피부처럼 느껴졌다. 한 발 한 발 걷는 걸음에는 무언(無言)의 죄스러움이 묻어나고 있었다. 파트너들은 그냥 즐거워했다. 그들은 거리낌 없이 두 손으로 철규와 민의 팔짱을 끼고 몸을 기대며 걸었다. 민은 밀려오는 파도와 모래와 뿌옇게 피어오르는 흰 거품을 바라보면서 철규의 시각이 틀리지 않았다고 생각했다.

바닷가 밤공기는 무언가 달랐다. 뭐라고 할까? 은밀히 생명을 잉태시키는 과정에는 나오는 그런 공기였다. 모든 생명은 바다에서 최초로 나오지 않았던가. 또한 바닷속에는 수많은 시체들이 분해되면서 끊임없이 새 생명의 먹이가 되고 있다. 모든 작업은 달빛을 받는 밤에 이루어지는 듯했다. 섹스하고 새 생명을 탄생시키는 그 위대한 과정에서 나오는 냄새였다. 공기는 신선한 것 같으면서도 야릇한 비린내와 욕정을 일으키는 분자를 가진 바닷바람이었다.

철규는 민의 어깨에 손을 얹었다. 단단하면서도 부드러운 철규의 손은 민의 어깨를 살포시 감쌌다. 왼쪽은 철규가, 오른쪽은 그녀가 민의 몸에 붙어 민을 보호하고 사랑해주고 있었다. 민은 순간 사람으로부터 받는 따뜻한 체온에서 오는 편안한 행복감을 느꼈다.

민은 속으로 홀로 생각했다. 아, 이런 것이 가족이구나. 철규는 진정 그의 식구들을 이렇게 사랑하리라. 어깨동무하면서 체온을 나누면서 같이 살고 같이 죽을 것이다. 그는 아버지 얼굴도 모르고 형제자매도 없이 외톨이로 태어나 불우한 어린 시절을 보냈지 않았던가. 하지만 지금은 대가족을 이끌고 있지 않은가. 생각에 잠긴 민에게 고개를 돌린 철규는 낮은 목소리로 그러나 또렷하게 말했다.

"민, 고마워. 나의 친구가 돼주어서. 감방에 있을 때 너 생각을 많이 했어. 넌 나의 유일한 학교 친구지. 다음에 시간 될 때 함께 어머니 보러 갈래? 우리가 같이 가면 어머니는 너무 좋아하실 것 같아. 앞으로 효도를 할 시간이 없을 것 같아 불안해."

"그래. 다음에…."

민은 말꼬리를 흐렸다. 자신이 서지 않았다. 감당하지 못할 슬픔과 함께 어머님의 애환을 다시 볼까 두려웠다. 절에 계시면서 몸과 마음이 편해졌다고 하지만 지울 수 없는 모자(母子)간의 감정은 너무나 예민하기 때문이었다.

"거절 안 해서 고마워. 말하기 전에 많이 망설였지. 민, 너와 함께 백사장을 걸으니 좋네. 괜찮다면 오늘 밤을 여기서 보내자, 아름다운 이 해운대에서. 여기 있는 누나들도 우리와 함께할 거야."

민은 철규의 제의가 무슨 뜻을 담고 있는지 궁금했다. 술을 더 먹으며 이야기를 하자는 것인지, 여성 파트너와 밤을 보내자는 이야기인지, 아님 둘 다인지 궁금했지만 민은 묻지를 않았다. 분명한 것은 철규는 파트너와 밤을 함께 보낼 것이다. 출소한 기념 파티의 날이기에 분명 애인 같은 그녀와 밤을 보내리라 생각되었다.

모두가 말없이 걸었다. 찬 바람이 바람소리를 내면서 그들을 때렸다. 민은 고개를 숙여 모래알을 쳐다보았다. 모래는 민의 발자국 흔적을 남기다 이내 물살에 지워지곤 했다. 부드러운 모래알이었다. 얼마나 많은 세월을 거치면서 바람과 물살에 이렇게도 작은 알갱이로 변했단 말인가. 인고의 시간과 모진 풍파를 견뎌내며 탄생한 모래알이다. 남은 것은 부드러움이었다. 좀 더 세월이 지나면 이런 모래알도 결국 부서지고 티끌로 허공 속으로 사라질 것이다. 모래시계는 시간을 알려주지만 지금 발밑의 모래는 과거를 담고 있었다.

과거를 담고 있는 것은 모래알만이 아니었다. 모래알만큼이나 많은 별이 과거의 빛으로 지금 민의 일행들에게 쏟아지고 있었다. 고개를 들어 점차 선명하게 보이는 무수한 별들을 바라보았다. 순간 민은 자신도 모르게 어느 시인의 시(詩) 문구를 읊조렸다.

"별 하나에 추억과 별 하나에 사랑과 별 하나에 쓸쓸함과 별 하나에 시와 별 하나에 어머니…."

민은 더 이상 그 시를 읊을 수가 없었다. 철규의 눈에는 별빛을 담은 슬픈 눈물이 고여있었기 때문이었다. 민은 마음이 아팠다. 아무런 말도 하지 않고 그냥 백사장을 하염없이 걸었다. 기구한 운명을 타고난 철규를 생각하니 민의 마음이 편하지 않았다. 앞으로 과연 철규의 운명은 어떻게 될지 궁금했다. 불안이 앞서는 가운데 민은 마음으로 철규를 위해 잠시 기도했다.

"신이여. 불쌍한 어린양, 철규 친구를 보살펴주시옵소서."

민은 누구에게 기도했는지는 모른다. 오직 기도는 그의 소망이고 절대적인 신에 바라는 간절한 기원일 뿐이다. 민은 검푸른 바다를 보면서 '프로테우스' 신을 불러내었다. 바다에는 모든 생명을 잉태하는 곳이니 바다에는 그 생명들의 미래를 예언하는 신이 있었다. 그의 이름은 '프로테우스(Proteus)' 신이다. 민은 속으로 앞으로의 철규의 삶에 대해 예언을 청했다. 예언과 계시를 받아내는 것은 무척이나 어려운 일이다. 입이 무겁기로 소문이 난 '프로

178

테우스'로부터 어떠한 반응이 없었다. 민은 가슴의 동굴에서 메아리치며 울려 퍼지는 소리로 몇 번을 '프로테우스' 신을 불렀다.

"난 그대의 존재를 모르니, 그대가 진정 신이라면 나의 앞에 나타나 주십시오. 신의 존재는 우리 인간이 찾아줄 때 비로소 신이 되나니. 저의 간절한 부름에 그대의 위대한 모습을 보여주십시오."

민의 마음속 귀에는 아무런 소리가 들리지 않았다. 단지 묵직한 침묵이 흘렀다. 옆에서 걷고 있는 파트너들이 이런저런 이야기를 나누었지만 민은 마음속의 대화에 집중했다. 마지막이라 생각하고 한 번 더 울려 퍼지는 마음속의 간절함으로 '프로테우스' 신을 불렀다. 그러자,

"나의 달콤한 잠을 깨우는 이런 무례한 놈은 대체 누구인가?"

민은 놀라운 마음으로 바로 답했다.

"민이라 합니다. 먼저 무례함을 용서하시옵소서. 아름다운 해운대 바다에서 그대의 음성을 듣게 되어 영광이옵니다."

"왜 나를 찾았는가?"

"한 가지 청이 있사옵니다."

"무슨 청인가?"

"지금 제 옆에 걷고 있는 친구의 운명을 알고 싶습니다."

"이유는 무엇인가?"

"지금까지 너무나 기구한 삶을 살았기에 앞으로는 잘 살기를 바라는 마음에서입니다."

"그럼 네가 잘되라고 기도를 많이 해주거라. 나는 남의 인생에 대해 예언을 하거나 간섭하고 싶지 않구나."

"오늘 이렇게 나타났으니 그냥은 절대로 보내드릴 수가 없습니다."

"이런 무례한 놈을 봤나?"

"만일 예언을 해주지 않으시면 오늘 밤 신께서는 편히 주무시지 못할 것입니다."

"흠. 이놈, 고약한 놈이구나. 그럼 대신 뭘 해줄 수가 있느냐?"

"무엇이든지."

'프로테우스' 신은 고개를 갸우뚱거리며 고민하는 듯했다. 민이 하기 힘든 어려운 일을 시켜 민으로 하여금 포기하게 할 심산이었다.

"난 오랫동안 잠만 자다, 갑자기 네놈의 고함소리에 달콤한 잠이 달아나 버렸다. 깨어나 보니 배가 출출하니 야식이라도 먼저 해야겠다. 가장 맛있는 요리를 가져오너라."

"무슨 요리를 원하시옵니까?"

'프로테우스' 신은 이것저것 생각하다 인간들이 먹는 음식 중 특별한 요리를 떠올렸다.

"프랑스 요리로 미식가들이 가장 즐겨 찾는다는 달팽이 요리를 가져오너라."

민은 어이가 없었다. 한국 요리도 아니고 달팽이를 먹고 싶다는 이야기에 민은 프로테우스가 일부러 민을 골탕 먹이려고 하는 것 같았다. 민은 그 위기를 잘 빠져나와야 했다. 재치를 발휘하지 않고는 다른 방도가 없었다.

"프로테우스 님, 잘 아시다시피 이런 밤 백사장에서 달팽이를 구할 수는 없습니다. 대신 달팽이 시(詩)를 낭송해드리겠습니다. 비록 달팽이 요리 맛을 보지는 못하더라도 달팽이 시로서 귀를 즐겁게 하심이 어떠하신지요?"

"달팽이 시(詩)라…. 흠. 달팽이 맛을 보기 전에 먼저 시를 들어보는 것도 나쁘지 않을듯한데. 하지만 시가 마음에 들지 않는다면 나는 입을 절대 열지 않을 거야!"

민은 마음을 가다듬어 속으로 시를 읊기 시작했다. 즉흥적인 자작시였다.

결코 실수가 용납되지 않는 순간이었다.

달팽이

동굴 속에서 꿈을 꾸다
어느 날 밤, 동굴 벽을 두드리는 노크소리에
놀라 눈을 뜬다.

생명수 같은 빗물이 대지를 사뿐히 적시기 시작하면
동굴에서 목을 내밀고 물의 감미로운 향기를 탐색한다.

이 세상에서 가장 느린 몸짓으로
짝을 찾아 먹이를 찾아 움직이지만
지나간 은빛 자국만이 움직임을 나타낼 뿐

뿔 안테나로 세상을 바라보고
달과 별은 그에게 등대가 되고
그는 홀로 세상을 유영한다.

그의 꿈은 지구를 여행하며
앞으로 앞으로 한 발 한 발
그의 위대한 몸짓을 대지에 새기는 것이리라.

　다음 날 아침 민은 눈부신 햇살을 받으며 잠이 깼다. 하지만 민은 눈을 뜨지 않았다. 아직도 독한 술의 기운은 몸에 머물러 취기를 느꼈다. 목이 말랐지만, 결코 이불 속에서 빠져나오지 않았다. 민은 눈을 감은 채 미동도 하지 않았다. 어젯밤 일들이 눈앞에 나타나기 시작했다. 너무나 많은 일을 하룻밤에 경험하고 일부는 민이 감당하기 힘든 부분도 있었다. 맨 먼저 떠오른 것은,
　"Demons on earth will be burned by Apollo in the time of heaven(지상의 악마는 천국의 시대에 아폴론 신에 의해 불탈 것이다)!"
　'프로테우스' 신이 민의 시를 듣고 도망가듯이 던진 문장이었

다. 시 낭송을 들은 그는 예언하지 않으면 후손의 인간들이 그를 비난할 것이지만 그는 한 인간의 미래를 쉽게 예언해주기를 주저하였다. 결국 애매모호한 시 같은 한 문장을 던지고 이를 해석하는 것은 민의 몫으로 남기고 사라진 것이었다.

민은 다시 한번 속으로 그 문장을 되새겼다. 무슨 뜻일까? 악마가 천국에서 태양의 신 아폴론에 의해 불탄다. 무슨 말인가? 대체 무슨 말인가? 그리스 신화에서 나온 말인가? 민은 자신의 지식과 추론을 총동원하여 그 말의 뜻을 알려고 했지만 도저히 알 길이 없었다.

민은 어젯밤 어떻게 자신이 집에 왔는지를 꼼꼼히 생각해보았다. '프로테우스'의 풀리지 않는 예언을 들은 민은 답답한 마음을 풀 길이 없었다. 원래 예언을 들은 자는 누구에게도 그 예언을 발설하지 않아야 한다. 그 예언을 푸는 것은 듣는 자의 몫이었다. 그리고 미래를 대비해야 한다.

답답함은 민으로 하여금 술을 더 마시게 하였다. 민은 그들과 함께 술을 더 마셨지만 무슨 말을 했는지 전혀 생각이 나지 않았다. 아마도 횡설수설했으리라. 말은 중요하지 않았다. 백사장 옆 어느 호텔 바에서 시원한 맥주로 그의 답답한 마음을 달래고자 했을 뿐이었다.

그녀의 말이 생각났다. 택시 안이었다.

"우리 도련님, 오늘 많이 취하셨네. 철규 도련님이 편히 쉬라고 호텔 방을 잡아주었는데 나 혼자 자야겠네. 호호."

183

그녀는 민의 집까지 택시를 타고 바래다주었다. 취한 민을 보호하기 위한 것이었다. 몇 살 어린 민을 보호해주어야 한다는 누나로서의 감성이 작용했는지도 모른다. 아마도 철규는 호텔에서 그의 애인과 잤을 것이다. 그가 소년원을 들락거릴 때 그리고 이번에 감방에 있을 때 어머니를 대신하여 면회 오고 그를 위로해준 여자였다. 그런 여자에게 철규는 몸과 마음으로 감사함과 사랑을 표현하고 싶은 밤일 것이다.

시간은 시위를 떠난 화살과 같이 빨랐다. 누구도 시간이 흘러감을 막을 수 없다. 순식간에 겨울이 성큼 다가오고 대학은 방학으로 정적에 휩싸였다. 캠퍼스 안에서 뒹굴던 낙엽도 이젠 빛이 바래고 부스러지기 시작했다. 잔디는 숨을 죽이고 그 푸른색을 잃었다. 매서운 바람만이 쨍한 한낮의 햇살을 뚫고 이 거리 저 거리 종횡무진 그 위세를 더해가는 날이었다.

민은 여느 날과 같이 도서관에서 시간을 보내고 저녁 무렵 집에 막 도착을 했을 때 한 통의 전화를 받았다. 모르는 전화번호였다. 연달아 울리는 전화벨 소리에 망설였지만 조심스레 받았다.

"민 형님이시죠? 저는 철규 형을 모시는 강철입니다."

"아. 예…. 웬일로?"

"다름이 아니라 철규 형님이 병원에 계십니다. 괜찮으시다면 차를 보내드릴 테니 와주실 수 있으신지요?"

"예? 병원에? 무슨 일이죠?"

"자세한 것은 병원에 오시면 말씀드리겠습니다."

강철의 목소리는 차분했지만 다급했다. 극도의 자제력으로 예의를 갖추며 민에게 말하고 있다는 느낌을 지울 수가 없었다. 민은 강철이 보내준 차로 병원으로 갔다. 창밖의 일상적인 거리를 보면서 온갖 생각이 다 들었다. 철규가 죽을병이라도 든 것인가? 아니면 다시 집단 싸움을 해서 다쳤단 말인가?

민은 철규를 본 마지막 해운대 밤을 생각했다. 그 후론 서로 연락이 없었다. 순간 민은 잊고 있었던 '프로테우스' 신의 수수께끼 문장을 떠올렸다. 아직까지 풀지 못한 예언이었다. 하지만 뭔가 불길한 예감이 민을 덮치며 민의 얼굴을 어둡게 만들었다. 뭔가 실마리가 풀릴 것 같은 야릇한 기분을 느꼈다.

"Demons on earth will be burned by Apollo in the time of heaven(지상의 악마는 천국의 시대에 아폴론 신에 의해 불탈 것이다)!"

순간 민은 그의 눈앞에 너무나 뚜렷하게 한 단어 한 단어씩 불타오르듯이 보이기 시작했다.

Demons, earth, Apollo, time, 그리고 heaven.

이들은 모두 명사로 그들의 첫 철자의 조합은 'Death(죽음)'이었다. 민의 마음이 철렁 내려앉았다. 죽음, 죽음이라니…. 민은 이런 엉터리 같은 해석을 한 자신을 자책했다. 분명 잘못된 것이며 다른 계시가 있으리라 생각했다. 부정에 부정을 거듭하며 민은 괴로워했다.

혹 철규를 그동안 괴롭혀온 악마가 천국에 계시는 태양의 신

아폴론에게 불타 없어져 이제부터는 희망차고 밝은 세계만 철규에게 펼쳐지지 않을까. 문장은 분명 그렇게 해석되었지만 분명 그대로 해석되게 예언을 던진 것은 아니리라. 과연 'Death(죽음)'가 수수께끼의 정답이란 말인가. 어느덧 차는 미끄러지듯 병원에 들어섰다.

병원 입구에는 강철이 그를 기다리고 있었다. 강철은 민에게 차분한 어조로 간단히 설명했다.

"철규 형님이 당했습니다. 목마 술집 입구에서 여러 차례 칼에 찔려 지금 중환자실에 있습니다. 피를 많이 흘리고 장기파손이 심해 생명이 위독한 상태입니다. 조금 전 응급조치를 한 상태지만 오래 견디지는 못할 듯합니다."

민의 심장은 굉음을 울리며 뛰기 시작하였다. 아무 말도 하지 않았다. 그야말로 충격 그 자체였다. 어찌 이런 일이. 철규가 무슨 그런 나쁜 짓을 했단 말인가. 도저히 이 상황을 받아들이기 힘들었다. 민은 입술을 깨물며 성난 얼굴로 허공을 쳐다보았다. 병원 복도의 천장에 걸린 희미한 형광등이 무심히 발광(發光)하고 있었다. 그의 마음도 발광(發狂)하였다. 죽음이라는 단어가 민의 머릿속에서 맴돌았다.

"형님, 지금 오시라고 한 이유는 중환자실 면회가 곧 시작되기에 혹 보시길 원한다면…"

민은 오염방지 장갑과 마스크, 비닐 모자, 신발 덮개를 한 채 조심스레 철규 병실로 갔다. 철규는 온갖 의료장비를 몸에 그리고 입에는 산소 호흡기를 달고 있었다. 민은 철규를 보자 눈물이 났지만 참았다. 대신 엷은 미소와 함께 차분하게 말했다.

"철규야. 많이 아프지? 이제 곧 나을 거니 걱정 마. 힘내야 한다. 알겠지?"

철규는 깜박거리는 눈으로 화답을 하는듯했다. 민은 짧은 면회 시간으로 많은 이야기를 할 수가 없어 그냥 물끄러미 철규의 얼굴만 쳐다보았다. 나오기 직전 철규의 손을 잡았다. 그때였다. 철규는 검지손가락을 까닥 움직였다. 민의 손바닥에 뭔가를 적으려고 하였다. 힘들게 한 자 한 자 적어나갔다.

"어. 머. 니."

아. 이 얼마나 가슴 아픈 글자인가. 자기의 생명이 위독한 이 순간에 철규는 오직 그의 어머니만을 생각하다니. 불러도 불러도 부르고 싶은 그리운 어머니 이름이다. 그 글자는 영원히 민의 손에 새겨질 것이다. 뜨거워지는 손바닥과 미어지는 가슴을 안고 민은 병실을 빠져나왔다. 민은 병원 복도에 앉아 진정하기 위해 호흡을 고르고 있었다.

강철이 다가왔다. 민은 누구의 짓인지 물어보지 않았다. 강철은 민에게 두툼한 한 통의 편지를 정중히 건네었다. 철규가 민에게 쓴 한 통의 편지였다. 자기에게 무슨 일이 생기면 바로 이 편지를 민에게 전달하라고 전에 지시했다고 한다. 민은 그 편지를 바로 뜯지 않았다. 혼자서 열어보고 싶었다. 마지막 유언(遺言) 같은 느낌을 받았기 때문이었다.

늦은 밤 샤워를 하고 민은 문을 잠근 채 홀로 방바닥에 앉았다. 방에는 오직 작은 탁상용 전등이 편지를 비추고 있었다. 글은 이렇게 시작하였다.

나의 친구 민,

이 글을 읽을 때는 이미 너는 충격과 놀라움으로 힘들 거라 본다.

난 태어난 후 언제나 빛보다는 어둠이, 사랑보다는 증오에 더 익숙했지.

언제나 나의 삶 속에는 불행이라는 그림자가 따라다녔지.

정해진 운명을 믿지는 않지만 언젠가 불행하게 살아온 나의 운명이

불행으로 끝날까 항상 두렵네.

너와 함께한 시간은 정말 보석과 같이 아름답고 즐거움이었다.

앞으로 나에게 어떤 일이 닥치더라도 너는 나를 잊고

너의 날개로 훨훨 창공으로 날아오르길 바란다.

너에게 어려운 부탁을 감히 해본다.

나에게 무슨 일이 생기면 절에 계시는 나의 어머니에게 네가 알려다오.

오직 너만이 나의 친구로 어머니께서 기억하고 계시기 때문이다.

혹, 네가 일 년에 한 번, 어머니 생신날 나를 대신해 찾아뵙고 인사만

드려준다면 난 죽어서도 너의 은혜를 잊지 못할 것이다.

살아오면서 제일 후회되는 것이 효도를 못 한 것이라네. 어머니에 대한

그리움과 나의 불효로 눈물이 앞을 가려 글을 이어가기가 힘드네.

그리고 내가 이 세상을 만일 하직한다면 화장을 해다오.

그리고 어머님이 계시는 산에 뿌려다오,

분명 너는 나의 마지막 순간을 함께하리라 믿으며,

마지막 길에 네가 나의 곁을 지켜준다면 마음 편히 떠나리라.

그 후는 다시는 나의 형제자매들을 만나지 말고 영원히 잊어주길 바란다.

두 개의 작은 봉투를 동봉한다.

첫 봉투에는 앞으로 네가 경비로 필요할 것 같아 얼마의 돈을 넣었다.

나의 마음이니 거절하지 않길 바란다.

두 번째 봉투는 어머니에게 보내는 편지이니 전달해주길 바란다.

민, 항상 너에게 부탁만 하는 나 자신이 부끄럽고 미안하네.

오직 지금 내가 할 수 있는 말은 '고맙다!'라는 말밖에 없구나.

비록 나의 영혼이 허공에 흩어지더라도 너를 위한 기도는 잊지 않겠네.

너의 못난 친구 철규가.

　(지금 이 글을 적는 새벽 밤, 나의 방 작은 창문 너머에 별들이 초롱 초롱하게 빛나고 있네. 감방에 있을 때 별들은 나의 유일한 친구이었지. 얼마나 많은 대화를 별과 나누며 외로움을 달랬는지. 그리고 그날 밤 해운대에서 본 별들도 너의 얼굴과 함께 다시 떠오른다. 난 분명 어느 날, 별이 될 거야. 항상 너를 지켜주고 누군가에게 빛이 되는 별로 다시 태어나고 싶어. 안녕. 민.)

눈물이 앞을 가려 편지를 읽기 힘들 정도로 민에게는 큰 충격과 함께 슬픔이 몰려왔다. 철규가 민의 손바닥에 왜 '어.머.니.'라는 단어를 적었는가를 이해했다. 그는 마지막 가슴에 맺힌 어머님에 대한 응어리를 풀면서 민에게 부탁 말을 남기면서 마음의 위로를 가지려 한 것이다. 행복하게 태어났든 불행하게 태어났든 결국의 한 어머니의 자식이요 발가벗은 어린애일 뿐이다.

철규는 이미 죽음의 그림자를 예견했는지도 모른다. 이런 편지를 준비했다는 것은 무언가 불길한 기운이나 예감을 가지지 않고서는 어려운 일일 것이다. 인간은 자신의 운명을 타고나는 것일까? 숙명을 피할 수 없는 것일까? 민은 '프로테우스' 신의 예언인 'Death(죽음)'가 맞을 것 같다는 불길한 느낌을 지울 수가 없었다. 하지만 민은 그 모든 것을 부정할 수밖에 없었다. 민의 환청으로 예언을 잘못 들었거나 잘못 해석했을 수도 있다며 자신을 달랬다. 실낱같은 희망의 불씨를 놓지 않으려고 안간힘을 다했다.

피곤한 몸으로 잠자리에 들었지만 잠은 오지 않았다. 매서운 바람소리가 창문을 핥으며 지나갔다. 민은 차분한 마음으로 눈을 감았다. 무엇도 보지 않고 무엇도 듣지 않고 무엇도 생각하고 싶지 않았다. 검은 허공 속에 무(無)만을 느껴보고자 했다. 인생이란 일장춘몽이며 모두가 공허하고 허무하지 않은가.

민은 속으로 '색즉시공 공즉시색(色卽是空 空卽是色)'을 떠올렸다. 그렇다. 공은 색이고 색은 공이다. 무(無)는 유(有)요 유(有)는 무(無)다. 네가 나이고 내가 너다. 생명과 죽음도 같은 것이다. 생명의 본질은 죽음이고 죽음의 본질은 생명이다.

어둡고 칙칙한 꿈의 세계에서 탈출시킨 것은 민의 의지가 아니었다. 한 통의 다급한 전화벨 소리였다. 급하게 재촉하는 벨소리에 민은 순간 격한 긴장 속에 전화를 받았다. 강철의 목소리였다.

"새벽에 죄송합니다. 철규 형님이 위독하니 빨리 와주실 수 있는지요?"

막 어둠을 밀어내고 저 산 너머에서 해가 올라오기 직전이었다. 죽음은 어둠이 끝나는 그 순간에 찾아온다. 가장 어둡고 무서운 어둠이 그 순간에 잠시 머물기 때문이다. 어둠이 햇살에 못 이겨 물러갈 때는 그냥 사라지지 않는다. 죽음이라는 제물을 요구한다. 사라지는 하룻밤 어둠도 결국에는 그날의 죽음이기 때문이다.

민의 심장은 거침없이 가쁘게 뛰었지만 차분한 표정을 가지려고 노력했다. 이미 민의 마음에는 철규의 죽음을 준비하고 있었다. 중환자실로 달려갔다. 철규 옆에는 의사, 간호사, 강철과 그의 형제자매들이 침통한 표정으로 서 있었다.

민이 도착하기 직전에 이미 철규의 호흡이 멈춘 상태였다. 민은 그의 얼굴을 바라보았다. 왜 그렇게도 평화로워 보이는지. 그것이 민의 마음을 더 슬프게 하였다. 가슴속에 흘러내리는 눈물을 머금으며 민은 철규의 귀에 대고 낮은 목소리로 속삭였다. 호흡은 멈추었지만 아직 귀는 열려있으리라.

"철규야, 편히 쉬어라. 너의 소원대로 별로 다시 태어나 하늘에서 가장 빛나는 별이 되기를. 어머니는 걱정하지 마. 너 말대로 할게. 친구로서 너를 지켜주지 못해 미안해. 너와 친구로서 함께 한 시간 즐거웠어. 잘 가. 철규야."

민은 맑은 바람을 마시려 병원 마당으로 나갔다. 야속하게도 해는 붉게 떠오르고 있었다. 민은 고민을 하기 시작했다. 철규의 갑작스러운 죽음을 그의 어머니에게 알려야 했다. 민에게는 그것은 너무나 힘든 일이다. 이렇게 급하게 철규의 죽음을 맞이할 줄은 전혀 예상 밖이었다. 자신의 마음도 다스리기 힘든 이 시간에 어떻게 어머니에게 이 상황을 전한단 말인가. 진정으로 어머니에게 슬픈 이야기를 하고 싶지가 않았다.

"어머니, 저는 철규 친구 민이라 합니다."

긴장한 목소리이지만 반가워하는 철규 어머니의 목소리였다.

"아. 알아요. 우리 철규 친구."

갑자기 민은 울음이 터져 목소리가 나오지 않았다. 어머니의 그 한마디가 민이 가지고 있던 어머니의 슬프고 슬픈 얼굴이 민의 눈앞을 가렸기 때문이었다.

"어머니, 건강히 잘 계시죠? 다름이 아니라 철규가 사고가 생겨서…."

한참 침묵이 흐르다 낮은 어머니의 목소리가 전화선에 어둡게 담겼다.

"우리 철규에게 무슨 일이?"

"뜻하지 않게 사고를 당해 철규가 하늘나라로…."

더 이상은 대화가 되지 않았다. 흐느끼는 어머니의 울음과 민의 울음이 섞여 인간이 가진 가장 슬픈 감정을 폭발시키고 있었기 때문이다.

빈소는 병원에 마련하고 장례는 가장 간소하게 하기로 하고 철규의 말대로 화장을 하기로 정했다. 민은 어쩔 수 없이 장례의 상주(喪主) 역할을 해야만 했다. 철규 어머니는 자식의 죽음을 인정하지 않았다. 결코 장례식에 모습을 나타내지 않으셨다. 어머니의 마음속엔 철규는 살아있기에, 분명 철규는 살아서 건강한 모습으로 절에 오리라 믿는듯했다.

대신 어머니를 대신하여 철규의 누나이면서 애인인 그녀가 장례식장을 떠나지 않았다. 그녀의 얼굴은 진정 가족이자 애인을 잃어버린 슬픔으로 가득 찬 모습이었다. 해운대에서 민의 파트너였던 누나도 항상 같이 있었다. 그녀들은 민에게 진정 '고맙다'는 이야기를 몇 번이나 했다. 민은 자신이 해야 할 일을 하는 것뿐인데도 모든 철규의 형제자매들이 그에게 감사의 뜻을 표했다.

미어지는 아픔이지만 흔들림 없이 모든 장례 절차를 끝내고 민은 강철과 누나들과 함께 마지막 임무를 수행했다. 그날은 칼날 같은 바람과 함께 진눈깨비가 흩날리는 겨울의 한복판이었다. 앙상한 나뭇가지와 눈발이 희끗희끗 날리는 산등성에 자리 잡은 조그만 암자로 올라섰다. 민은 철규 어머니에게 큰절을 올리고 철규의 마지막 모습을 간결하면서도 엄숙하게 말씀을 드렸다.

어머니께서는 울음소리를 내지 않았지만, 눈에는 이슬 같은 눈물만 흘리고 계셨다. 슬픔을 참으시는 그 모습이 더 슬펐다. 민은 가슴속에 품은 철규의 편지를 어머니 앞에 공손히 놓아드렸다. 어머니는 민이 떠나는 그 순간까지 결코 바닥에 놓인 그 편지를 집지를 않으셨다. 마치 그 편지를 읽으면 영원히 아들은 돌아오지 않을 것 같은 두려움이 어머니를 덮쳤기 때문이리라.

"어머니, 철규는 영원히 어머니 곁에 머물 것입니다. 앞으로 저도 어머니를 찾아뵐 것입니다. 항상 건강하게 지내시길 바랍니다."

민과 강철 그리고 누나들은 산 정상에 올라가 절이 보이는 절벽 바위에 걸터앉았다. 준비한 술, 명태, 과일을 바위 위에 놓고 정성스레 제를 올렸다. 철규의 명복을 빌었다.

"잘 가거라! 잘 가거라! 잘 가거라!"

북받쳐 오르는 흐느낌을 속으로 삼키며 모두 철규의 유골을 한 줌씩 한 줌씩 허공에 날려 보냈다. 흰 장갑을 낀 손이지만 흰 유골에는 아직 철규의 체온이 남아있음을 느꼈다. 순간 민은 철규 어머니의 통곡소리를 들었다. 그것은 환청일지도 모른다. 살을 에는 듯 그 통곡소리는 민의 아픈 가슴을 뚫고 지나갔다. 그는 아픈 가슴을 움켜잡으며 철규의 소원, 죽어 별이 되겠다는 그의 소원이 이루어지길 간절히 기도했다.

"오늘 밤, 밤하늘에 새로운 별이 탄생하길! 세상에서 가장 빛나고 눈부신 별, 나는 그 별에 너의 이름을 새기리라!"

추억의 망각

철규를 떠나보낸 민(敏)은 심리적으로 무척이나 불안했다.

머릿속에서 '죽음'이란 단어가 떠나지 않았다. 친구의 죽음을 그대로 받아들이기가 무척이나 힘들었다. 어떻게 철규에게 그런 일이 생긴단 말인가? 민은 집에 있기가 힘들었다. 밖은 매서운 바람과 함께 으스스한 날씨가 계속되었다. 모든 것을 아랑곳하지 않고 민은 무작정 밖으로 뛰쳐나갔다.

민이 할 수 있는 것은 무작정 걷는 것뿐이었다. 누구도 보고 싶지 않고 누구와도 말을 섞고 싶은 생각이 없었다. 한 걸음 한 걸음 걷는 것이 그의 마음에 위로가 되어주었다. 날씨가 춥든 따뜻하든, 바람이 불든 안 불든, 옆에 사람이 있든 없든, 햇살이 있든 없든 그는 그냥 발끝만 쳐다보며 걷고 또 걸었다. 배가 고픈 것도 모르고 어디를 가는지도 모르고 걷고 또 걸었다. 오직 그의 길에 들리는 것은 바람소리와 새소리였다. 인간이 만든 기계적인 쇳소리들은 전혀 들리지 않았다.

생각하지 않으려고 애를 썼지만 쉽지가 않았다. 그러면 그럴수록 오히려 그를 더욱 생각의 늪에 빠뜨려 허우적거리게 했다. 분명 생각은 나에게서 나오는데 생각은 나를 잡아먹는 듯 괴롭혔다. 저녁이 되고 어둑해지면 생각도 누그러들었다. 생각도 나의 에너지를 먹으며 살아가는 듯했다. 마음을 비우고 속을 비우고 태울 마음의 연료가 없으면 자연히 생각이 사라질 것이다.

다음 날도 걸었다. 그다음 날도 걸었다. 점차 걸음에 익숙해지고 호흡이 안정되어 갈 때 그는 순간 무아지경의 기분을 느꼈다. 생각은 허공 속으로 사라졌다. 자신의 몸도 분해되는 것 같았다.

"철규를 보내자. 나의 마음에서. 잊지는 않더라도 그를 떠나보내자."

민은 속으로 혼자 중얼거렸다. 이것은 철규가 그에게 바랐던 것이었다. 그는 고개를 들어 하늘을 쳐다보았다. 하나씩 별들이 나타나기 시작하였다. 철규는 이제 민의 마음에서 떠나 하늘나라 별자리에 머물 것이다.

철규의 죽음 이후 민은 전혀 술을 마시지 않았다. 알코올은 그의 마음을 불태우고 그의 감정을 폭발시킬 것이 분명하였다. 그는 술에 지배당하는 것이 싫었다. 맑은 정신으로 관조의 눈으로 죽음을 바라보고 싶었다. 가슴속에 슬픔은 그득하나 무엇보다 냉정한 이성으로 내면의 자신을 보고자 했다.

아침에 잠에서 깨어나면 바로 가부좌 자세로 명상에 들어갔다.

머리도 맑아지고 마음도 차분해졌다. 친구의 '죽음'을 경험한 민은 인생의 허무함을 느끼지 않을 수 없었다. 죽음은 순간이었다. 찰나(刹那)였다. 허무함을 느끼면 어떤 것도 두렵지 않았다. 민은 반야심경의 한 구절이 생각났다.

"심무가애 무가애고 무유공포(心無罣礙 無罣礙故 無有恐怖)."

마음에 걸리는 것이 없고, 걸릴 것이 없으면 두려울 것이 없어진다는 그 말이 마음에 와닿았다. 죽음은 삶의 마지막 여정이다. 죽음을 두려워하지 않으면 인생에 있어 무엇이 두렵겠는가. 민은 여전히 걷는다. 이 순간 길은 민에게 마지막 남은 고마운 친구였다. 민은 한 걸음 한 걸음 걸으면서 '길'을 주제로 자작시를 읊조렸다. 길은 환하게 그에게 웃음을 보냈다.

길

길이 있기에 걷고
걷기에 길이 난다

홀로 가는 길
둘이 가는 길

낮엔 해와 구름을

밤엔 달과 별을 벗 삼아

오늘은 이 길
내일은 저 길

걷다 보면 늙어가고
늙으면 길 위에 눕고

영원히 방황하며
지구의 살결을 더듬는다

인생은 길 위에서 시작하여
길 위에서 멈춘다

길 위에 눈물을 뿌리며
때론 키스를 하면서

　한 통의 전화를 받은 것은 무작정 걷기가 끝나가는 저녁 무렵
이었다.
　"형님, 강철입니다. 한번 뵈었으면 합니다."
　민은 거절하기가 힘들었다. 철규 장례식 후 그동안의 소식이 궁

금하기도 했다. 민은 약속된 장소로 나갔다. 조용한 일식집 방으로 예약이 되어있었다. 해운대에서 본 누나도 함께였다. 민은 그런 고급 일식집은 처음이었다. 민과 그들은 술을 마시기 시작했다. 그들은 민에게 여러 차례 감사하다는 말을 했다. 강철이 말문을 열었다.

"형님, 저희는 반드시 철규 형님의 죽음에 복수를 할 것입니다."

"누가 한 짓인지 아는지?"

"지금 파악 중으로 곧 배후가 밝혀질 것입니다."

"그들이 파악되면 경찰에 알려 법의 심판을 받게 함이…"

"형님, 저희 세계에서는 그렇게 하면 살아남을 수 없습니다. 앞으로는 누구도 저희를 건드리지 못하게 이번에 철저히 보복할 것입니다."

민은 말을 하지 않았다. 복수심에 불타는 강철의 강한 의지를 보았기 때문이었다. 사실 민의 마음속에도 억울한 친구의 죽음에 대한 분노로 끓어오르고 있었다. 하지만 복수는 또 다른 복수만 불러올 뿐이라는 것은 너무나 잘 알고 있었다. 순간 민은 피 냄새를 맡았다.

"형님, 부탁드릴 일이 있습니다."

"무슨?"

"철규 형님을 대신하여 저희에게 큰 힘이 되어주십시오. 어려운 일이 있으면 상의도 드리며 저희가 형님처럼 모시고 싶습니다."

민은 당황했다. 대체 무슨 말인가? 다소 놀라는 민의 얼굴을 보며 강철은 말을 이었다.

"저 포함, 저희는 어린 시절부터 불우한 가정과 가난 때문에 소년원을 들락거리다 보니 모두 공부할 기회를 놓쳤습니다. 사업을 하기에 너무나 부족하고 어려운 점이 많아 형님께서 좀 도와주시기 바랍니다. 대신 대학 졸업까지의 학비는 저희가 전액 내드리도록 하겠습니다."

민은 강철의 말을 차분히 들으며 생각했다. 그들의 사업이 진정 잘되길 바랐다. 그들 식구는 갈 데가 없다. 막바지 길에 서 있는 것이다. 모두 같이 살아야 한다. 하지만, 하지만, 민은 조심스레 말을 이었다.

"철규가 없더라도, 강철이 가족을 잘 이끌어 앞으로도 잘해나가리라 믿어요. 저는 여러분을 도울 정도로 지식과 경험이 풍부하지도 않고. 더구나 여러분을 보면 철규 얼굴이 떠올라 자꾸 마음이 미어지니…. 며칠 전 나는 그를 잊지는 않더라도 마음에서 떠나보냈답니다. 오늘 이 자리가 여러분과 만나는 마지막 날이 될 것 같아요. 오랜 고민 끝에 내린 결심이고 아마 철규도 흔쾌히 나의 결심을 받아주리라 믿고요."

민은 철규의 편지에 적힌 말, 자기들 식구와는 더 이상 만나지 말라는 말을 차마 하지 못하고 에둘러 자기 생각처럼 표현했다. 강철은 아무 말도 하지 않았다. 대신 누나들이 '민, 도련님'을 계속 부르며 너무나 안타까워했다.

"민 도련님, 언제든지 부담 없이 목마로 놀러 오세요. 도련님이 보고 싶을 거예요. 저희가 최고의 V.I.P로 모실게요."

그렇게 그들과 마지막 만남은 끝이 났다.

돌아서는 민의 손에는 철규가 찼던 시계가 쥐어져 있었다. 마지막 남은 철규의 유품인 고급 시계는 민이 꼭 받아야 한다면서 강철이 내밀었다. 부담되었지만 거절할 수가 없었다. 앞으로 이 시계는 철규의 얼굴을 담은 채 민의 남은 삶과 같이할 것이다. 민이 철규 어머니를 뵈러 갈 때는 반드시 이 시계를 손목에 차고 가리라. 철규가 이 시계를 통해 어머니의 얼굴을 볼 수 있도록 할 것이다.

강한 겨울의 햇살이 쏟아지는 추운 겨울날 오후 민은 그날도 걸었다. 그날, 민은 하나의 화두(話頭)에 매달렸다. 원래 걸으면서 아무런 생각을 하지 않고 마음을 내려놓으려고 했지만, 그날은 달랐다. 한 가지의 생각이 머리를 지배했다.

생각이 난 이상, 의문을 품은 이상 끝까지 그 생각을 철저히 난도질하고 쪼개고 붙이고 불태우다가 공중에 날려버리고, 온갖 잡념을 걷어내고 남은 순수한 알맹이에서 그 씨앗을 찾아 다시 그 씨앗에서 어떤 꽃과 열매가 열리는지를 찾아야 했다. 치열하게 화두에 매달리다 보면 이성적인 사고와 추리보다는 순간 번득이는 직관과 영감이 화두를 해결하기도 한다.

그 화두란, '프로테우스의 예언'이었다.

민은 프로테우스의 예언이 정말로 철규의 죽음을 말한 것이며, 민이 고민 끝에 풀어낸 답이 과연 정답이었을까. 죽음이 과연 옳은 해석이었을까. 혹시나 그의 해석이 틀렸다면, 잘못된 해석이 조금이나마 철규의 죽음을 초래하는 단초가 되지 않았을까. 마음으로 들은 프로테우스의 음성은 민 스스로 만든 예언인지도 모른다. 환청일지도 모른다. 애초부터 그런 신은 존재하지도, 나타나지도 않았는지 모른다.

그런 생각을 했던 민은 자신이 두려웠다. 에너지를 가진 생각은 파장을 만들고 우주로 나아가 팽팽한 균형이라는 위대한 질서를 무너뜨리는 일이 발생하기도 한다. 만일 민이 철규에게 조심하라고 주의를 주었다고 하더라도 철규는 그 죽음을 피할 수 있었을까. 피할 수 없는 운명이라면 괜히 그의 운명을 알고 불안해할 필요가 없지 않은가. 그냥 그냥 살다가 찾아오는 운명을 받아들이면 되는 것이다.

아무튼 철규의 죽음을 맞이한 민은 아무것도 할 수 없었던 무력한 자신을 자책했다. 그날 해운대에서 술에 취해 괜히 바다의 신인 '프로테우스'를 불러낸 것이 후회되었다. 민은 성경의 창세기 편에 야곱과 천사와의 싸움에서 야곱이 했던 말이 떠올랐다.

"나에게 축복을 내리지 않으면 오늘 밤 보내지 않겠다."

밤새 싸우다 결국 천사는 그에게 축복을 내리지 않았는가. 그렇다. 민은 프로테우스에게 계시 대신 철규에게 축복을 내려달라고 애걸했어야 했다. 축복도 일종의 미래에 일어날 계시이지 않은

가. 프로테우스가 신이라면 그 정도의 능력은 있었을 것이다. 민은 그렇게 하지 못한 자신을 또 한 번 자책했다.

민은 예언, 계시라는 말에 대해 생각했다.

미래를 알고 싶은 것은 인간이 가진 가장 근원적인 호기심이다. 그 호기심은 일반적인 호기심이 아니라 불안에서 오는 두려움이다. 아직 오지도 않은 미래를 두고 미리 앞당겨 걱정하며 현재의 고통을 겪는다. 심지어 이생을 벗어나 내세의 삶까지도 앞당겨 고민한다. 누구도 미래와 내세를 모른다. 단지 현재의 삶을 기준으로 여러 가지 미래의 가능성을 추측할 뿐이다.

하지만 인생은 너무나 복잡하고 돌발적인 변수가 많아 인간의 예측과 컴퓨터의 계산은 어긋난다. 삶은 수학이 아니기 때문이다. 불확실성 시대에 불안정한 인간의 모습으로 사는데 어떻게 미래를 예측한단 말인가.

과연 이것은 신의 영역인가. 아니다. 신도 인간의 미래를 알기가 힘들었으리라. 민은 유대 전설에 나오는 '릴리스(Lilith)'라는 여인을 떠올렸다. 이브보다 앞서 아담의 첫 번째 부인이었다. 이브는 아담의 갈비뼈로 탄생했지만, 릴리스는 아담과 같이 흙으로 빚어졌다고 한다. 아담의 사랑을 독차지한 이브에게 질투심을 느낀 릴리스는 뱀으로 변신하여 이브에게 선악과를 먹인 것이다. 아, 얼마나 얄궂은 운명인가.

그날부터 인간은 원죄를 벗어나지 못할 뿐 아니라 이브 아들 카인이 동생 아벨을 죽이는 인류의 첫 번째 살인이 발생한다. 분명 하나님은 선악과와 형제를 죽이는 살인을 예정하지 않았을 것이다. 신은 인간에게 스스로의 자유의지를 주었기에 미래의 일은 신의 영역을 벗어난다고 민은 생각했다. 대신 인간은 원죄를 짊어지고 많은 악업을 짓기에 숙명적인 괴로움, 아픔과 고뇌를 피할 수가 없다고 생각했다. 아, 인간은 정말 얼마나 불쌍한 존재인가?

민의 생각은 계속 이어졌다. 걸음걸이는 규칙적이었으며 자신이 숨을 쉬고 있다는 자체도 느끼지 못했다. 오직 화두에만 매달렸다.

민은 최근에 읽었던 셰익스피어의 비극 《맥베스(Macbeth)》의 죽음이 떠올랐다. 예언에서 시작하여 예언으로 끝나는 비참한 비극이었다. 맥베스는 충성스럽고 용맹한 장군이었지만 세 마녀의 놀라운 예언, 임금이 된다는 이야기에 마음이 흔들린다. 그의 아내는 주저하는 남편을 부추기고 맥베스는 결국 왕을 살해하고 왕위를 찬탈한다.

하지만 맥베스는 죄책감과 불안에 시달리며 폭정을 일삼고 마녀 예언을 같이 들은 장군을 죽이고 다시 마녀를 찾아간다. 마녀는 맥더프를 조심하라는 말과 함께 '여자가 낳은 자는 결코 맥베스를 죽일 수 없다'라는 예언을 하지만 맥베스는 결국 맥더프의 손에 죽임을 당한다. 맥더프는 '여자에게서 태어난 것이 아니라 엄마의 배를 가르고 나온 자'이기 때문이었다. 그의 아내조차 인간에게 가장 무서운 벌인 몽유병과 신경쇠약에 걸려 죽음을 맞이한다.

맥베스의 비극은 그의 생각에 많은 교훈을 던져주었다. 마녀들의 말장난과 농간에 맥베스는 희생양이었다. 인간의 욕망과 야망 그리고 인간의 나약함을 이용하여 결국은 인간을 파멸로 몰아가는 것이었다. 예언을 따르면 또 다른 예언이 필요하고 예언에 사로잡힌 인간은 자신을 망각한다. 전쟁의 영웅이지만 마녀의 혓바닥에 놀아난 맥베스는 왕을 죽이고 친구를 죽이고 결국에는 자신과 아내도 죽어야 하는 운명을 맞이한 것이다.

인간은 얼마나 권력(權力)과 부(富)에 눈이 먼 존재인가. 맥베스는 왕이 되는 그 순간부터 불안해한다. 국민들의 사랑과 지지로 왕이 되지 못하고, 왕위를 찬탈한 왕의 자리가 얼마나 오래가겠는가. 얼마나 심리적, 정신적으로 불안하고 죄의식으로 괴로워했을까? 맥베스의 괴로움은 그나마 인간이 가진 양심이 있었기 때문이었다.

맥베스가 괴로워하며 부르짖은 명대사가 민에게 들리는 듯했다.

"Blood will have blood(피는 피를 부른다)."

민은 인간이 가진 중요한 덕목은 '양심(良心)'과 '측은지심(惻隱之心)'이라 생각했다. 인간이 인간답게 살 수 있는 것은 오직 마음속 깊이 자리 잡은 타고난 양심이 있기 때문이다. 동물은 양심이 없기에 부끄러움을 모른다. 맥베스도 양심이 없었다면 불안, 죄책감을 느끼지 못하고 이런 작품은 탄생되지 않았을 것이다.

사회에는 상식을 벗어나고 양심 없는 행동을 하는 사람들도 더러 있다. 그들은 바라던 목표만을 달성하기 위해 최면에 걸린 듯

몰상식, 비양심이라도 개의치 않는다. 사이비 종교나 그릇된 이념을 가진 이익 집단들은 개개인의 양심을 허락하지 않는다. 한마디로 전혀 양심의 가책을 느끼지 못하고 맥베스보다 더 무서운 괴물이 되어가는 것이다.

반면 측은지심은 남을 배려하는 따뜻한 마음이다. 불쌍한 사람을 불쌍히 여기고 도와주고 보살펴주는 마음이 있어야 아름다운 세상이 되지 않을까. 양심이 자신을 바로 세우는 덕목이라면 측은지심은 상대편을 배려하고 같이 사는 사회를 만들어가는 이타심이라고나 할까.

한데 왜 이런 맥베스의 비극적인 역사는 끊임없이 반복될까. 권력욕이 그렇게도 무서운 것일까. 민은 옛날 속담을 떠올렸다.

"권불(權不) 십년(十年)이요, 화무(花無) 십일홍(十日紅)"

아무리 막강 권력이라 해도 십 년을 넘기지 못하고, 아무리 아름다운 꽃도 열흘 이상 피울 수 없다는 말이 너무나 마음에 와 닿았다.

만일 맥베스가 마녀의 예언을 듣지 않았다면 그런 비극은 일어나지 않았을까. 맥베스의 군인다운 면모로 보아 결코 그런 비극이 일어나지 않았으리라. 민은 앞으로는 어떤 예언도 믿지 않으리라 다짐했다. 그릇된 예언은 파멸에 이르는 길이기 때문이다. 민은 스스로 그의 길을, 그의 운명을 개척하며 묵묵히 주어진 자신의 삶을 살아가리라. 만일 신을 만난다면 축복만을 간청할 것이다.

걸음걸이가 한층 가벼워짐을 느꼈다. 마음의 짐도 내려놓은 듯했다.

민은 버스에 내려 한참을 혼자 걸었다.

직지사(直指寺).

김천 황악산에 위치한 천년고찰이다. 민은 한겨울 템플스테이를 하기 위해 직지사를 선택했다. 해가 바뀌었다. 철규의 명복을 빌고 민 자신의 마음을 최종적으로 갈무리하기 위해 절을 찾았다.

동안거(冬安居)에 들어가는 기분이었다. 눈이 쌓인 절은 그야말로 다른 세상 같았다. 티끌도 없고 소리도 없고 바람도 없이 오직 정적에 묻힌 절이었다. 며칠간의 절 생활이지만 마음을 가다듬고 정진하리라. 꼭 무엇을 얻으려고 하지는 말자. 목적을 가지면 욕심이 생기고 과정을 무시할 수가 있다.

만일 바라는 것이 있다면 '망각(忘却)'이었다. 모든 것을 지우자. 민에게 더덕더덕 붙어있는 지나온 삶의 흔적들, 기억 속에 남아 있는 추억의 파편들, 좋은 것이든 나쁜 것이든 지워버리고 싶었다. 선업이든 악업이든 업을 끊고 싶었다. 가슴속에 흰 눈이 소복소복 쌓이기를 바랐다. 모든 것을 덮을 수 있도록.

성수(聖水)에 몸을 담그는 세례 의식은 사람을 맑게 다시 태어나게 한다고 민은 믿었다. 불교에서도 '부처님 오신 날' 아기 부처에게 물을 부어 목욕을 시키는 것은 자신의 죄를 씻는 의식이었다. 민은 그런 기분으로 이 절을 찾은 것이다.

하지만 어떤 특별한 의식을 하지는 않을 것이다. 그냥 절 생활을 체험하고 싶었다. 스님들과 같이 잠에서 깨어나 아침 예불 드리고, 경내를 한 바퀴 돌고, 발우공양하고, 관세음보살 108배하고, 강의 듣고 사경하고, 참선하고 그런 시간을 가지고 싶었다.

절에 입소하면서부터 묵언(黙言) 수행을 강요받았다. 이것은 민이 진정 바랐던 것이었다. 말을 하고 싶지 않았다. 할 수도 없었다. 그로 인해 민은 평소에 하고 싶었던 '멍 때리기'를 마음껏 할 수 있었다. 머리로는 에너지를 쓰지 않을 것이다. 여태까지 너무나 많은 생각과 잡념과 고뇌를 했던 민이었다.

몸을 움직이는 108배를 할 때는 마음속으로 철규의 명복을 빌었다. 송골송골 땀이 맺힌 이마를 수건으로 닦을 때는 거울을 닦는 것처럼 마음이 맑아졌다. 웅변으로는 다른 사람의 마음을 움직일 수 있지만 진정 자신의 마음을 다스리는 것은 침묵임을 깨달았다.

방바닥은 따뜻했지만 밖은 모두 얼어있었다. 햇살은 쨍하고 강했다. 눈은 전혀 녹을 기미가 보이지 않았다. 간혹 참새가 경내에서 놀다 가곤 하였다. 까치 울음소리가 들리곤 했지만 보이지는 않았다. 스님들의 머리는 푸른빛이 감돌 정도로, 전등불이 반사될 정도로 매일 면도를 한 것 같았다. 젊은 스님들이었다. 민은 어떤 사연으로 스님의 길을 걷게 되었는지가 궁금했지만, 그것도 그 순간뿐이었다.

하루의 시간은 손바닥을 치는 죽비소리에서 시작하여 죽비소리로 끝이 났다. 죽비소리에 참선에 들고 죽비소리에 맞추어 발우공양을 시작하고 끝냈다. 기계처럼 움직였지만 모든 동작에는 유연함과 여유로움이 있었다. 간혹 바람에 흔들리며 들리는 처마 끝 풍경소리는 민의 귀를 청아하게 했다. 저녁 예불에 맞추어 범종소리, 법고소리, 운판소리, 목어소리가 들려온다. 지옥 중생을 구제하고 땅 위의 길짐승을 구제하고 날짐승을 구제하고 심지어 바다 생물도 구제하는 소리이다. 귀를 열고 마음의 눈을 떠라. 깨달아라, 그러면 부처가 되리라.

모든 소리는 자연의 소리이고 불법이 묻어나고 있었다. 그동안 사람은 얼마나 핸드폰 알람, 진동 그리고 벨소리에 긴장하고 끌려다녔던가. 편한 문명의 이기는 결국 인간을 편한 만큼 구속한다. 이 세상에는 공짜가 없기 때문이다. 절 입소 때 핸드폰은 수거되어 차라리 바깥세상을 잊어버리니 마음이 편했다.

변화를 느낀 것은 소리만이 아니었다. 냄새였다.

중생의 냄새는 사라지기 시작했다. 하루하루가 지남에 따라 몸에 묻어있던 도시의 동물 냄새는 서서히 사라지기 시작했다. 땀냄새도 달라지기 시작했다. 남의 살을 먹고 생긴 에너지가 뿜어내는 고약한 냄새는 풀냄새와 향냄새에 밀려났다. 몸과 마음이 향기로운 냄새와 은은한 소리로 물들며 말로 표현하기 힘든 벅찬 기쁨이 밀려왔다. 기억을 망각한 채 다시 벌거벗은 어린 아기로 되돌아가는 순간을 느꼈다. 어머니의 품이 그리웠다.

인도

현우 형의 편지를 받은 것은 잔인한 겨울이 끝나가는 그 어느
날 오후였다.

민,

오랜만에 너를 생각하며 편지를 적는다.

민, 어떻게 지냈는지?

당연히 너의 우울증도 여름 장마와 함께 끝났으리라 믿는다.

지금 여기는 인도. 너에게 떠난다는 말도 못 한 채 여기로 왔구나.

여기는 인도 북부의 조그만 산골 마을이다.

전화선도, 인터넷도 없는 곳이라 이메일 대신 편지를 띄운다.

벌써 온 지가 보름이 다 되어가는구나. 달도 차올라 오늘은 보름달이네.

이제야 마을 사람들 이름을 외우며 하루하루 적응을 해가고 있단다.

이 마을에는 한국에서 온 신부가 한 분 계셔.

우연히 인도에 왔다, 이 마을에 들어오셨다고 한다.

신부님 말씀은 자신의 의지가 아닌 하느님의 뜻에 따랐다고 한다.

신부님과 나는 종교적인 일은 전혀 하지 않아.

오직 마을에 조그만 학교를 세우고 학생들을 가르치는 일을 해.

여기는 산골이라 학교도 없고 가르칠 선생님이 없단다.

시간이 나는 대로 우물을 파는 일도 하려고 해.

신이 가장 많은 인도에서 신을 논하고 싶지는 않구나.

가장 가난한 나라의 산골에서 인간의 모습을 보며 인간을 배우고자 한다.

가장 낮은 곳에서 하루를 보내다, 잠자기 전 기도를 드리고

묵주에 입을 맞춘 후에는 꿀같이 달콤한 잠을 잔단다.

나의 피부는 점차 여기 사람들의 피부색처럼 되어가지만

마음은 너무나 평화롭고 천상의 축복을 받는다는 느낌이 든다.

할 말은 많지만 오랜만에 글을 쓰니 피곤하네.

또 연락하마.

너에게 너의 삶이 멋지길!

인도의 어느 산골 마을에서 형 현우.

민(敏)은 현우 형의 깨알같이 적힌 손편지를 받아보고 가슴이 뭉클했다. 결국 인도로 가셨구나. 그동안 연락이 없었더라도 민의

마음속에 항상 큰 나무처럼 형의 존재는 살아있었다. 마침 소식이 궁금했던 차였는데 형의 편지가 도착한 것이다.

형의 헌신과 봉사는 남달랐다. 그것은 봉사가 아니었다. 수행이라 말하는 것이 정확한 표현일 것이다. 호스피스 병동에서 얼마나 많은 죽음을 마주하면서 죽음과 투쟁하고 환자들을 위해 기도해주었는가. 심지어 그분들을 위해 염습 일까지 마다하지 않았던가.

민은 템플스테이를 한 후 모든 것을 비우고 다시 태어나는 기분이었지만 현우 형의 편지는 삶의 의미를 다시 생각하게 하였다. 민은 바로 펜을 잡고 편지를 썼다. 아마도 형은 형의 첫 편지가 민에게 잘 전달되었는지 궁금해할 것 같았기 때문이었다.

현우 형에게

형, 무척이나 보고 싶어.

형의 그을린 얼굴이 형의 미소와 함께 떠오르네.

나에게 너무나 생소하고 이상한 나라 인도에서 그런 일을 하다니 놀라워.

형의 결심과 용기에 찬사를 보내면서 한편으론 나 자신이 부끄러워.

형의 말대로, 여름철 지독한 장마가 끝날 때 나의 우울도 사라졌어.

하지만 지난겨울엔 나에게 견디기 힘든 시련이 다가왔지.

그동안 형은 호스피스 병동에서 많은 죽음을 마주했지만,

난 친한 친구를 저세상으로 떠나보내야만 하는 힘든 과정을 겪었어.

너무나 꽃다운 청춘인 친구와의 이별은 충격과 혼란 그 자체였지.

마음 정리를 위해 얼마 전 김천에 있는 직지사에서 템플스테이를 했어.

마음속의 아픔과 기억을 비우고 그 자리에 순결한 흰 눈으로 채웠지.

당분간 나 자신을 위해 즐겁게 지내려고 해.

스스로 나를 위로하고 싶어.

형의 인도 수행이 많은 것을 보고 느끼고, 인간을 이해하고 신에

대해 고민하고, 형의 철학과 신념의 마지막 꽃을 피웠으면 해.

듣기로 인도에는 풍토병이 많다고 하니 항상 건강하게 지내야 해.

하느님의 축복과 은총이 항상 형의 머리 위에 함께하길 기원하며….

                                                    못난 동생 민.

　민은 다음 날부터 보고 싶은 친구들을 만났다. 결코 철규 죽음
에 관한 이야기는 입에 올리지 않았다. 가능한 한 가벼운 주제로
이런저런 이야기를 하면서 웃을 때는 웃고 술을 마실 때는 마셨
다. 민의 마음은 바람과 같이 되고자 했다. 결코 거미줄에 걸리지
않는, 어떤 막힘과 감정도 없이 마음대로 날아다니는 바람처럼
지내고 싶었다.

　호연이를 오랜만에 만났다. 그는 민에게 묵직한 책 한 권을 내
밀었다.

《에티카(Ethica)》.

스피노자의 대표 저서로 철학적 윤리학을 다룬 책이다. 신과 사람 그리고 자연과의 관계를 논한 책으로 감명 깊게 읽었다고 했다. 민은 그냥 고맙다는 말은 했지만, 흥미를 보이지 않았다. 다음에 천천히 읽어보겠지만 지금은 철학 서적으로 그의 머리를 복잡하게 하고 싶은 생각은 전혀 없었다.

철학 그리고 책이 무슨 의미가 있단 말인가. 지금 말하고 지금 느끼고 지금 행복하고 즐거워하면 그만인 것이다. 말초신경의 즐거움도 사람이 가진 감각이다. 신으로부터 받은 인간의 귀중한 신경이다. 가장 확실하게 빠르게 나를 위로해줄 수 있는 신의 선물인 것이다.

어떤 날은 막걸리에 파전을, 어떤 날은 소주에 삼겹살을, 어떤 날은 짬뽕에 값싼 이과두주를 마셨다. 봄 개학을 하기 전에 마음껏 자유의 시간을, 자신을 위로하는 시간을 가지고 싶었다.

여기저기 들녘에는 봄기운과 함께 꽃들이 피기 시작하였다. 민은 모진 겨울에 얼어있던 땅을 뚫고 올라오는 꽃들을 보면서 즐거움과 함께 무한한 경외심을 가졌다. 아 얼마나 위대한 자연인가. 여기에 모든 우주의 비밀이, 심오한 철학이 담겨있지 않겠는가.

매화, 처녀치마, 깽깽이, 민들레, 할미꽃, 개나리, 진달래, 수선화 등 온갖 꽃들이 자신의 자태를 뽐내며 노랑, 빨강, 자주, 흰색, 보라 등 온갖 색으로 벌과 나비를 유혹하고 있었다. 즐거운 것은 눈만이 아니었다. 꽃들이 뿜어내는 향기는 민의 코끝을 자극하며 어떤 향수보다 더 매혹적으로 다가왔다. 꽃들은 항상 계절을 잊지 않고 우리 앞에 나타난다. 엄숙하면서도 조용하게, 생기롭지만 겸손하게, 화려하지만 여유롭게 피어오른다.

형의 두 번째 편지는 바로 이어 도착했다.

민,

너의 편지를 받고 얼마나 기뻐했는지 모른다.
나의 편지가 너에게 잘 전달될까 걱정했지만 이젠 안심이 되네.
생각보다 며칠 걸리지 않네. 물론 이메일과는 비교할 수 없지만.
먼저 친구를 하늘나라로 보낸 너의 슬픔에 위로의 말을 건넨다.
인간인 이상 피할 수 없는 죽음이지만 꽃다운 청춘이라 안타깝네.
무엇보다 너의 마음을 잘 다스리고 슬기롭게 헤쳐나가리라 믿는다.
"메멘토 모리(Memento mori)."
죽음을 기억하라.
로마 시절 전쟁에서 승리한 개선부대가 겸손해지기 위해 외치던 말이다.
비록 우리의 삶이 죽음을 향한 여정이며,
어제의 죽음이 오늘의 삶이고 오늘의 죽음이 내일의 삶이지만,
하루하루가 얼마나 값지고 귀중한지 모른다.
네가 궁금해하는 인도란 나라는 우리와 너무나 다르다네.

여기 산골 마을에는 수행자 천지란다.

넝마만 걸친 채 바위 위에서 며칠씩 명상을 하는 사람들이 많아.

이마 중앙엔 붉은 점을 찍고 얼굴에는 푸른색, 흰색을 칠한 채

야릇한 냄새의 향을 피우며 가부좌를 한 채 몇 날 며칠을 수도만 한단다.

주름살 주위로 깊이 파인 눈과 눈빛은 사람을 섬뜩하게 만든다.

머리엔 터번을 두른 사람도 있고 머리칼을 어깨까지 푼 사람도 있지.

긴 수염은 바짝 말라 꼬여있으며,

수염 색은 검정, 누런색, 흰색들로 마구잡이로 섞여있지.

몸은 대체로 말라 있지만 어떤 수행자는 볼록한 배를 가진 자도 있단다.

더운 날씨이지만 여자들은 전통 인도 의상으로 몸을 감춘 채 맨발로

거칠고 메마른 땅을 걸어 다녀 놀라웠다.

놀라운 일들은 내가 공항에 내릴 때부터 시작되었지.

보이는 것 모두가 놀랍고 신기하고 심지어 신비로운 면도 있었지.

공항 안에는 새들이 날아다니고 있었지. 그것도 검은 새였어.

까마귀 종류처럼 보이는 새들이었으며 그들의 울음소리는 섬뜩했단다.

공항 안에는 많은 사람이 누워있거나 바닥에 앉아 음식을 먹고 있었지.

전혀 에어컨이 되지 않아 무덥고 텁텁한 공기가 밀려왔어.

대부분의 사람은 햇볕에 그을린 피부로, 굵은 주름살에 덮인 얼굴은

마치 지구가 아닌 다른 세계에 사는 사람처럼 보였어.

거리에는 떠돌이 개들이 먹이를 찾아 쓰레기통을 뒤지고,

여기저기 원숭이들이 더위에 축 늘어진 전깃줄을 타고 놀이를

하고 있었지. 찻길에는 소들이 낮잠을 자고 있었으며 차와

사람들은 소들을 피해 다녔어.

시골길로 접어드니 코끼리가 사람을 태우고 도로를 지나가고 있었지.

난 너무나 놀라 몇 번이고 코끼리를 쳐다보았단다.

도로는 대부분 비포장이라 많은 먼지와 매연으로 덮여있었지.

저녁이 다가오면 그야말로 암흑이 되지. 전등불을 보기가 힘든 정도였어.

어두운 저녁 거리를 지나가다 슬픈 표정으로 다가오는 여인네를 만났지.

자세히 보니 아직 어린 소녀로 옆으로 비스듬히 갓난아기를 업고 있었지.

난 너무나 불쌍한 마음에 아기 우윳값으로 몇 달러를 주었어.

그 순간 두 가지 놀라운 일이,

첫째는 그 소녀는 정말 고맙다는 표정 하나 없이 휙 뒤돌아 갔으며

둘째는 어디서 왔는지 여러 애들이 순간 나타나 돈을 구걸했지.

그 후론 다시는 인도에서 길거리 적선을 하지 않는단다.

그 소녀는 자기에게 베푸는 기회를 주었기에 도리어 자기에게 감사해야

한다는 생각을 하는듯했으며 심지어 갓난아기는 돈을 받아내기 위한

수단일지도 모른다는 생각을 했지. 아, 얼마나 슬픈 이야기인가.

신부가 되고자 하는 길에 인간의 모든 모습을 용서하고 받아들여야 하지

만 때론 인간의 이런 모습에 회의가 생기기도 한단다.

감사할 줄 모르는 자에게 무한한 사랑을 베푸는 것은 자칫 한 인간의

영혼을 영원히 구제하지 못하는 일이 생길 것 같아 두려웠다.

인도에서 하루하루 지나면서 난 하느님의 존재와 성령의 충만함보다는

인간의 굴레와 참모습을 보고자 하네.

가톨릭대학에 입학 후 오직 마리아님과 하느님 아버지만을 마음에 담고

기도하고 생활해왔지만, 신과 인간의 간극에 대해 항상 고민을 해왔었지.

진정 인간의 아름다움과 추함, 인간의 선과 악, 인간의 굴레와 숙명을

꿰뚫어 볼 수 있다면 이는 전지전능하신 하느님의 영광과 영원을

체험하는 순간이 되리라.

과연 인간에게 초월적이고 절대적인 신을 인식하기 위한 최소한의

신성(神性)이 있는지가 나의 마지막 의문이다.

이는 인간이 신에게 다가가는 마지막 문(門)이 되기 때문이다.

인간은 너무나 약하고 주어진 삶 속에서 고뇌의 길을 걷지만,

인간의 마음에는 신과 같은 위대함도 숨겨져 있음을 나는 느낀다.

민, 괜히 쓸데없는 말을 많이 했구나. 설익은 생각만 너절하게 적었구나.

한국에는 봄이 오고 있겠네.

아름다운 꽃도 보고 봄기운을 느끼고 싶어.

작년에 너와 같이 한 밀양 봄 소풍이 생각나네. 아름다운 추억이다.

아, 부탁 한 가지만 할게.

이제는 은지와의 인연을 지속하기가 힘들 거 같아.

인도로 올 때도 일부러 연락하지 않았어.

더 이상의 만남과 감정은 결국 그녀에게 괴로움과 슬픔만 남길까 두려워.

민, 어렵겠지만 혹 그녀를 만나면 나의 마음을 전달해주길 바란다.

항상 진리를 찾아 헤매는 어린양, 너를 응원하며 믿는다.

인도에서 인간을 보고자 하는 형 현우.

그날 이후 민은 항상 인도에 대한 호기심과 상상력으로 하루 하루를 보냈다. 형이 보낸 이야기가 모두 사실일까. 거리에 코끼리가 정말 다닐까. 그렇게 수도하는 사람이 많단 말인가. 상상은 추상적인 상상으로 이어지며 상상을 먹고 커간다. 상상의 속성인 것이다. 민은 그런 즐거운 상상으로 머리를 채웠다. 신비로운 나라 인도였다.

민은 형의 부탁에 대해 고민하기 시작했다. 민은 작년부터 은지에 대한 형의 쌀쌀한 태도와 마음을 느끼고 있었다. 일부러 그녀를 멀리한다는 느낌을 지울 수가 없었다. 형은 신부의 길을 걸으며 가장 마음에 걸리는 것이 은지와의 관계일지 모른다. 형은 그녀 앞에서 가슴에 못 박는 말을 하기가 쉽지 않았으리라.

민은 단지 형이 인도에 있다는 이야기 정도는 해주어야겠다고 생각했다. 형의 부탁이기도 했고 그녀 또한 무척이나 형 소식을 궁금해하고 있을 것 같았다. 한편으론 그녀를 다시 보고 싶은 묘한 감정도 있었다.

민은 용기를 내었다. 은지를 만났다.

"오랜만이에요."

"반가워요. 민. 만나자는 문자를 보고 많이 놀랐어요. 무슨 일이라도?"

"다름이 아니라, 현우 형이 소식 전해달라고 해서."

"무슨 일이라도?"

"지금 인도에 계세요. 어느 조그만 산골 마을에서 봉사활동 하고 계세요."

그녀는 더 묻지를 않았다. 입을 굳게 닫은 채 심각한 표정으로 커피잔만 쳐다보고 있었다. 그렇다. 형이 그녀에게 일체 연락도 없이 인도로 간 사실과 민을 통해 그 소식을 들으니 그녀는 무시당하는 기분을 지울 수가 없었던 것이다.

그녀는 직감적으로 더 이상 형과의 만남은 어렵다는 것을 느꼈다. 그녀의 눈에는 눈물이 서서히 맺혔다. 그녀의 붉은 입술은 더욱더 붉게 변했다. 미세한 입술의 떨림도 민은 감각적으로 캐치했다.

그녀를 보는 민의 마음도 아팠다. 그녀는 의외로 무척이나 마음이 여린 여자였다. 만나자마자 민은 그녀의 얼굴에서 외로움을 보았다. 민은 그 외로움에 형의 소식을 전하며 외로움을 키웠다. 하지만 결코 그녀는 형을 원망하지 않았다. 침묵이 이어지다 먼저 말문을 연 것은 그녀였다.

"민, 술을 한잔하고 싶네요."

의외였다. 민이 제의할까 망설였는데 그녀가 먼저 그렇게 말했다.

민과 은지는 술을 마시며 별말을 하지 않았다. 안주도 별로 먹지 않고 그냥 서로 소주잔만 기울였다. 서로는 서로의 외로움만큼 소주잔을 비웠다. 위로의 말은 하지 않았다. 민은 점차 그녀가 엘리제를 닮아간다고 생각했다. 민은 엘리제가 필요했다. 민의 마음속에는 그리움과 외로움의 그림자가 짙게 깔려있었다. 민은 은지와 함께 아니 엘리제와 함께 밤새워 술을 먹었다. 기억을 잊을 정도로.

보고 싶은 형.

그동안 잘 지냈어?

난 하루하루를 의미를 두지 않고 그냥 물 흘러가듯 구름 흘러가듯 지내.

형의 편지를 보고 너무나 인도에 대해 놀라웠어.

다양하고 신비로운 인도를 그려보고 그 속에서 봉사활동을 하는 형을 상상하곤 해.

형이 진정 인간의 모습을 보며 형의 철학과 신념이 커지길 원해.

여기는 완전히 봄이야. 아마 인도는 항상 여름이겠지.

며칠 전 학기가 시작되고 캠퍼스엔 활기가 넘쳐흐르지.

며칠 전 은지 씨를 만나 형이 인도에 있다고 이야기해 주었어.

많이 놀라더라. 다른 이야기는 전혀 하지 못했어.

슬퍼 보이기에 술을 많이 먹었어. 아마 형을 잊어버리려고 하는 것 같아.

종교인의 삶이 이렇게도 인간사의 인연을 허락하지 않으니 슬프네.

친구를 하늘나라로 떠나보낸 후부터는 하루하루의 삶 자체가,

우리의 만남과 인연 자체가 너무나 귀중하다고 느껴져.

형의 말대로 죽음을 기억하며 친구의 몫까지 열심히 살 생각이야.

아침에 눈을 뜨면 맨 먼저 나의 심장에 손을 얹고 살아있음을 감사하며

나의 멋진 하루를 위해 잘 뛰어줄 것을 심장에게 부탁해.

심장의 박동소리는 언제나 나의 마음을 설레게 해.

아, 얼마나 멋진 하루가 펼쳐질까?

참, 그동안 책은 읽지 않았는데 철학에 빠진 친구가 내게 준 책이

덩그러니 나의 책상 위에 있어.

스피노자의 《에티카》란 책인데 한번 읽어볼까 해.

신에 관한 이야기도 많이 나오고 인간, 자연에 관한 책이라 하네.

인도에는 많은 신이 있다고 하는데 재미있는 이야기 많이 해줘.

항상 형에게 하느님의 은총이 함께하길 빌며, 건강하시길.

봄꽃 향기 가득한 날, 형을 생각하며

동생 민.

세 번째 편지를 받은 것은 민의 기다림이 익어갈 때쯤이었다.

민,

봄 향기를 담은 너의 편지를 받고 무척 반가웠다.

위로도 되고 한국 사계절의 아름다움과 고마움을 생각하게 되네.

오늘은 학교 건물의 지붕을 올리는 날이었어.

그리고 학생들에게 영어와 수학을 가르쳤단다. 가장 초급수준으로.

대학의 캠퍼스 생활을 즐기는 네가 부럽다.

난 벌써 캠퍼스를 떠난 지가 2년이 되어가네.

학교에서 배우지 못하는 것들을 병원에서 그리고 인도에서 배우는 중이란다. 나 대신 은지에게 소식 전해주어 고마워.

괜한 부탁을 한 것 같아 후회했었어.

다행히 은지가 나의 마음을 이해해주는 것 같아 그나마 위로가 되네.

그녀를 위해 항상 기도할 거야.

너의 친구가 선물한 《에티카》란 책은 너무 난해하여 읽기가

쉽지 않을 거야. 내가 가톨릭대학 입학 후 처음 읽은 책이지.

철학자의 예수라고 불리는 스피노자의 대표작을 읽지 않을 수가 없었지.

철학 속에 신학이 있고 신학 속에 철학이 있지.

공부가 부족한 나로서는 난 아직도 '윤리학'이라고 명명된

그 책을 충분히 이해하지 못하고 있어.

대신 조금이나마 신을 바라보는 눈과 인간의 욕망, 자유와 윤리에

대해 사고의 폭을 키울 수가 있었지.

오래전에 나온 책이니 현시대와는 맞지 않는 부분이 많겠지만,

신과 인간의 근원적 속성에 관한 스피노자의 철학적 사유와 접근은 놀

라웠어. 절대적인 창조의 신을 부정하지만, 신을 찾아가는 스피노자의 고

독을 느꼈지. '진리는 주인이 없다'라고 하면서 이 책에 자기 이름을

밝히기를 원치 않았어.

제대 후 앞으로의 삶은 진실과 진리를 찾아가는 여정이라고 한 너의 말

이 생각나네. 이마 이 책을 읽으면 너의 눈이 맑아지고 다양한 스펙트럼

으로 세상을 이해하며 진리를 찾는 데 조금이나마 도움이 되리라 믿어.

스피노자의 신은 범신론적이며 무한하고 영원한 세상 그 자체이며,

모든 사물과 인간은 신의 결정체라고 말하지.

한마디로 '신즉자연(神卽自然)' 사상이었지.

놀랍게도 여기 인도 사상이 스피노자의 생각과 유사한 부분이 많아.

모든 사물은 고유한 능력을 가진 신이 있다고 여기며 숭배해.

어떤 나라도 인도만큼 많은 신을 모시고 사는 나라는 없을 거야.

스피노자와 인도와 무슨 연관성이 있었을까?

신에 관한 인도 사상과 17세기 네덜란드 출신인 스피노자의 철학과

비교 분석해보는 것도 재미있을 것 같아.

너의 친구에게 이런 이야기를 해주면 흥미를 보이지 않을까?

인도를 이해하려면 먼저 갠지스강을 알아야 해.

삶과 죽음이 공존하는 곳, 인도인에게 가장 성스러운 곳, 죽은 후 열반으

로 갈 수 있는 길, 배 타고 유람도 하고 물고기도 잡고 목욕과 빨래도

하는 삶의 터전인 동시에 화장터가 있는 곳이지.

살아가면서 속죄 의식을 치를 수 있어 인도인의 안식처인 셈이지.

언제 보아도 신비로움이 서려 있는 강인 것 같아.

3억 3천의 신을 가진 나라로 알려진 인도는 기본적으로 힌두교 나라야.

힌두교의 신 관념 가운데 화신(化神) 즉 아바타의 개념이 있는데,

이것으로 모든 인격과 동물 그리고 사물에 신이 있게 되었지.

그리고 업보라는 카르마와 윤회 사상을 믿어.

종교 중에 유일하게 힌두교만이 인간의 윤회를 넘어서 우주도 생(生)과

멸(滅)을 순환하면서 무한 반복을 한다고 믿지.

심지어 소의 똥까지 신성하다고 믿는 나라이니 얼마나 흥미로운가.

현생의 쾌락보다는 내생의 열반을 중요시하는 것 같지만 실제로는

물질에 대한 애착은 무엇보다 강한 것 같아. 너무 가난해서일까.

다양한 인도 신의 근간은 세 명의 신이야,

우주의 원리를 창조한 브라흐마 신, 우주의 질서를 유지하는

비슈누 신, 우주를 파괴, 재생하는 시바 신이지.

실제로는 한 명의 신이지만 그 역할에 따라 구분되었다고 하네.

이와 유사한 개념으로 고대 인도 신화에도 태양의 신 인드라,

불의 신 아그니, 물의 신 바루나가 있지.

신들은 모두 비밀스러운 탄생의 스토리를 가지고 있으며

각자의 고유한 능력과 역할이 있지.

스토리는 너무나 판타지하고 기발하고 신화적인 구성을 가지고 있어,

알면 알수록 재미와 함께 신비로움에 빠지게 된다네.

세계적인 판타지 소설이 인도에서 나오리라 믿지만, 인도인들은

신을 함부로 입에 올리거나 글로 표현하기를 꺼려하는 것 같아.

오늘도 몹시도 무덥고 습한 하루였다.

하지만 하루하루 끊임없이 호기심이 솟아나고 무한한 사색과 관조로

세상을 바라보면 그 즐거움은 무엇과도 비교할 수 없단다.

결코 나의 인도 여행이 잘못된 결정이 아니라는 것을 확신하게 되지.

나의 삶과 여정 모두가 결국은 하느님에게 진정 다가가는 나의 뜨거운

마음임을 하느님께 고백하네.

항상 너에게도 마리아님의 축복과 보살핌이 있길 바라며.

인도에서 형 현우

편지를 읽은 민은 이런저런 생각에 잠겼다. 《에티카》 책에 대한 흥미도 생기기 시작했다. 무엇보다, 민에겐 생소한 힌두교이지만 업보와 윤회 사상 그리고 신들에 관한 이야기는 그의 호기심을 증폭시켰다. 불교와 힌두교의 연관성에 대해서도 궁금했다. 인도에서 탄생한 불교인데 왜 인도에선 부흥이 되지 못할까. 인도인은 불교가 힌두교의 아류로 윤회와 카르마라는 근본 사상이 비슷하다고 생각하기 때문일까. 한편으로 불교는 다음 생의 구원보다는 현생의 해탈을 우선하기에 내세 종교라기보다는 철학적 수행이라고 볼 수도 있다고 생각했다.

민은 도서관에서 많은 친구, 후배들을 만났다. 모두가 반가운 얼굴이고 보고 싶었던 친구였다. 대부분의 친구들은 제대하고 복학을 하고 있었다. 그중에 반가운 친구는 '달과 7인의 그림자'였다. 민이 군대 가기 전 얼마나 많은 밤들을 그들과 지내며 술을 마시며 이야기하고 놀았던가. 그들과는 형이상학적인 이야기는 하지 않는다. 그냥 세속적이고 그냥 일상적이고 그냥 학생들이 노는 일반적인 대화와 행위로 만남의 즐거움을 가졌다.

다시 뭉쳤다. 밤늦게까지 마시고 이야기하고 웃으며 복학의 기쁨과 만남의 기쁨을 함께했다. 모두가 몸은 완전히 성숙했으며 군대에서 단련된 탄탄한 몸매를 뽐내고 있었다. 목소리는 이미 굵어져 있으며 의젓한 어깨들은 젊음의 상징이었다. 함께 남포동 술집 골목길을 걸으면 무적의 군대같이 씩씩했다. 그들에겐 항상 골목길은 좁아 보였고 발자국 소리는 골목길을 울렸다.

말은 하더라도 결코 가볍게 하지 않았다. 말의 톤과 속도는 적절했다. 대화는 즐겁고 유쾌했다. 상대를 비난하거나 비꼬지 않았다. 적절한 존중이 그들을 시간 속에 같이했다. 술도 결코 폭음하지 않았다. 얼굴을 보면서 시간을 같이 보내고, 들숨과 날숨의 공간을 같이하면서 술을 마시면 만남의 기쁨은 배가되었다. 그들에겐 언제나 술과 안주는 부족했지만 그들이 헤어질 때는 항상 달빛이 그득하게 항상 함께하고 있었다.

민은 철규를 잊고 엘리제를 잊고 인도에 있는 현우 형도 잊고 마음속에 깊이 스며있는 외로움을 잠시나마 잊었다.

어떤 날은 호연이와 그리고 후배들과 함께 어울렸다. 그들은 각자 개성이 뚜렷했으며 자부심이 강했다. 대화의 시작은 항상 호연이였다. 철학, 역사, 사회학을 뭉친 멋진 첫 문장이 시작되면 모두 귀를 기울였다. 목소리는 차분하면서 설득력이 있었다. 호소력 있는 표정에는 모두가 시선을 빼앗겼다. 최소한의 예의를 갖추고 들어야 할 것 같았다.

값나가는 대화는 술값을 하는듯했다. 술이 술술 넘어갔다. 이어서 현실 세계로 돌아와 부조리와 사회에 대해 비판도 하고, 예술과 음악과 영화에 대해 이야기도 하고, 문학에 관해서도 이야기하면서 서로의 생각과 철학을 비교하고 성숙시켰다. 간혹 노래를 함께 부르기도 하고 술을 먹으면서 게임을 하기도 했다. 게임은 술 마시기 게임으로 벌주는 소주 반 잔이었다.

헤어질 때는 기분 좋게 취해있었다. 자주 모이지는 못했지만 볼 때는 반가움이 앞섰다. 항상 모인 그날은 새로웠고 마음이 설렜다.

그렇게 민의 봄은 익어가고 있었다. 친구들과 후배들을 만나며 민은 의도적으로 자신의 마음을 위로하였다. 잊고 싶은 것을 잊었다.

보고픈 형에게.

형, 잘 지냈는지?

오랜만에 펜을 드네. 소식이 늦어서 미안해.

그동안 난 제대한 친구들 만나 놀고, 술 마시며 자신을 즐기고 위로하며,

시간이 그냥 흘러가는 대로 보냈어.

간혹 시간이 나면 《에티카》 책을 뒤적이며 스피노자의 철학을 탐구하고자 했지만 이해도 쉽지 않고 진도도 잘 안 나가네.

사실 재미도 별로고 뭐가 그리도 심오한지….

그래도 책에서 읽은 인간의 욕망에 대해서는 많은 생각을 하곤 해.

인간의 행동과 삶은 우리가 가진 욕망이 근원이며 진정 의연한 삶을 살고자 한다면 욕망과 감정의 주인이 되어야 한다고 하네.

내 생각으론, 여기서 욕망은 나쁜 의미가 아니라 삶의 원천인 살고자 하는 에너지를 말하는 것 같아.

스피노자의 철학처럼 우리들의 삶이 결국 욕망의 덩어리들이 아닐까.

신의 뜻대로 계획된 것이 아닌 개개인의 의지와 욕망에 의한 삶.

이 책을 읽으며 난 마음의 위로를 받은 것이 있어.

인간은 지난 삶과 자신의 결정이 비록 잘못되었다고 하더라도,

그 순간은 최선의 능력으로 판단하고 벗어날 수 없는 상황이었기에 자책

하지 말라는 것이지.

그동안 친구의 죽음에 너무나 괴로워한 나였기에, 큰 위로가 되었어.

사실 난 잘못한 것은 전혀 없었어. 단지 친구의 죽음이 안타까워 스스로

를 자책하지 않으면 견딜 수가 없었기에 괴로워했는지도 몰라.

처절한 고독 속에서 진리 추구에 일생을 바친 스피노자가 찾은 진리가

과연 무엇인지 궁금해지네.

사실 난 진리, 진실이 대체 무엇인지 혼란스러워.

무엇에 대한 진리인지? 목적어를 굳이 구해야 한다면 인생과 인간

그리고 실존(實存)에 대한 진리를 찾아야 하지 않을까.

결국 진리의 실마리는 자연과학, 철학 그리고 종교의 융합에서

풀리지 않을까.

우리에게 생소한 힌두교 신에 대한 이야기는 너무나 신비로워.

어떻게 그렇게 많은 신들을 인간이 만들 수 있을까?

인도인의 상상력과 역사 그리고 신화적인 스토리의 결합이

그 힘이 아닐까.

인도인들은 인도에서 탄생된 불교를 어떻게 보는지가 궁금해지네.

힌두교와 불교교리가 비슷한 부분이 있는 것처럼,

불교도 가톨릭과 통하는 부분이 있다고 하는데 이는 지나친 비약일까.

글을 적다 보니,

너무 쓸데없는 이야기와 나의 지나친 비약을 너절하게 쓴 것 같아.

그래도 나의 생각이고 형은 너그럽게 이해해주리라 믿기에 그냥 보낸다.

형의 구릿빛 그을린 얼굴을 보고 싶어. 술도 한잔하고 싶고. 형!

새벽에 유유히 흐르는 갠지스강에 떠오르는 붉은 아침 태양을 그려본다.

어느새 여름이 서서히 다가오네. 곧 하루하루 여름이 지나갈 거야.

형, 건강하게 잘 지내. 언제나 축복과 은총 가득하길.

마음의 위로를 찾은 동생 민.

현우 형의 회신을 받은 것은 무더운 여름의 중간에 비바람이 몰아치는 어느 날 오후였다. 먹구름으로 바깥세상은 어두웠다.

민,

너의 편지를 받고 무척이나 반가웠다.

한국이 너무나 그립고 한국 음식도 먹고 싶고 몸과 마음은 지쳐가네.

오직 신앙과 봉사정신으로 하루하루를 견디지만, 이 육체의 굴레를 타고 난 이상 육체의 욕망과 고통을 벗어날 수가 없구나.

견디기 힘든 날씨 속에 무미건조하고 힘든 이국 생활은 나 자신을

시험하네. 어떤 날은 기도 그 자체까지 의심하는 나 자신을 보면서
스스로 괴로워하고 자신의 수양이 부족함을 깨닫는다.

누구에게도 말하지 못할 신앙인의 고백을 마리아님께 드리며 눈물을 흘
린단다. 과연 나는 나의 남은 일생 동안 하느님을 모시며 인간에게 봉사
하는 거룩하고 신성한 신부의 길을 걸을 수 있을까 하는 질문을 나 자신
에게 한단다.

내가 죽기 전 참회를 해야 하는 일이 생기지 않을까 하는 두려움도 생긴
다. 외로움을 이기지 못하는 나 자신을 질책하고 또 질책한다.

세상에서 가장 낮은 자세로 마음의 흔들림 없이 나의 욕정과 감정을
죽이고 언제나 평온한 얼굴로 청빈, 정결, 순명의 서원 아래
살아가리라 다짐한다.

민, 나를 지켜봐다오.

혹 나의 눈빛이 흔들린다면 언제든지 가혹한 채찍으로 나를
인도해다오. 나도 어떤 때는 너무나 나약하고 보잘것없는 길 잃은
어린양이 된단다.

오직 하느님의 성령으로 나의 영혼을 믿음, 희망, 사랑으로 채워갈 것이
다. 동생인 너에게 형으로서 의젓한 모습만 보여야 하는데 괜히 넋두리했
구나. 진리를 찾고자 하는 너와 신부의 길을 걷는 나는 결국은 같은
길이 아닐까.

불교에 대한 너의 궁금증에 대해서는 나의 얕은 지식으로 논하기가 두렵
다. 단지 인도에 있다는 이유로 굳이 설명해야 한다면,
한마디로 말하자면 '무아(無我).'

싯다르타는 수행을 시작할 때 여러 스승의 가르침은 '참나'였네.

하지만 '참나'로는 깨우침을 얻지 못한 싯다르타는 '무아'를 통해

해탈을 하게 되지.

어떤 이는 '무아(無我)'를 '공(空)'이라 하고 어떤 이는 거짓 아(我)가

사라진 '참나'와 같다고 하지만 선뜻 공감이 가지가 않아.

'무아'의 깨달음은 해탈의 경지이기에 인간의 말로는 표현하기가

힘든 것 같아. '내가 없다'라는 가르침은 행복과 내세를 추구하는

인도인은 받아들이지 못했지. 반면 힌두교는 인도 전통 종교였던

브라만교와 토속 신앙이 합쳐진 것이라 사회적으로 정서적으로

쉽게 동화가 된 것 같아.

나는 신부의 길을 걸으며, 타 종교를 이해하고 존중하는 자세를

지니려고 해. 모든 종교의 기본은 인간을 위한 것이라 믿기 때문이지.

학교에 복학하면 불교 동아리에 들어가 볼까 한다. 재미있을 것 같아.

단, 나는 어떤 종교라도 비교 분석하지 않기로 결심했네.

이유는 난 그런 자격도 없거니와 무모하고 위험한 일이기 때문이지.

민, 너를 보고 싶구나.

네가 찾고자 하는 신은 너의 마음속에,

너의 옆에 있다는 것을 잊지 마길.

오늘 밤 뜨거운 마음으로 너를 위해 그리고 이곳 어린 애들을 위해

하느님과 마리아님께 기도를 드린다.

오늘도 변함없이 인도의 밤에 무수한 별들이 반짝이네.

인도 산골 마을에서 늦은 밤, 형 현우.

너의 아픔도 나의 사랑으로

능소화

옛날 어느 달 밝은 밤
어린 그녀는
임금님과 하룻밤 사랑을 나누었네.

그날 밤 이후
어린 그녀는
높고 높은 담벼락에 갇혔네.

하루하루 낮과 밤
어린 그녀는
담벼락 넘어 목 놓아 임을 기다리다

외로움과 서러움의 칼날에

어린 그녀는

담벼락에서 시들어 죽어가고

세월이 흐른 어느 화창한 날

어린 그녀는

예쁜 꽃으로 환생 되었네

주황색 꽃잎은

그녀의 애잔한 핏빛으로 물들고

그녀의 목은

담벼락을 타고 오르는 줄기가 되고

그리움의 독(毒)으로 빚어진 꽃

그녀 이름은 능소화

이 얼마나 슬픈 전설의 꽃인가?

민(敏)은 컴퓨터 화면에서 눈을 뗄 수가 없었다. 심장이 쿵쿵 울리며 뛰기 시작했다. 읽고 또 읽었다.

엘리제로부터 온 한 편의 자작시였다. 이메일 편지함은 그동안 너무 오랫동안 조용했었다. 어느 날 여름이 끝나가는 언저리에 도착한 한 통의 편지는 오직 시(詩) 한 편이었다.

능소화의 슬픈 전설을 담은 시였다. 무엇을 의미하는지 궁금했다. 더욱 궁금한 것은 엘리제의 심정이었다. 능소화의 슬픈 사연처럼 엘리제도 슬픔에 잠겨있을지 모른다는 불길함이 밀려왔다.

돌아보니 지난여름이 시작된 후 민은 엘리제와 별다른 연락이 없었다. 그동안 민의 마음이 편하지 않았기 때문이었다. 엘리제에 대한 애착과 소유욕으로 스스로 사랑의 궤도를 벗어나는 자신을 질책하며 마음의 거리를 무의식적으로 가졌다. 혼자 일으킨 갈등이며 혼자만의 투쟁이었다. 이런 과정은 사랑이 익어가면서 겪는 진통이었다.

철규의 죽음에 대해서도 일절 말하지 않았다. 괜히 죽음에 대해 이야기하여 예민한 엘리제의 공부를 방해하고 싶지 않았다. 민은 현우 형과의 대화와 친구들과 그런저런 시간을 보내며 자신의 마음을 달래고 있었다.

민은 불길한 마음을 다잡고 차분히 답장을 적었다.

보고 싶은 엘리제

밤하늘에 무심히 떠 있는 달을 보며 너의 얼굴을 떠올린다.
보고 싶네, 엘리제.
보고픈 이 마음을 말과 글로 담을 수가 없어 안타까울 뿐이다.
잘 지내고 있는지?

너의 이메일에 담긴 한 편의 시(詩)는 아름답고 너무 애절하여
나의 마음이 아팠단다.

꽃의 전설은 전설일 뿐이라 생각하지만, 혹시나 너에게 슬픈 일이
있을까 걱정이 드네.

별일 없겠지? 학교 수업은 잘 따라가고 있는지?

항상 난 즐거운 상상을 한단다.

어느 날 너의 피아노 연주회에 멋진 양복을 입고 가장 아름다운
꽃다발을 들고 축하하러 가는 나의 모습을.

그리고 화사한 드레스를 입고 연주하는 너의 모습을.

작년 뉴욕에서 너와 함께 보낸 보석 같은 시간을.

책상 위 펭귄 마스코트와 자유의 여신상은 나를 추억 속에 빠트리네.

엘리제, 보고 싶어.

그리고

사랑해.

가을이 오는 소리를 들으며, 민.

  답장은 오지 않았다.

  민은 초조해지기 시작했다. 일주일이 지나고 또 하루, 또 하루
가 지나갈 때 민은 불안해졌다. 민은 이메일에서 눈을 뗄 수가 없
었다. 엘리제가 수신한 것은 확인이 되었지만 회신이 없었다. 직

감적으로 엘리제에게 무슨 일이 생겼다고 느꼈다.

도대체 무슨 일이 생긴 것일까? 민은 작년에 뉴욕행 비행기 안에서 요술램프 지니에게 엘리제를 지켜달라는 세 번째 소원을 주문하지 않았던가. 아니, 그것은 주문이 아닌 명령이었다. 그때 지니는 분명 약속했었다. 하지만 단 일 년이라고 한 지니의 말이 마음에 걸렸다. 아, 벌써 일 년이 지났구나. 다시 지니를 불러내어 소원을 말하고 싶지만 지니는 꼭꼭 숨어 어디에도 보이지 않았다.

민은 그래도 참고 기다렸다. 엘리제는 아마도 공부하느라 바쁠지도 모른다. 그냥 혼자서 센트럴파크를 걸으며 가을의 정취를 즐기고 있는지 모른다. 혹 학교 친구들과 미국 여행을 다니고 있는지도 모른다. 답장을 받지 못해 초조해하는 민은 차라리 소식이 없더라도 엘리제가 별일 없이 즐거운 시간을 보내고 있길 바랐다.

그리고 며칠이 지난 어느 날 밤, 답장이 도착했다. 민은 극도의 긴장과 흥분을 애써 감추며 메일을 열었다.

그날은 낙엽이 지기 시작하는 날이었다.

민,

보고 싶은 이 마음을 무엇으로 표현할까.

보고 싶어 민.

당장 볼 수 없는 내 처지가 안타까워.

민의 편지를 읽고 또 읽으며 눈물을 흘렸네.

아마도 앞으로 민을 다시는 볼 수 없을 것 같아.

이유는 묻지 말아줘.

그동안 민과 보낸 시간은 영원히 아름다운 추억으로 간직할게.

민은 정말 아무 잘못이 없어.

모든 것은 나의 문제이니.

혼란스러운 나의 마음으로 나도 괴로워.

앞으로 연락을 안 해주었으면 해.

나 자신의 마음을 다스릴 시간과 고요가 필요해.

민, 나를 잊어주길,

그리고

마지막 한마디

사랑해.

괴로운 밤, 은경.

민은 큰 충격을 받았다.

대체 엘리제에게 무슨 일이 생길 것일까? 민은 이메일에 담긴 글을 차분히 다시 읽었다. 분명히 엘리제에게 말 못 할 일이 생긴 것은 확실했다. 민에게도 말을 못 할 일이 무엇이란 말인가.

한마디로 이별 통보였다. 아무리 힘든 엘리제이지만 이별을 통지할 이유는 전혀 없었다. 민은 스스로 무슨 잘못을 했는지 생각해보았지만 그건 분명히 아니었다.

생각은 꼬리에 꼬리를 물고 이어졌다. 집안 형편이 어려워져서 공부를 못할 처지가 된 것일까. 옛날 엘리제의 정신병이 다시 발병한 것일까. 혹 사고가 생겨 병원에 입원해있는 것이 아닐까. 뉴욕 생활이 외로워 사랑하는 사람이 새로 생긴 것일까. 혹 부모님이 나와의 관계를 알고 헤어지라고 강요를 한 것은 아닐까. 아니면 엘리제는 나와 결혼은 앞으로 힘들 거로 생각하기 때문에 일부러 피하는 것일까.

민은 폭발할 것 같은 그의 몸을 이끌고 밖으로 뛰쳐나갔다. 차가운 밤공기가 민의 폐부에 밀려 들어왔다. 거리는 스쳐 지나가는 바람소리만이 들릴 뿐이었다. 초롱초롱한 별빛과 푸른 구름에 걸친 달빛이 민의 발끝에 떨어지고 있었다.

밤길을 무작정 걸었다. 자정을 넘긴 시간이라 인적이 뜸했다. 차가운 도로 위를 홀로 뚜벅뚜벅 걸어갔다. 머릿속에는 오직 엘리제 생각뿐이었다. 아무것도 할 수 없는 자신이 싫었다. 사랑은 단지 감정과 생각의 양으로만 되는 것이 아니었다. 진정 사랑하는 사람의 영혼과 몸의 아픈 세포까지 껴안아야 한다. 아픔을 같이 하고 슬픔을 달래주어야 한다. 비록 떨어져 있더라도 그녀의 아픔이 나의 마음에 파동처럼 와닿아야 한다. 민은 자책했다. 뭔가 부족한 자신이 부끄러웠다.

새벽이슬을 맞은 민은 잠을 청했지만 잠이 오지 않았다. 순간 엘리제가 눈앞에 나타났다. 저 멀리서 슬픈 표정으로 민을 바라보고 있었다. 그녀의 큰 눈망울에는 눈물이 어룽어룽 고이기 시작했다. 민은 절규하듯 엘리제를 부르며 손을 뻗었지만, 그녀는 결코 민의 손을 잡지 않았다. 음험한 검은 공포와 불길한 회색의 안개가 그녀를 덮쳤다. 사라져 가는 엘리제를 바라보며 민은 애절한 심정으로 외쳤다.

"가지마! 엘리제. 가지마! 내 옆에 있어줘!"

민은 허공에 손을 뻗으며 눈을 떴다. 짧은 새벽잠에 악몽을 꾼 것이었다. 이마와 등에는 식은땀이 흘렀다. 저 멀리서 오늘도 변함없이 여명이 밝아오고 있었다.

민은 어둠과 빛이 함께하는 그 시각, 엘리제에게 답 글을 적었다.

엘리제,
변함없는 마음으로
네가 돌아올 그 날을 기다릴게.
행복하고 건강하길.
사랑해.
민.

민은 고민 끝에 발송키를 누르고 샤워실로 뛰어가 머리에 찬물을 퍼붓기 시작했다. 머리와 어깨 위로 거친 수증기가 피어올랐다. 바닥에 떨어지는 요란한 물소리 사이로 민은 무슨 말을 되풀이하고 있었다.

"엘리제는 분명 올 거야! 엘리제는 분명 돌아올 거야!"

다시 집을 뛰쳐나갔다. 복잡한 생각과 격한 감정에 사로잡힌 민에게 집은 감옥과 같았다. 숨을 쉴 수 있는 곳이 아니었다. 왜 이렇게도 방이 좁은지. 방은 서서히 조여오는 압축 기계처럼 민을 짓눌렀다.

해운대 백사장에 선 민은 저 멀리 수평선을 바라보았다. 저 바다 너머에는 엘리제가 있으리라. 가을의 차가운 바람을 타고 파도는 거칠었다. 그날은 잔잔한 파도보다는 차라리 거칠고 성난 파도가 좋았다. 민의 마음을 씻어주길 바랐다. 민은 바다를 쳐다보며 깊게 바닷바람을 들이켰다. 청량한 짠맛이 폐부에 스며들었다. 폐에 퍼지는 이 맛은 이미 끊지 못할 중독이었다.

민은 갈매기가 비행하는 동백섬 쪽으로 발길을 돌렸다. 옛적에 정신병동을 탈출하다시피 엘리제를 데리고 간 동백섬 그 바위로 갔다. 엘리제와 앉았던 그 큼직한 바위는 변함없이 저 멀리 바다를 바라보며 말없이 묵은 세월을 견뎌내고 있었다. 폭풍과 거친 해풍을 맞으며 인간의 온갖 애환의 눈물을 받아낸 돌이다. 민의 어깨에 기댄 엘리제와 함께 돌로 변해 저 푸른 바다를 영원히 바라보기를 염원을 했던 곳이었다. 차라리 그때 그렇게 되었으면 이런 아픔이 없었을 텐데….

민은 홀로 한참을 바위 위에 앉아있었다.

거친 파도가 바위를 때리고 갈매기의 슬픈 울음소리가 귓가에 맴돌고 차가운 바닷바람이 얼굴을 때리고 내리쬐는 햇살에 눈이 부시더라도 민은 미동도 하지 않은 채 그냥 그대로 그 순간을 이어갔다. 생각도 멈추었다.

외로움이 밀려왔다. 한마디로 고독을 느꼈다.

엘리제도 떠나가고, 철규도 떠나가고, 현우 형도 그의 옆에 없었다. 이처럼 외로운 순간을 느낀 적이 없었다. 바다 위에 둥둥 떠있는 외로운 섬 바위에 홀로 앉아있는 것 같았다. 누구도 자기를 찾는 사람도 없다. 누구도 자기에게 눈길조차 주지 않았다.

오직 갈매기의 붉은 눈이 그를 힐끔 쳐다보곤 옆으로 지나갔다. 인간은 누구나 외로운 존재이며 이는 타고난 숙명이지만, 이렇게도 고독이라는 단어에 걸맞은 감정을 뼛속까지 느끼기는 처음이었다.

인간에게 가장 위대한 사랑은 무한한 행복과 아름다움을 가져다주지만 때론 감당하기 힘든 고통과 외로움을 남기기도 한다. 사랑에 대한 배신은 어떤 배신보다도 강하고 독하다. 때론 죽음으로 이어지기도 한다. 심장에 붉은 인두로 찌진 듯 결코 심장이 멈출 때까지 심장에 각인되어 있다.

고독은 나의 힘이라 부르짖은 스피노자의 시의 일부분이 떠올랐다.

믿음은 얼마나 위험한 낙관인가.
새들은 숲으로 돌아가고 어둠을 넘는 고양이
설익은 밤의 속살에 입맞춤하는 별들은
빛을 끌어모아 무한 속으로 몸을 던진다.
멀리 정적을 깨우고 가는 호각소리,
어느새 라인강 변의 노을처럼 가벼워진 고독은,
차오르는 별빛에 오늘 밤도 목이 멘다.

민은 한동안 멍한 상태로 지냈다.

낮에는 땅만 보고 걷고 밤에는 하늘만 보고 걸었다. 거리에는 시나브로 쌓인 낙엽들이 쓸쓸히 뒹굴었다. 밤하늘은 높고 검었다. 항상 바람이 불었다. 그 바람은 민의 가슴을 뚫고 지나갔다. 말은 하지 않았다. 음식도 거의 먹지 않았다.

민은 엘리제가 느끼는 고통을 같이 느껴야 한다고 생각했다. 엘리제의 슬픔이 무엇인지 몰랐다. 가슴은 답답하고 괴로웠다. 역시 엘리제로부터 아무런 연락이 없었다. 핸드폰도 꺼져있었다. 이메일은 마치 통신장애가 있는 듯 민이 보낸 몇 줄의 문장에서 멈추어있었다.

외로움과 괴로움에 지쳐가는 어느 날 민은 엘리제가 혹 자신을 배신했을 수도 있다는 생각이 들었다. 작년 여름 이후 민과 엘리제는 만날 수가 없었다. 결코 짧지 않은 시간이었다. 보지 못하면 마음에서 멀어진다는 속담도 있지 않은가. 세월은 쇠도 녹슬게 하듯 여자의 마음도 무너뜨린다. 여자는 사랑을 받으며 매일매일 살아가길 원한다.

특히 힘든 외국 생활을 하다 보면 더욱더 사랑의 에너지를 필요할 것이다. 혹시 엘리제도 너무 외롭고 힘들어 바로 옆에서 지켜주고 사랑을 해주는 사람을 사귈 수도 있으리라.

민의 생각은 꼬리에 꼬리를 물고 이어졌다. 생각은 은근한 불안과 분노를 먹고 자랐다. 한편으론 강한 부정을 하면서 자신의 그런 모습에 자책하기도 했다. 하지만 강한 부정은 어느 순간 강한 의심으로 자리매김하면서 마음을 불태웠다.

민은 셰익스피어의 4대 비극 중 하나인 《오셀로》를 떠올렸다.

군대 제대하면서 읽고자 결심했던 셰익스피어의 4대 비극의 마지막 편이었다. 의심은 사랑하는 아내를 죽이고 자신도 죽음을 맞이하는 무서운 악(惡)의 씨앗이다. 용감했던 장수 오셀로는 이아고의 계략에 빠져 아내의 불륜을 의심하다 결국 죽음으로 최후를 맞이한다. 진실을 보지 못하는 어리석음이 얼마나 위험한지 그리고 악이 얼마나 교활하게 사람에게 파고드는지를 절실히 보여준다.

지친 민에게도 그런 의심의 악이 마음속에 독버섯처럼 자라기 시작했다. 자신은 《오셀로》 비극처럼 결코 되지 않으리라 생각하지만, 쉽게 의심을 떨쳐내기가 힘들었다. 민의 몸에 남아있는 엘리제의 향기는 치명적이지만 의심이라는 장미 가시는 독(毒)을 품고 있는듯했다.

　겨울이 성큼 다가선 어느 날 오후 민은 산을 오르고 있었다. 바람은 차가웠고 간혹 진눈깨비도 뿌리고 있었다. 철규 어머님의 생신 전날이었다. 민은 철규의 마지막 부탁을 이행하고 있는 것이었다. 한 손에는 미역국과 몇 가지 반찬, 과일을 다른 손에는 겨울에 입을 몇 가지 옷을 들고 있었다. 그동안 민의 책상 안에 잠들어있던 철규의 손목시계를 민은 차고 있었다.

　민은 철규 어머님에게 큰절을 올렸다.

　어머니는 많이 야위어있었다. 얼굴에는 생기가 없었고 이마에는 굵은 주름이 자리 잡고 있었다. 순간 민은 중학 시절 철규 어머니를 처음 뵐 때의 순간을 떠올렸다. 고혹적인 아름다움과 애수(哀愁)에 잠긴 조각만 한 얼굴. 피부는 희고 부드러워 묘한 매력을 지닌 전통적 한국형 미인 얼굴이었건만….

　오랜 세월 절의 허드렛일을 한 어머니의 얼굴에는 이젠 체념의 그림자가 덮쳐있었다. 화장기가 전혀 없는 피부도 거칠고 윤기가 없었다. 아들의 죽음에서 오는 충격과 슬픔 그리고 부모로서의 자책이 고스란히 얼굴에 담겨있었다. 민은 아픈 마음을 추스르며 어머님께 가져온 음식과 옷을 내밀었다.

　"어머니, 생신 축하드립니다. 미역국을 끓어왔으니 내일 아침 꼭 드시기 바랍니다."

　"이런 산골의 암자까지 찾아와주어 고마워요."

"제가 철규를 대신하여 생신날은 꼭 찾아뵙도록 하겠습니다. 어디 몸은 불편하신 데는 없으신지요?"

"괜찮아요."

어머님은 더 이상 말을 잇지 못했다. 철규의 이름을 듣는 순간 이미 눈에는 눈물이 고이고 목소리는 잠기기 시작했기 때문이었다.

민은 침묵을 지키다가 띄엄띄엄 말을 하면서 어색함을 이기려 하였다. 자그마한 암자의 문을 열고 나서려는 민에게 어머님의 목소리가 들렸다.

"고마워요. 나의 생일에 찾아온 사람은 학생이 처음이에요. 산길 조심해요."

"어머니, 꼭 건강하세요!"

민은 바로 법당으로 향했다. 기도를 하지 않을 수가 없었다. 지장보살에게는 철규의 명복을 빌었다. 빌고 또 빌었다. 관세음보살에게는 철규 어머님의 건강을 빌어드렸다. 빌고 또 빌었다. '관세음보살'을 계속해 불렀다. 마음은 무거운 짐을 내려놓은 듯 홀가분해지고 우울한 기분이 사라졌다.

그날은 전혀 자신과 엘리제를 위해 기도를 하지 않았다.

민은 산 정상으로 올라갔다. 그곳은 작년에 철규의 유골이 뿌려진 곳이었다. 바람을 따라 여기저기 산골 어디에 이미 흩어져 있으리라. 민은 바위 위에서 소주 한 병과 명태 한 마리로 제를 올렸다.

술은 바위에, 허공에 뿌렸다. 명태를 뜯어 조각을 여기저기 흩날렸다.

민은 마음속으로 철규의 명복과 철규 어머니의 건강을 바라는 바람을 담아 바람에 띄워 보냈다. 그 바람은 어머니의 암자에 그리고 여기 산골에 퍼지리라.

저 멀리 석양을 뒤로하며 호젓한 산길을 따라 천천히 걸어 내려갔다. 한참을 내려가다 민은 누군가가 자기를 지켜본다는 느낌을 가졌다. 고개를 돌려 뒤를 보니 노랑나비가 따라오고 있었다.

"아니 이런 겨울에 웬 나비란 말인가?"

나비는 신비하게도 은은한 광채를 내뿜으며 아름다운 날개를 팔랑거렸다. 마치 황금나비처럼 보였다. 나비는 사뿐히 날다가 원을 그리며 민의 눈앞에서 맴돌았다.

"민, 오늘 어머니에게 와주어 고마워! 정말 고마워!"

나비는 철규였다. 분명 민의 귀에 그렇게 들렸다. 환청인지도 모른다. 민은 놀라움에 사로잡힌 채 비행하는 나비만 넋을 잃고 쳐다보았다. 잔잔한 바람 속에 시간이 멈춘듯했다. 붉은 석양의 햇살이 민의 얼굴을 붉게 물들였지만 민은 미동도 하지 않은 채 그 순간을 맞이하였다. 말이 이어졌다.

"민, 보고 싶었다. 오늘 너의 기도로 난 이젠 하늘나라로 갈 수 있을 거 같아. 그동안 억울한 죽음과 어머니에 대한 연민으로 여기를 떠날 수가 없었지. 이젠 마음의 족쇄가 풀리는 것 같아. 너 얼굴도 보고 어머니의 첫 번째 생신도 챙겨드리니 나는 더 이상 한(恨)이 없어. 잘 지내! 나의 유일한 친구 민, 마지막으로 너에게 해줄 말이 있어. 엘리제는 너를 배신한 것이 아니야. 곧 연락이 올 거야. 너의 사랑으로 사랑하는 사람을 안아주었으면 하네. 하늘나라에서 너의 사랑이 이루어지길 기원할게."

사라져가는 황금나비를 보면서 민은 자신도 모르게 말했다.

"잘 가! 철규야. 잘 가!"

민은 너무나 피곤한 몸으로 눈을 붙이자마자 아침 햇살이 그를 깨웠다. 여기저기서 새소리가 요란했다. 마치 아침 합창을 하는 것 같았다. 민은 눈을 비비며 책상에 앉았다. PC를 보는 순간 민의 동공은 확대되고 이는 민의 심장소리로 이어졌다.

민,

그동안 잘 지냈는지? 소식을 전하지 못해 미안.

지금 난 한국이야.

이번 일요일 오후 3시, 우리가 처음 만났던 유엔공원에서 볼 수 있을까?

그날 만나서 이야기해.

은경이가.

민은 바로 이메일로 회신을 했다.

엘리제. 그날 보자. 민.

일요일까지 기다리는 시간은 민에게 숱한 감정을 불러일으켰다.
한마디 말로 표현할 수 없는 복잡하고 감당하기 힘든 감정이었
다. 엘리제는 무슨 말을 할까. 어떤 모습으로 민에게 다가올까. 만
일 엘리제가 이별 통보를 하기 위한 마지막 만남이면 어떻게 해
야 하나. 순간순간 스쳐 지나가는 생각의 파편은 날카로운 날로
민의 마음을 할퀴고 지나갔다.
부정적인 생각에 짓눌려 괴로웠지만, 민은 마음속 저 깊은 곳
에는 긍정적인 믿음의 싹도 자라고 있었다. 결코 엘리제는 배신할
여자가 아니라는 것을 믿고 싶었다. 나비로 변한 철규도 그렇게
말하지 않았던가. 아마도 그 말은 민이 스스로 자신에게 한 말로
환청일 수도 있다.
마음속 폭풍우가 지나가자 마음은 의외로 차분해졌다.
부정도 긍정도, 두려움이나 불안감도, 현실도 상상도 모두 사라
지기 시작했다. 오직 마음속에 남은 것은 엘리제를 다시 볼 수 있
다는 기대와 기쁨이요, 앞으로도 변함없이 시(詩)처럼 그녀를 사
랑해주리라는 다짐이었다.

일요일 아침 눈을 뜨니 세상은 의외로 조용하였다. 세상은 환하게 밝았다. 바람은 멈추었고 부드러운 햇살이 창문 넘어 밀려왔다.

밖을 내다보았다. 아니 이럴 수가. 첫눈이 내린 것이었다. 세상은 너무나 평온하게 보였다. 동화 속 마을처럼 눈이 세상을 바꿔놓았다.

한마디로 설국(雪國)이었다.

민은 한참을 흰 눈을 바라보며 즐거움을 느꼈다. 마음도 순결한 흰 눈으로 덮이기 시작했다. 이년 전 제대하는 날 민은 설국을 보고 얼마나 감상에 젖었던가. 며칠 전 본 황금나비의 아름다운 춤과 광채가 생각났다. 어릴 때 꽃밭에서 보았던 요정이 생각났다. 그 요정은 민의 마음속에서 한참을 머물며 민을 지켜주었다. 그리운 할머니의 얼굴도 떠올랐다. 아 보고픈 할머니의 얼굴. 자라면서 잊어버린 할머니의 얼굴이었다. 너무나 선명하게 할머니의 미소가 그려졌다.

유엔공원 입구에서 기다리는 민에게 엘리제는 살짝 미소를 보였지만 결코 밝은 표정은 아니었다.

"엘리제, 반가워. 오랜만이야."

"그래…."

그들은 더 이상 말을 하지 않았다. 무거운 발걸음으로 공원 안 산책길을 따라 걸었다. 말 없는 묘비 위에는 눈이 소복이 쌓여있었다. 차가운 돌 위의 눈은 쉽게 녹지 않듯이 그들의 마음도 얼어

있는 듯했다.

민은 먼저 말문을 열지 못했다. 엘리제의 마음을 모르기에 무슨 말을 어떻게 해야 할지 몰랐다. 심지어 엘리제를 바로 바라보기도 힘들었다. 민은 오직 땅을 쳐다보다 간혹 쓸쓸한 묘비를 쳐다보다 눈 둘 곳이 없으면 허공을 쳐다보곤 하였다.

엘리제는 마음을 다잡은 듯 말을 조심스레 시작했다.

"민, 난 학교를 휴학했어. 아마도 곧 그만둘 것 같아."

"엘리제, 무슨 말이야?"

"난 더 이상 피아노를 칠 수가 없을 것 같아."

"아니, 왜?"

민은 너무나 큰 충격을 받았다. 심장이 급하게 요동을 쳤지만, 마음의 평정을 찾으려고 노력했다. 엘리제를 위해서라도 차분함을 지키려고 했다. 갑자기 공원 안은 고요했다. 모두가 엘리제의 말에 귀를 기울였다.

"나는 민이 작년 여름, 뉴욕을 다녀간 후 자신감도 생기고 멋진 피아니스트가 되고자 하는 열망으로 가득 찼었지. 향수병과 우울증도 없어지고 활기찬 시간을 보냈어. 정열적으로 피아노를 치면서 나 자신을 불태웠지. 한데 어느 날 나의 손가락이 나의 뜻대로 움직이지 않는 거야. 너무나 놀라웠지. 그리고 두려웠어. 연습도 안 하고 쉬어보기도 하고 가볍게 손가락 운동도 하면서 근육도 풀고 긴장도 풀고 했지만 다 헛수고였어."

"대체 왜? 그런 일이?"

"나도 그 이유는 몰라. 의사를 찾아갔지. 병명은 '국소 이긴장증' 희귀병으로 원인도 모르고 치료 방법도 없다고 해. 나의 의지와 관계없이 손가락이 빠르게 때론 늦게 움직여. 난 스스로 극복하고자 명상도 해보고 약도 먹고 물리치료도 받고 심지어 정신과 치료도 받았지. 그때부터 난 기숙사 방에서 나오지 않았어. 어두운 방에 홀로 남았지. PC도 닫고 핸드폰도 꺼버렸지. 스트레스와 약의 부작용으로 살만 찌고 앞이 막막한 절망감으로 하루하루의 삶이 지옥 같았어. 스스로 무너지는 나 자신을 바라보며 괴로워했지. 나를 사랑하고 기대하는 사람들을 실망시키는 것 같아 마음이 너무 아파. 이 모든 것은 나의 문제야. 앞으로도 살 자신이 없을 거 같아…."

민은 슬픈 목소리로 지난 아픔을 이야기하는 엘리제를 바라보니 마음이 찢어지는 듯했다. 누구보다도 최고의 피아니스트가 되리라 믿었다. 민과 엘리제를 맺어준 것도 피아노였다. 〈엘리제를 위하여〉 그 곡을 다시 들을 수 없단 말인가. 세계무대에서 피아노 독주회를 하는 엘리제를 볼 수 없단 말인가. 민은 엘리제의 말이 거짓이길 바랐다.

민은 하늘을 쳐다보았다. 푸르고 푸른 하늘이었다. 저 멀리서 흰 구름이 바람에 실려 가는듯했다. 솔개 한 마리가 한 점을 남기며 사라지고 있었다. 말 없는 민에게 엘리제가 마지막 한 마디를 남겼다.

"민, 나를 잊어줘. 민과의 시간은 아름다운 추억으로 간직할게.

난 앞으로 민을 사랑할 용기가 없어. 미안해. 민."

민은 그런 엘리제를 껴안았다. 얼어있는 엘리제의 몸이었다. 힘
없는 엘리제였다. 슬픔에 잠겨있는 엘리제였다. 절망감에 삶의 의
욕을 잃은 엘리제였다. 민은 아무 말 하지 않았다. 말은 더 이상
필요하지 않았다. 지금 이 순간은, 사랑의 감정으로 타오르는 그
의 몸으로 지친 그녀의 몸과 마음을 녹여주고 싶었다. 따듯한 민
의 체온은 그녀에게 서서히 옮겨갔다. 한참을 아무 말 없이 엘리
제를 껴안고 있었다. 그녀의 슬픔과 아픔이, 뜨거운 민의 심장으
로 불타 없어지기를 바랐다.

한참을 망설이던 그녀의 두 손이 민의 허리를 가볍게 감쌌다.
그녀의 손은 차가웠지만 곧 따듯해지리라. 햇살이 그들의 어깨에
내려앉는 그 순간, 그들은 마치 마지막 포옹처럼 서로를 뜨겁게
껴안았다. 그녀의 아픈 마음도 녹아내리기 시작했다.

지난 아픔을 모두 지우려는 듯, 서로 떨어져 있던 시간을 한꺼
번에 보상이라도 받으려는 듯 만남의 기쁨을 나누었다. 적막에
잠겨있던 공원은 순간 새들의 합창소리가 들려왔다. 저 멀리서
〈엘리제를 위하여〉 피아노곡이 들려왔다. 저 멀리 노랑나비가 흰
눈 위를 날고 있었다.

공원 안의 눈은 녹기 시작했다. 묘비 위의 눈도 녹기 시작했다.
민은 껴안고 있는 엘리제의 귓볼에 뜨거운 입술을 대었다. 그리

고 속삭였다.

"엘리제, 사랑해. 영원히! 엘리제가 어떤 모습이라도. 영원히 지켜주고 사랑할 거야! 이미 나의 마음에는 엘리제는 이 세상에서 가장 훌륭한 피아니스트야. 지금도 〈엘리제를 위하여〉 곡이 나의 마음속에 울려 퍼져. 사랑해!"

엘리제의 뜨거운 눈물이 민의 어깨 위로 흐르는 것 같았다. 작은 흐느낌이 들렸다.

민은 엘리제의 눈물을 따뜻한 두 손으로 닦아주며 그녀의 눈을 바라보았다. 이슬이 맺힌 보석 같은 눈이었다. 아, 얼마나 아름다운 눈인가! 엘리제의 눈동자엔 민이, 민의 눈동자엔 엘리제가 담겨있었다.

민은 더 이상 말하지 않았다. 대신 정열적이고 감미로운 입맞춤으로 엘리제에게 그의 사랑을 전하였다. 영원히 서로 잊지 못할 뜨거운 입맞춤으로….

끝.

데미안을
찾아서 2

초판 1쇄 발행 2022. 1. 7.

지은이 남민우
펴낸이 김병호
편집진행 한가연 | **디자인** 정지영

펴낸곳 주식회사 바른북스
등록 2019년 4월 3일 제2019-000040호
주소 서울시 성동구 연무장5길 9-16, 301호 (성수동2가, 블루스톤타워)
대표전화 070-7857-9719 **경영지원** 02-3409-9719 **팩스** 070-7610-9820
이메일 barunbooks21@naver.com **원고투고** barunbooks21@naver.com
홈페이지 www.barunbooks.com **공식 블로그** blog.naver.com/barunbooks7
공식 포스트 post.naver.com/barunbooks7 **페이스북** facebook.com/barunbooks7

· 책값은 뒤표지에 있습니다.   **ISBN** 979-11-6545-595-8 03810

바른북스는 여러분의 다양한 아이디어와 원고 투고를 설레는 마음으로 기다리고 있습니다.